岂曰无衣？与子同袍

2023年度陕西省重大文化精品扶持项目

ZHIREZHIDI
炙热之地

吴诗娴 著

西北大学出版社
·西安·

图书在版编目(CIP)数据

炙热之地 / 吴诗娴著. —西安:西北大学出版社,2023.10
ISBN 978-7-5604-5253-1

Ⅰ.①炙… Ⅱ.①吴… Ⅲ.①长篇小说—中国—当代 Ⅳ.① I247.5

中国国家版本馆 CIP 数据核字(2023)第 215804 号

炙热之地

吴诗娴 著

西北大学出版社出版发行

(西北大学校内　邮编:710069　电话:029-88302590)
http://nwupress.nwu.edu.cn　E-mail:xdpress@nwu.edu.cn

全国新华书店经销　陕西龙山海天艺术印务有限公司印刷
开本:787 毫米×1092 毫米　1/16　印张:16.25

2023 年 10 月第 1 版　2023 年 10 月第 1 次印刷
字数:215 千字

ISBN 978-7-5604-5253-1　定价:89.00 元

如有印装质量问题,请与本社联系调换,电话 029-88302966。

目 录

楔　子	1
第一章	2
第二章	26
第三章	54
第四章	85
第五章	117
第六章	144
第七章	169
第八章	190
第九章	211
第十章	245
后　续	251

楔　子

2023 年 10 月 1 日　晴

　　对你们的想念总是不经意地出现，我无法控制，比如听音乐、逛超市、看书，望着一处远景时，或者闭眼休息的那一刻。的确，就是一瞬间的事，但我顷刻动容。

　　想念，是生命的绕指柔。它如潜似浮，如影随形。想念，是故国的泥土，是一场宴席后的寂静，是伸手可及的一枝柳，也是离别过后的忧伤。

　　我想你们，你们也在想我吧。想念，让我们的世界变小，变柔软，变得更有温度。

　　哪怕你们在另一个国度。匆匆走过时，想念始终停留在那个地方，越过大海，那里的太阳炙热无比，似乎永不沉落……

　　今天是国庆节。见字如晤，谨以纪念和你们一起在国旗下宣誓的日子。

梅红

第一章

一

1994年7月22日　雨

　　听说世卫组织为寻求庇护者开辟了一间新所——在我眼里,他们只是在生存,而不是生活,如果连生存都身不由己,谈何生活!在处理病患的同时,我每天也在听、在看他们独一无二的人生经历,只要造成他们痛苦的因素还在不断重复,我们就无法真正帮助这些人。医者,当心存大爱之情,志在精诚而济世救人。

　　要么给他们面包,要么愈合他们的伤口!

梅映川

　　父亲梅映川在日记里将最后一句话写得很重,字迹工整。那时候离归国日期只剩38天。梅红记得父亲有一次回信说,他感觉自己很无力,有些非洲人会因为政府救济而丧失改变自己生活的能力,还有些人并不知道如何维护自己的权利。父亲在救死扶伤的同时,也在思考那些曾经历暴力、武装冲突和创伤的人面临的物质和精神需求。

　　1994年那场疫情是怎么暴发的?父亲又是怎么死的?真相,她需要知道真相。一切关于那片土地发生的往事,像一层扬起的白沙,从梅红渐渐合起的眼皮上滑了过去。

1994年，非洲。

图玛尼含混不清地嘟哝了一句，眼皮略微抬了一下，又睡着了。等到她的呼吸再度变得均匀时，梅映川才轻手轻脚地倚着床边坐了下来。因为通宵未睡，脑袋隐隐地胀痛。屋子里唯一值钱的，便是立在水缸边的穿衣镜，他凑过去，眼圈是黑的，一只蚊子死死地叮在脸上，他狠狠拍下去，一团血。

梅映川迷迷糊糊地睡着了。他醒来时，有一种不知身在何处的惶恐。先是触碰到身边的图玛尼，再猛然看到手掌心的蚊子血，这才想起一通宵过去了。他燃了一根烟，并没有抽，只看到烟雾升起。屋里的寂静让他有些不安，口干舌燥，起身灭了烟。

疲倦。孤单。沉默。黑暗中他只能看到一团悄无声息的、凝滞的、白色的雾气，但是他不敢划一根火柴把灯点亮，他觉得那团雾气更像是镜子里自己身上穿着的白色医疗队服。

他的眼睛渐渐适应了昏暗的光线，不由自主地低下头去看图玛尼身边那具小小的身体。他伸手摸了摸婴儿，小小的身体已经冰冷僵硬，了无生气。婴儿还是没熬过一个月，根本的原因是母亲营养不良。

黎明前夕，天空透出一些亮光，梅映川的样子开始清晰可辨。中等的个子，英俊挺拔，额前有一缕天生的自然卷发，给这张严肃的脸添了些许生动。

图玛尼的额头温度适中，还好，至少婴儿的妈妈能活下来。过了一会儿，他蹑手蹑脚地从地上捡起被扔成一团的医疗废物连同医疗手套，打了个包。停顿了片刻，眼睛不听使唤地往孩子那儿瞟。"不能留，必须马上走。"这句话昨天下午刚到的时候，他就跟自己说过。但他依然还是陷进去了，还熬了一通宵，即使知道做了手术也救不活这个婴儿。

"快点。"他又在催促自己。如果按正常流程的话,他很快就会被这户人家卷入婴儿的哀悼仪式和葬礼——那没有意义,只会让他在这种事情中越陷越深。他情绪突然低落起来,吹灭了屋里那盏小小的马口铁皮灯,头也不回地走进了黑暗中。

他知道,没有多久天就会亮了。这家的孩子和祖母便会起床到医疗队驻地的附近捡拾杧果,他们会以几个便士卖给驻地的人。图玛尼的老公会做一种叫乌嘎里的早点,把水烧沸后,陆续放入玉米面,不断地用木勺搅拌直到干稠,然后将锅一扣,把蛋糕似的面坨子托在手上,再翻个面放入锅中继续烤,直到散发出香味为止,而后卖给那些脚步匆匆的居民。如果图玛尼的小儿子没有死,图玛尼会把他像猴子一样挂在裙兜里,去采集新鲜的棕榈,做成酒,兑上水,然后送到驻地附近的酒吧换成便士。

梅映川以前会喝这种酒,但自从有一次发现热情的图玛尼上完厕所不洗手就给他倒酒后,他就再也喝不下去了。

梅映川翻开了妻女的照片,援非的这一年,小梅红刚满8岁,笑盈盈的脸庞如月色一般美好。

黄色的月光倾泻在他的床上。只有躺在自己的床上,他才觉得安全和舒适,他脱下上衣,让身体的肌肉在月色的抚摸下尽情放松。有那么几分钟,他似乎感受到妻女身体的温热,仿佛听到她们柔软的声音,他多么希望能跟她们一同入睡,免得再梦见那些蟒蛇和鳄鱼。

一夜就这么过去了。

中国医疗队的驻地是栋淡黄色的两层小楼,面积有三四百个平方米。二楼的窗子,有一缕晨风袭来,空气变得舒爽起来,一股栀子花味的香风弥漫,难得的清凉。单凭眼前这一幕,世间的一切纷纷扰扰似乎都已远去。如果不是电话铃响,梅映川会以为自己还躺在国内的家中。

是科特公立医院的急诊电话。他随便扒拉了几口,就去上班了。作为中国医疗队队长、病理学专家,他肩负重担。让他最不省心的是队员张芮。

张芮是海归医生，并出生于医学世家，自由惯了。张芮就在他眼皮子底下，未做任何防护就与同人和患者拥抱告别，这让他不得不重申医疗队的防疫条例。

昨晚的婴儿死于出血症。

千百年来，几乎所有的尼罗古纳人都沿白尼罗河居住，尼罗古纳的其他地方大多为沙漠，一旦沿河的疾病环境改变，人们便会深受其害。还好图玛尼没有出现明显症状，他也没有职业暴露的危险。从乡村卫生所到大医院，他见过太多职业暴露的医护人员，有的死去，有的被病魔折磨得生不如死。

梅映川每天的第一项工作便是查房。科特公立医院当地的医生玛尼、格雷丝，还有跟他一样同属国际援助医疗派遣的古巴医生拉希德、阿米娜跟在他身后，他们齐刷刷地走在科特公立医院二楼住院部的长廊上，整个住院部都因他们严肃而充满力量的步伐变得鲜活了起来。他唯独没有见到前一天值班的张芮，按理，作为值班医生的张芮要跟他讲讲每个患者的病情。

张芮此时正坐在医院收治的孤儿丽莎床边，这个孩子的全家都死于反政府军袭击的炮火。梅映川一进病房，便看见张芮张开手，让丽莎钻进他的怀里——这是违反防疫政策的。梅映川刚要说话，张芮便冲他做出洗手的动作，然后耸耸肩说："我知道，要勤洗手。"

对于这位海归医生亲民而仁慈的做派，梅映川很无奈，他用近乎冷漠的口吻，淡淡地吐了两个字："消毒。"人的思想若从根子上不想改变就很难再改变，这个没办法解决。

丽莎也吐了两个字："消毒。"丽莎已经会说不少中文了，包括医生、张芮、梅映川、古巴、尼罗古纳、中国北京……

梅映川查完房遇到的第一个病例是一位患了走马疳的儿童，他叫奥特，曾是一个完全失去了鼻子的孩子。

走马疳是一种影响面部的感染性疾病，会侵蚀人体的软组织，通常会完全破坏骨骼，有时会毁掉人的鼻子甚至眼睛。它主要影响7岁以下的儿童。导致走马疳的因素很多，包括营养不良、缺乏疫苗接种、口腔卫生不良，归根结底还是贫困。对于大多数儿童来说，在外表受影响之前，疾病已经损坏了口腔内的组织。必须切掉受损的组织，包扎伤口，这样反复几次，直到受损部位愈合。然而，直到他们符合接受外科整形手术的条件，这些孩子必须等待几个月甚至几年。

对梅映川来说，奥特是令人难忘的病人之一。梅映川在郊区的村庄义诊时遇到这个孩子。人们因为他的样子欺负他，他备受歧视，辍学了。奥特非常抗拒进医院，说医院到处是魔鬼，去了会死人。于是，梅映川私下给了这贫穷的一家人一些钱才动员成功。当奥特从医院回来时，村民们都认不出他来。奥特的新模样向社区传递了一个好消息——如果像这样的孩子都能来医院做这样精妙的鼻腔重建，其他人为什么不呢？当梅映川再次踏进奥特的村庄进行随访时，那里的每个人都围在他身边，注视他的目光，如同望见上帝般的光芒。

现在，奥特的鼻子看上去很好。看到一个个面部畸形的病人重新来到科特公立医院接受治疗，恢复了机能……对梅映川而言，再也没有什么比这样的结果更让人高兴了！医学就是生命的魔法。

他张开双臂象征性地拍拍小男孩，说："奥特，你太帅了。"

奥特笑了。他给梅映川带来了一只鸟，要送给他。之前，奥特还送过一只猴子给他——马尔堡病毒就来源于病猴，染病的猴子被送上夜班飞机来到伦敦再飞往德国，几周后，那些病猴在德国肆虐，开始了入侵人类之路，那太可怕了。非洲的一切生物对梅映川来说都是研究的对象，而不是可以带走的礼物。这类礼物在梅映川眼中都像是病毒的定时炸弹，他拒绝了这个礼物。

看见梅映川医生再次拒绝,奥特打着手势不停地强调这只鸟非常 beautiful, beautiful, beautiful！（漂亮，漂亮，漂亮！）

一个小男孩怎么会懂他的感受。区区一只外表看不出任何问题的动物都足以引起世界病毒风暴，让数百万人在病痛中生不如死。他下意识地看了看奥特，脑子里浮想起以往看到的一篇论文，其中写道："大多数马尔堡病毒患者显得很阴郁，行为略带攻击性或抗拒性。"奥特洋溢着一脸的笑容，造好的鼻子虽然看着有些怪异，但已经能看得过去了。他确定眼前的这个男孩没有流行病——职业习惯让梅映川对每一位站在他面前的病人都要与以往发生过的重大流行病毒的显性症状一一对应、审视和考证一番。

电话响起。铃声刺激着他的大脑，促使他尽快送走了奥特。他匆匆开了一张药单递过去，说："去吧，奥特，跟你妈妈说，你一切都好。"

电话是在尼罗古纳华人小区开诊所的中国籍医生卢义老先生打来的。卢先生毕业于哥伦比亚大学，在大学时代就是个电脑爱好者，现在正在跟梅映川一起开发疫情风控系统。说好昨晚要见个面，但梅映川接到图玛尼家人的急诊，没去。卢先生打电话估计是因为这事。电话里传来了浑厚的男中音："喂。"

那边卢先生的声音跟平日说话极不同，沉重而缓慢，像是一个字一个字吐出来的，充满压抑的恐惧："我，诊所，死了一个人。那个人内外出血，血液凝固，出现口腔、鼻腔和肛门出血的症状，是黑色的血，针头插不进，血如泉涌，他，内脏全在出血，不对劲，这很不对劲，他肝脏变成了糊状，肠子灌满血液……密斯特梅，我，觉得，是，埃博拉，埃博拉，密斯特梅，埃博拉在1974年之后，又出现了！"

梅映川手中的电话差点滑落，话语变得哆哆嗦嗦："你，你，你有没有做好防护措施？黑色的血，你有没有碰到？快！启动疫情风控系统！要快！快！"

卢先生的恐慌让他万分震惊。之后，梅映川便一直联系不上卢先生。

强烈的不祥之感涌上心头。

一张苍白的脸出现在梅映川面前,"梅先生,需要我帮忙吗?"医生格雷丝问道。

"哦,没有。"梅映川微笑着,拍拍格雷丝的肩膀,"值了一晚上班,你快休息一下。"

格雷丝接着说道:"谢谢,梅……有急诊手术,院长请您亲自操刀,是来自总统府。"

"哦,好,行。"他心不在焉地应着。发生在卢氏诊所的事情绝对没那么简单,他应该立刻启程去卢氏诊所。他突然想到张芮今天正好休息,匆匆冲下楼,喊道:"张芮!张芮!"

张芮正抱着坐在轮椅上的丽莎。

"怎么,我只是想去看一下窗外。"丽莎闹道。

"要不你在轮椅上坐好,我推你去?"张芮说,双手牢牢握住轮椅的把手。

"喔,好吧,你真好心。"丽莎向后靠着椅背,将脚收回到脚踏板上,手搁在大腿上。

护士一脸困惑,撇撇嘴道:"密斯特张,你对丽莎可真好!"

张芮笑着,目光游到梅映川身上,这才看到梅映川在等他。梅映川耐心地等张芮推着丽莎走过来,他的目光落在张芮握住轮椅的一只手上,那里有一道浅浅的血痕。梅映川问道:"你受伤了?"

张芮答道:"一点不痛。"

"这是痛的问题吗?这是违反规定的事件。"梅映川低声吼道,要求张芮必须马上去特若亚四级实验室接受血液检查。他们争吵起来。这种情况下,他不能叫张芮去卢氏诊所,虽然张芮的专业能力很强,但他办事毛糙,不注重细节,会坏事。他不想再跟张芮继续废话。回到办公室,他拨通中国医疗队驻地的电话:"喂,是我,梅映川,今天张芮若不提供特若亚四级实验室血液检查单,不允许他进中国驻地。"他心思沉重地叹了口气。

办公室的电话又响了——中国医疗队驻地的电话一旦没人接,就会自动接到这台手机上,它成了当地人24小时的生命连线。

"梅先生,受伤病人在皮耶里,枪伤,有一位很严重,需要立即手术。"一台救护车出现在医院门口,古巴医生拉希德在里面,梅映川急匆匆地拉开车门。

"密斯特梅!急诊手术,总统府!"护士喊道,"格雷丝医生在等你呢!"

"密斯特梅!你去哪?"格雷丝从窗口探出头,"梅,你能不能讲点交情?"

梅映川朝她笑了笑,挥了挥手,他很清楚,总统府的手术从来就不真正意味着急诊,便重重地关上了门。

被夜色包裹的努桑比小村在森林的深处压抑而逼仄。那里的村庄长期被一支反政府武装军占领,常年耕种罂粟。首领亚丹斯已发觉病毒的蔓延,也采取了防护措施,发现病人直接枪毙,尸体焚烧。

一只蝙蝠从努桑比小村的森林中飞出。

二

1994年7月25日 晴

卢义,中国籍医生,我的老朋友,他被埃博拉侵入的那个场面一次次出现在我的脑海里,是恐惧和无助感。我刚到尼罗古纳不久,就认识了他和他的家人。他的院子里种了一棵猴面包树,这种树可以活千年,掏空了,能当作"房子"。他说这种树在穷人家里是可以像财产一样传承的,尤其是老树。院子里这棵准备用来传承的猴面包树还小,他远在N国的孩子是不可能回来照顾它的，最终只能自生自灭。

我一直认为，生命是脆弱的，乐趣并不多，我是个容易沮丧的人，他经常对我说"没什么关系"，然后陪我去海钓。他的妻子抱怨孩子没家教不尊重她，对他的收入牢骚满腹，他安慰妻子说"没什么关系"。他也经常对被病痛折磨的病人说"没什么关系"……现在，说这话的人死了，他的妻子也死了。

"没什么关系"——这句话像羽毛落地时那么轻，像叶子掠过时那么轻，像病毒刚侵入身体时那么轻，他去天堂了，死了——也还是那么轻。

梅映川

父亲的日记里第一次提到埃博拉就是这一篇。是这个卢义先生得了埃博拉，然后传染给父亲的吗？梅红相信，任何一次威胁人类生存的大病毒在席卷全球之前，都并非单枪匹马而来，周遭的生态环境中肯定会出现很多凶兆，比如地震前的地震云、火山爆发前的海水翻旋、海啸前的沙滩泡泡。至少有几样迹象：一是生活方式的极端释放，邪教、复仇、颓靡、猎奇、扭曲；二是为了经济利益而在世界进行的疯狂掠夺，达到高峰；三是被轻视的医疗环境、技术的停滞；四是对大自然缺乏起码的敬畏，认知愚昧落后；五是国家之间文化信仰的交锋。总之，全球衰败，沉疴遍地。

那时候的父亲,有没有看到这些？父亲在埃博拉的后面打了三个问号，他是否已经确认卢先生是埃博拉患者？

鸟儿在树上栖息，星星钻出来了。这里没有电、没有电话信号、没有因特网，一切都很安静。张芮在集市上跟几个中企友人喝了棕榈酒。他重重地推开房门，把屋子里正在沉睡的蝙蝠吓了一跳，那只蝙蝠从床架下面出来，飞到天花板上。当张芮推开窗户时，它近乎擦着张芮的耳朵飞了出去，将酒醉的张芮吓了一跳。

张芮渐渐入睡的时候，在蚊帐上盖了一张被单，当地人警告过他，要小心在夜里被蝙蝠袭击……

梅映川值夜班，猛然想起卢义，连忙打电话，卢氏诊所的那头依然是忙音。又想起张芮的事，驻地保安告诉他，张芮提供了血液检查单，但检查结果要后天才能出。他连忙问："张芮他现在住在哪里？"

"梅队长，按防疫条例，接受血液检查的人员住在隔离室。"

"他今天还好吗？"

"不行，喝酒了。"

"不省心。"

半夜，梅映川惊醒了。外面下起了雨。

一早，天色转亮了，是个雨过天晴的一天。阴、晴、雨、风、云……这些天气变化在非洲极为常见，这意味着在这里生活的人们永远要在变化中寻找简短的乐趣和等待未知的下一刻。

张芮依然保持晨跑的习惯，这段路有两英里。去年圣诞节前，当地的村民烧过田地，地里焦黑一片，翻过的焦土可以在来年作肥料，孕育春天的种子。越过焦黑的土地向北望去，他能看见30英里外的班巴拉山。春是烂漫，夏是明媚，秋是金灿，冬是苍劲。阴晴风雨，山峰的颜色也随着四季、冷暖在改变，这是非洲光线的奇景。晨昏时分，班巴拉山在光与影的交错间只露出峰顶，峰际以上是一层层粗犷的灰色岭脊，在雾气之中像个温暾的绅士。太阳升起，山峰也被炙烤，这时候的班巴拉山远看就像一块块刚刚端上桌的红烧肉。

英国人在这里修建了一所教堂——诸圣教堂，现在年久失修，墙壁开裂，涂料因为日晒雨淋而剥落。每到周末这里就有人聚集在一起做礼拜，人数还不少。张芮曾经被邀请参加过一场葬礼——这也是防疫条例不允许的。

一群乌鸦在盘旋。诸圣教堂附近的一片空旷的土地上，他又看见了类似葬礼的场景。

他累了，慢下脚步，调整呼吸，这时，他才发现那群人围着尸体做了一个让他十分恐慌的动作——亲吻尸体。他戴上眼镜，再次确认，对，他们是在亲吻尸体。他的目力所及，没有其他植物，只有一棵形单影只的树，那是一棵奇怪的树，树上长着异常茂盛的枝叶。那是罗望子树。

很快，人群也看见了他。在他们的目力所及，像他这样一个将T恤挂在脖子上的中国人看上去也很奇怪。

"善良和仁慈无处不在！"人们在祷告，往尸体上丢树叶和枝条。

"No（不）！你们不能这样！"他忍不住上前告知他们不要亲吻尸体，这块土地曾经在1974年爆发过埃博拉，而且现在处于雨季，正是流行病爆发的阶段，医院的危重病人越来越多，病床越来越不够用，他不理解为什么当地人如此不珍惜生命。

人群开始不满，有人伸手推开他："你这可怜的家伙！你要么跟我们一起祈祷，要么滚开。""你是个医生，但你们治不好我们的劳拉。医生有什么了不起。""他死了！我们的劳拉死了，医生说他得的是治不好的病！医生就应该为自己治不了的病人祈祷。你还我的劳拉！"竟有人向他冲了过来，他快速戴上了口罩。那人拎起他的衣领就问："给劳拉治病的是不是你？"

他不想滋生是非，举起双手，坦诚地回答："我起誓，那不是我！"

那人还想撕下他的口罩。就在千钧一发之际，有人冲他们大吼："密斯特张！哦，我的天！你们在干吗？他是西诺瓦（法语：中国人），他是中国医生，中国！"

张芮回头一看，是古巴医生拉希德，开着他那辆破路虎。他不假思索地跳了上去。

路虎驶上笔直的红土道路,这条路通往山的断崖,悬崖绝壁壮观,红土的路面铺着红如鲜血的火山灰。车从山的外沿绕行,穿过玉米田和咖啡树种植园,是一大片放牧的草场,视野愈发开阔。这条路经过英国殖民时代的农庄,成排的蓝桉树遮住了残旧的古老屋舍。他们爬得越来越高,气温也越来越低。一只鸟儿拍打着翅膀飞出雪松树,倏地不见了。

"什么东西?"

"冠雕。张,你恐怕又要挨训了。"拉希德叼着一支雪茄,他是个快乐的人,连脸上的络腮胡子都洋溢着对生活无限的热爱,"我带你去野营,换换心情。"

"哦,拉希德,我不想去。我的'骑士'今天要打疫苗。"

自从中企公司的董事长毕先进把三个月大的"骑士"送给他,张芮就把它当成自己的孩子一样对待,连睡觉也抱着。伤口便是被这只狗咬的,他已打疫苗。虽然张芮反感梅映川的小题大做,但他依然选择了理解和服从。

事实上,古巴医生拉希德没有把他拉向野营的道路,而是将他带到另一个葬礼的现场,还跟他解释:"小伙子,学习和帮助别人是世界上最宝贵的遗产,我知道,你很善良。"拉希德打了个响指,吹了个口哨:"来吧,张,Let's go(我们走)。"

张芮只好下车。他不满意道:"我没有合适的衣服。"运动衣的湿气慢慢地浸透了他的T恤。今天早上他不得不洗了这件运动衣,好去掉衣服前面的血迹。尼罗古纳早上的空气凉爽,随着太阳继续升起,很快就会变得很热,像火炉般炙烤大地。他的运动衣不到半小时就可以晒干了。

Tukul 是当地的一种建筑,由土墙和茅草屋顶构成。他们路过了许多这样的小房子,大一点是养牛的,小一点的会有装饰性的门,供家庭居住。汽车声打扰了当地居民,扬起一片乱尘飞土,成群的孩子跑出来跟在路虎车后面追逐。

"今天凌晨3点我就起床了,帮助产科团队治疗一名产后严重出血的病人。"拉希德拍了拍自己的夹克,"是玛尼亲叔叔的葬礼,她叫了你,你忘记了?"

"没有。只是……"

"我知道,是梅!他又会叽里呱啦对你说一堆。"

张芮无奈地耸耸肩。

"不,你认为他错了吗?"

"没有。"

"他没有错。我们应该把口罩戴上,还有手套。"

"是的,梅映川没有错,他什么时候都不会错……就像跟他住在卢图曼村医院一样。"张芮不满地说道。

作为中国援非医疗队员,张芮第一站就是和梅映川一起被派往卢图曼村医院做外科医生,他们俩在那儿待了整整半年。当时还遇到两个德国医生,不到一个月就走了,他们离开时的神情就跟逃出生天一般,连跟同行拥抱都忘记了。他后来才知道,他被派往卢图曼村,完全是梅映川的个人提议。

在卢图曼村,张芮的眼睛被毒虫咬了,肿得跟馒头一样,那地方缺医少药,消肿之后,在眼眉处留了榆钱大小的疤。为这事,他一直耿耿于怀。

他手里的墨镜就是那时梅映川送给他的。顺着光,透过墨镜,他能清楚地看到那块疤,此时,它正在神经性地抽动。他戴上墨镜,跟在拉希德的后面。

这时张芮养的名犬"骑士"正摇头摆尾地跑向努桑比小村。村庄的郊外寂静无声,洪水过后,积水连绵成片,沼泽上生长着一丛丛的灌木,偶尔有鸟飞起,生机无限。另一边,是通体长满瘤节的非洲橄榄树交织成网的大森林,挂满了苔藓和攀缘植物,时不时传来一些像孩子哈哈叫喊的声音,那是非洲疣猴,它们突然闯出,快速地穿过;非洲橄榄鸽成群结队地飞出树丛，俯冲向下，速度快得惊人。即使速度再快，也会被秃鹫发现，从高处扑来，在半空中将落单的那一只撕碎。

"骑士"趴下来。它冷静、机敏、伺机而动。

再放远一些，如果从高空中俯瞰，一条细嫩的小溪流出雨林，在光影间汇成了奇特的乳白色。非洲水牛会发出"哞哞哞"声，它们啃食过的地方形成了一道道的大地伤疤，再留下牛粪，气味浓烈，久久不散。阴晴转化很快，晨昏时分形成的乌云，一旦有阳光就破晓了，或出岫了去。

不知道"骑士"看见了什么，它突然狂吠着转身离去，没有一丝犹豫。

从低矮的视线望过去，很远的地方有一具睁大眼睛的尸体，在一块石头边上，很突兀，令人发怵，他七窍流血，四肢已开始腐烂。这个人在死前绝望挣扎过，双臂和双腿胡乱踢打。埃博拉就是通过喷溅的血，污染下一个目标，以此来传播它的致命病毒。

此时在尼罗古纳特若亚四级实验室里，巴马医生一脸惊恐，在他眼中，这栋实验室堪比地狱。他不敢相信自己的眼睛，眼前的样本里挤满了病毒粒子，某种状如长索的东西贯穿了冻干液体。一时间他都不敢呼吸。他走出显微镜室，匆忙跑向放原始材料的那间实验室，取出一瓶次氯酸钠消毒液，从上到下擦洗整个房间，他没有放过任何一个实验台和水槽。他一丝不苟地给整个房间消了毒，然后按疾控防疫流程做完了全套程序。

他拨通了好友梅映川的电话，告诉他在显微镜里看见了什么。

"什么？蠕虫？"梅映川脸若刀削，苍白如纸，如风雪中伫立的夜归人一般。

"对，埃博拉的病毒粒子。"

"牧羊人的曲杖？"

"对，就是牧羊人的曲杖。"巴马很肯定地回答。

梅映川想到卢医生。"你马上向疾控中心汇报，做好实验室的保护。"

"梅,我已经做了。从疾控到大规模的防疫是一个动态的过程,需要多长时间,我不知道,我在乎的是您,朋友,科特公立医院指不定已经感染,任何时候,生命第一,保佑您,让爱与您同在。"

"谢谢,谢谢。我有件事,马上要做,即刻要做。"梅映川快速脱下白色外衣,换上便服。

"嗯,嗯嗯。"

两人如同诀别一般,沉默良久才互相挂了电话。一直戴着眼镜的巴马医生此时摘下眼镜,望向窗外——是夜的黑幕,看不到一丝星光。习惯了与土地、森林、野兽、清风和明月共舞的民族,在可怕的病毒面前,显得如此单薄,如此软弱无力。

这会演变成一场人间浩劫吗?他不敢想,紧握拳头,两行眼泪不由自主地流了下来。

科特公立医院的防疫和救援形势异常严峻起来。梅映川第一时间向院长做了汇报,并迅速报告中国卫健委。中国医疗队防疫和治疗的预案也需要马上商讨。他再次想到卢先生,但电话那头依然无人接听。

他不能再等了,他需要找一人同去。在医院问了一圈,好不容易得知张芮的去处,马上把电话拨到玛尼的叔叔家:"张芮,在哪?"

张芮环顾四周,也说不清楚自己在哪:"在……那个,拉希德和我,我,我们……玛尼的亲叔叔……"

"你参加了葬礼?做好个人防护措施了吗?"

"我一直,总是,永远都……算了,你也不信。我刚给一位疟疾的患者……"

张芮居然没有经过组织批准就参加聚集,梅映川几乎要吼叫:"张芮!我要开除你!……你,你,你现在回来,消毒,做好防护措施,紧急呼叫!一级响应!急诊!"事态比料想的还要紧急,梅映川急需张芮。

梅映川从来没有这么紧张和急迫过,似乎每一个字都是从肺里挤压出来的。张芮知道出大事了，若不是梅映川不会开车，他早就自行处理了，根本轮不到他。"好，我马上到！"

卢氏诊所，门是关着的。梅映川没有立即推开门。他在软手套外层又加了一层皮革防护手套，用酒精喷洒了门把手才推门进去。当看到卢先生躺在一摊血上几近融化的尸体，他们俩面如死灰。

三

梅映川伸手触摸了卢先生的脾脏。脾脏是人体过滤血液的口袋，在免疫系统中扮演着重要的角色。正常的脾脏是柔软的袋状物，有着湿润的红色中央部位。

戴着口罩和护眼罩的梅映川轻轻拨开他的脾，张芮冒出一句："正常的脾硬度跟俄罗斯吐司差不多吧，他的怎么样？"

梅映川触摸到的是硬如石块一样的东西，像被石化了一样。他用解剖刀切过人体正常的脾脏，的确像张芮说的那样，应该是软硬适中的，而且一刀下去，血如泉涌。卢义的皮肤发青，指头出现小块红斑，手臂上的针眼表明他顽强地采取过自救措施，但失败了。针眼不止一个，它们最后都成了渗血点。

梅映川判断道："死亡是很快发生的，也许两天，也许一天。"

张芮很疑惑："他为什么没来医院？"

"他不想再感染任何人。"

梅映川开始做初步的检查，张芮做记录。梅映川用教学的口吻说道："首先他会发现自己的针刺部位很容易出血，他的皮肤慢慢会变成黑紫色，然后他的瞳孔开始扩大，这是脑死亡的症状，他的大脑在出血……你看，这些皮肤已经与皮下组织开始剥离，这就是埃博拉病毒里的'第三间隙'，在皮肤与肌肉之间，皮肤开始鼓起，像包袋似的与肌肉分离。一切高危病毒都是疯狂的猎食者……"

此时的梅映川，防护面罩和防护眼镜覆盖了整个面部，口罩、手套及防水外套都戴着。他用棉签轻擦卢先生的喉咙，采集少量黏液样本——这就是医学里所谓的咽喉取样。他将棉签放进装满蒸馏水的试管，拧紧盖子。黏液内只要存在病原体，就会被暂时保存下来。在梅映川的示意下，张芮打开医用冷冻箱。接下来是血液，使用塑料管，至少需要采集4mL全血，经非肝素方案抗凝处理，样本应在4℃或冷冻环境下保存。

一种让人窒息的安静。

张芮的手在抖动，胃部翻滚，脑袋有撕裂之感。

地上的血，如无尽深渊一般。

和张芮的感受不同，梅映川更多的是想要寻找真相。他所认识的卢义先生性情温和，喜欢安静，却又不怯于社交。他是个基督徒，每次在享受丰盛的食物之前，都会祈祷。他把关爱散布给每一个来到诊所的人。即使来了一只流浪猫，他也会给它治病、给它食物，他布道，宣传爱之伟大。

他就这么悄无声息地死了。

梅映川想起卢先生经常说的一句话："虽然有点累，但没什么关系。"

"没什么关系"这句话像羽毛落地时那么轻，像叶子掠过时那么轻，像病毒刚侵入身体时那么轻，他去天堂了，死了，也还是那么轻。

四周异常寂静，有种死亡地狱之感。张芮突生无比的恐惧，说道："我们走吧？"

里屋传来一个微弱的女声："救救我。"他们面临选择：要么救人，要么转身离开。张芮的个人防护用具并不齐备，梅映川不敢冒险，因为一次职业暴露就意味着一位医生的生命遭到威胁，如果处理不得当甚至会导致整个医院的崩溃。

"我们认为麻疹疫情已爆发并逐渐失控。尼罗古纳地区早前被洪水淹没而进入紧急状态,情况令人担忧。"一个镇定而严谨的声音从诊所外传来。从一辆车上走下来两位身着防护服的医生,张芮接触过他们,是尼罗古纳北郊加克医院的无国界医生,非洲雨季到来,暴雨成灾,洪水淹没了尼罗古纳邻近村庄的居所,有近 3000 人来到尼罗古纳地区暂避。无国界医生在北郊加克医院的团队已为 70 多名流离失所者提供了护理,包括治疗呼吸道感染和急性水样腹泻。

他们没有握手。无国界医生希尔简单讲了一下情况,他们自 8 月开始应对麻疹疫情,初期病人大多来自尼罗古纳中部地区,那时疫情已蔓延。在水浸区域,要涉水而行或用桨划船,才能到达他们的临时诊所求医,最远可达 7 天之久。"前两天接到卢先生的电话,提到埃博拉病毒,我想,如果卢先生说的事属实,这将是一场浩劫,现在疟疾已经很严重。"希尔医生说。

"他,死了。"梅映川答道。

"啊?什么!哪天的事?"惊愕之下,希尔跟助手要进诊所,被张芮阻止。希尔坚持道:"我们一定要进去!"张芮告诉他,里面还有另一位感染者。

希尔听到了求救声:"你们为什么还不救她?还等什么?南格尔!去把医用箱拿来,准备活体检验。"

活体检验,是凶险等级最高的检验,这对梅映川和张芮来说,想都不敢想。

希尔从南格尔的医用箱里取出手套,小心戴上,正要进门,顿了顿,扭头问他俩:"你们,帮忙吗?"

张芮正想答应,被梅映川一口回绝了:"对不起,我们中国医疗队还缺乏高危病毒采集运送的专项合作培训,我们已经打电话请求尼罗古纳中心医院的支援。"

"嗯,你是对的,我认同你的做法,在任何时候都不能冲动行事,尤其是医疗,中国队队长——梅教授。"希尔理解地点点头,他居然也知道梅映川。"那么，请让一让。"他示意。

梅映川和张芮上了车。张芮摇下车窗往卢氏诊所看，恰在此时，年纪尚小的南格尔一声惊叫从诊所里传出。梅映川道："我们走。"

梅映川和张芮再次返回医院。门口的清洁工委拉正在擦地上的血。

梅映川："怎么了？"

"刚送来一位急救病人，太惨了，全身都在喷血，把肚子里的东西也呕了出来。"委拉显然吓坏了，不仅声音发抖，全身都在发颤，动作僵硬。"不好，会扩散。"梅映川无法按捺内心的焦虑，急切地问："委拉，病人现在在哪里？有多少人接触过他？"委拉一脸茫然地摇摇头。梅映川低吼道："你！你！还有你，这个医院所有跟死亡病人接触过的人都要拉去隔离，接受检查。"

"梅，怎么了？你在制造恐慌！"分管行政的副院长戴维在办公室跟梅映川拍桌子，梅映川不语。

梅映川领着一群惊魂未定的医生来到实验室。他把刚从卢先生身上采集到的细胞里的液体滴了一滴在载玻片上，待晾干后放到了显微镜下。有人惊叫出来："蠕虫！"他们望着那些蠕虫，尝试分辨形状，他们看见了长蛇、辫子、树枝、像是字母 Y 的分叉、像是小写 g 的蜿蜒曲线、像是字母 U 的弯曲形状、像是数字 6 的圈环，他们还看见了一个典型形状，这是从 19 世纪 70 年代就臭名昭著的埃博拉病毒——有专家将其命名为"牧羊人的曲杖"。

但这无法列入国际医学四级检验标准。"一切只是疑似！"戴维道："还需要进一步证实，你不能制造恐慌。"

"现在医院要做的是隔离和防护。"梅映川掷地有声。

得知有可能成为埃博拉病毒的密接者，所有接触过的医护人员恐惧万分，他们被医院单间隔离。夜间巡查时，医院巡查人员发现，急诊部少了一位病人，谁也不知道他去了哪里。

一条湍急的河流正划开浓绿的密林出现在眼前，河的上游大概刚下过一场暴雨，浑黄的河水涨满了河床，正在汹涌激荡地奔流着。那个逃跑的病人一头扎进了奔腾的浑水，湍急的流水撕扯着他，他的脑袋在枯枝乱藤中时隐时现，生死未卜。也许对他来说，埃博拉病毒比洪水更可怕。

中国某省卫健委办公室主任陆鸣此时加快了脚步，他要赶在党组书记柳同章启程之前让他知悉此事。"柳书记！"正准备钻进车的柳同章听到呼唤，收住了脚。若不是急事，平时稳健的陆鸣不会看上去如此急切，陆鸣递过来一份文件，低沉地说道："尼罗古纳发现埃博拉病毒。"

柳同章眉头紧锁，跟司机说："取消行程，回去商议。"他快速跳上台阶，"严密注意发展势态，要做好加派医疗队员的准备，随时增援疫区。……映川他们什么时候结束这一期援非？"

"按原定计划，一个月后的今天。"

"嗯，我们尽快增援。"

中国医疗队驻地的电话一直在响，但没有人接，清洁工拿起电话，电话已经挂断，清洁工很奇怪，这电话是转接到梅映川办公室的，那说明梅映川并没有在科特公立医院，他去哪了？

卢氏诊所外围，被警戒线三重封锁，在闹市之郊，诊所显得孤单而苍穆。此时的梅映川正趁着夜色小心翼翼地进入被政府一级医疗封闭的卢氏诊所。

他穿上外科手术服，戴上橡胶手套，顺利拷贝了系统，但他的上臂在离开时被断开的门闩带出了道血口子，看似并不深，然而，这断开的门闩里正好也有那位感染了埃博拉病毒护士的血——希尔和他的助手在抬走她的时候，她的胳膊也在门闩的同一处剐了一下——病毒就这么悄无声息，却无孔不入地浸透进他的身体。如果此时他能快速地进行病毒阻断，还有救，但他回到医院，只是进行了消毒和清洁处理，将冒险从诊所电脑里拷贝出来的疫情风控系统存放到办公室的电脑里。他又拿起装着卢先生冻凝血的盒子走进了巴马医生的四级实验室整备区。他打开盒子，里面是泡沫填充物，他从填充物里取出一个用胶带密封并打上生物危害标记的金属圆筒。作为病理学家，他需要在无干扰的情况下，独自对这种可怕的病毒进行病理实验，一坐就是一天，他就这么毫无觉察地失掉了最佳阻断时间。

时光无声地流淌。实验做完，他剥掉胶带，可胶带粘在了橡胶手套上，他怎么都摘不掉。"该死！"他心里骂道。时钟指向晚上8点，今天肯定没法回驻地。梅映川用最短的时间对卢先生的疫情风控系统进行了重新设计，并根据系统找到努桑比小村为首例病发的源头。是努桑比村。

"对，就是它。"他在心里对自己说。这让他近来恐惧、紧绷的心稍稍有些宽慰。

他以最简洁且直接的文字向曾经联系过的国际卫生组织驻尼罗古纳官员威立森汇报，威立森将传真发往瑞士日内瓦，但由于传真是夜间发送，第二天收件人员疏忽，文件被搁置，文员在处理垃圾文稿时将这份并不起眼的纸与其他纸张一并塞进了碎纸机。威立森发出的邮件也因卫生组织一时的网络故障并没有被及时查阅。等威立森休假结束再打电话询问总部对此事的处理方案时，那已经是第二周了。

幸好，梅映川发往中国卫生部的讯息得到国家第一时间的回应——中国将增派援非医疗人员！次日，中国卫生部再次提出：中国的援非医疗队将在尼罗古纳地区展开埃博拉病毒管理工作，以支持国际卫生组织的疫情应对；在科特公立医院及其健康中心组织应对工作，负责患者分流、检测和隔离疑似感染者的相关工作；中国的团队还将与国际卫生组织的医务人员为隔离病房内所有年龄层的病人提供门诊治疗。

这一刻，梅映川才松了口气。

那天，陆鸣正调着大彩电的频道，一个越洋电话转了进来。他扬起官方特有的腔调，"喂，喂……啊，映川？"声音马上转为惊喜，"是你吗？映川？"他跟梅映川是在上海医科大的同班同学。

梅映川："陆鸣，我都听见了，你听的这都是什么靡靡之音。"

陆鸣："这是电视。"

"邓丽君的吧。"

"是。"

"好，不说你了，我也喜欢。我们的口味还是一样一样的。"

陆鸣："那是。当年明明是你躲在被窝里听邓丽君，还诬赖我，结果我被罚跑操场二圈，你这没良心的。去年送你去非洲，我给你授旗，你还当不认识我。"

梅映川轻轻哼了一下。

"怎么了？唱《祝你一路顺风》的时候，我是真哭了。"

梅映川："陆鸣……谢谢你。"

"你谢我？……等等，别挂，给你听首歌。"陆鸣快速在抽屉里翻找，拿出一盘磁带，录音机开了。越洋线响起了歌声，"朋友啊，朋友，你可曾想起了我，如果你正享受幸福，请你忘记我，朋友啊，朋友，你可曾想起了我，如果你正承受不幸，请你告诉我……"

"你看啊，对官员和医生的理解，有时候要看语言的环境，就好比要看我们所处的这个时代，答案有时候跟你做外科手术一样清清楚楚，医道在人心，官道也在人心。"

"高谈阔论，讨厌。"梅映川红了眼。

陆鸣在电话那头倒乐了。

古巴医生拉希德恰恰是那位死亡女病人的直接救助者，他被隔离了。

拉希德独自坐在隔离铁门之后，他在祷告。

张芮是第一个来看望他的人:"拉希德,一切还没有那么糟糕。"

拉希德:"芮,那是个女孩。"拉希德从怀里掏出口簧琴,放到嘴里,"她才16岁,在田里干活的时候,被武装分子性侵了……家人拒绝接纳她,把她踢出了家门,她投靠亲戚生活了三个月。在这里,许多同样经历过性暴力的妇女甚至连庇护之所都找不到,她被人拉过来的时候,我以为是在绝境之下选择自杀的少女,所以我急着救她……我也有个女儿。我应该在救她的时候更谨慎一些。"

拉希德吹起了口簧琴,原本是想转移自己的注意力,结果却根本不起作用。

张芮安慰道:"相信我,拉希德,你会熬过去的。"

当晚拉希德的发热症状明显,自知死期将至,他拿出了一张照片,在照片后面写了几行字,从隔离室门缝塞了出去。这只是一个落寞的行为,他以为没有人在外面。

丽莎从树影中走出来,起初只见到阴暗中一团模糊的身影,直到她走进医院,才看出是个身形瘦长,还没发育完全的小女孩。她的长发垂下来,在满月的光芒之下,看起来就像一道蓝黑色的波浪。

丽莎睡不着,走到科特公立医院隔离区,她拿起了照片。"你要死了吗?"听到稚嫩的声音,拉希德抬起了头,这女孩眼眸明亮,蓝色的眼珠,睫毛密长,不由叹道:"哦,丽莎,你真美,你像个天使。"

丽莎:"拉希德医生,他们说你病了,我知道你救了很多人,父亲说,像你这样的人死了会去天堂。"

拉希德本能般伸手摸向了口袋里的黄金十字架——它曾在他人生经历磨难的途中帮他渡过了许多难关。她确实在看着他,手里还攥着个什么挂件——一个小小的方形吊坠盒,用骨头或是象牙雕成的。

"我拿到你的照片了。"丽莎像幸运儿似的露出得意的笑,"作为交换,我想把我的吊坠给你。"

"不。可爱的丽莎,你应该给更重要的人。"

丽莎点点头:"你觉得我会上天堂吗?"

拉希德一时哽咽,答道:"丽莎,天使应该留在人间。"

生命脆弱。只维持了四天,最直接接触科特公立医院第一例埃博拉患者的拉希德医生离世了。空空的隔离室。张芮在铁栏杆上看到一串抚摸得发亮的黄金十字架,它挂在那里,静谧无声。

第二章

1994 年 7 月 28 日　小雨

　　允许我带日记，这一点已经足够。我需要用日记记下每一天的变化。埃博拉，它在我的身体里无遮无挡，我只能靠命运来保护自己了。我是不是会成为像尝百草的神农那样的人？马歇尔用自己的胃培养细菌，他拿了诺贝尔奖。不过，我至少不用像福斯曼，要剪开自己的胳膊，把一根 6 英尺长的管子插一根针然后扎进自己的静脉里……

　　我怕痛。最有意思的是卡拉森，他吃了银抗菌，把自己变成了蓝精灵，我呢？会变成什么样？七窍流血？吐出自己的肝脏？如果注定是一场死亡的狂欢，那就让暴风雨来得更猛烈些吧！

梅映川

父亲怕痛？

你也怕痛吗？父亲。5 岁那年，父亲带梅红去骑车，没有按事先计划的路线走，他们绕去了郊外，似乎远离城市可以让一切无趣变得有趣，可惜，她骑不稳，摇摇晃晃地摔了一跤，原本在后面扶着车帮她保持车辆平衡的父亲在关键时候反而背过手，让她自己站起来，一脸严肃。她想，爸爸不对我说几声"我的乖乖"，至少该有爱抚的动作吧，难道爸爸连爱抚的动作也做不出来吗？她憋着这股怨气学会了骑车，而且一直骑了好几年，直到有一次猛然看到父亲的手上有一道深色疤痕——他的手当年为了帮她保持车辆的平衡，一不小心插进了钢链条，被撕裂了一个大口子，父亲不想让她看见那只流满血的手。

父亲后来描述过当时的情景，伤口最痛时，不是被割开的那一下，因为来得太快，而是日复一日之后，纱布被漠然地揭开，发现那道伤口竟没有愈合，一直在那里，它腐烂着、撕咬着麻痹的神经，那种清醒又自知的痛只有自己知道。

埃博拉这种噬命的病毒会制造多少痛？梅红不敢想，可能像身体进入了折光棱镜，一种痛被劈裂成无数种痛，然后炸开。

一

"在你们眼里的拉希德是一名医生，其实，他还是顶尖的素描高手，那些在土地、森林、矿山里苦苦挣扎的人民都是他画中的人物，他还喜欢摄影。他在国外修读医学和艺术，他还很会打排球，他是个教徒，每周五都会到诸圣教堂祷告，行跪拜礼——对他，爱是宽容的，你总能看到一种由高到低的，如同太阳般的视角……"科特公立医院院长胡赛因喃喃而语，将拉希德的遗像摆放在医院住院部转角的那个走廊上，此时一束光正好打在拉希德的脸上，笑容可掬。他把脸转向有光亮的那扇窗户，默默走开了。

"他是第 16 个。"张芮沉重地说。在这个地区因为工伤、意外和职业暴露死去的医护人员有 16 人。尼罗古纳的埃博拉已经蔓延，张芮知道，随着埃博拉向尼罗古纳地区的侵入，将有更多的医护人员逝去。

胡赛因沉重地说道："现实情况比我们想象得要更加复杂和严重。我们医院和无国界医院都已完全超越负荷。"到目前为止，科特公立医院在 11 个月里平均每天为 180 名病人诊治。他们大多是 5 岁以下，患有疟疾、呼吸道感染和营养不良的儿童。原本设有 135 张病床的医院，已额外增加了 45 张病床。就这几天，入院人数就上升了 35%，医院不得不将会议室和余下的隔离区改造成门诊部和儿科病房，以应对激增的病人。现在科特公立医院发现首例埃博拉病例，虽然相关医务人员已被隔离，但明显医院的医护力量远远不足以应付这场病毒和人类的战争。

女护士悲痛地告诉张芮一个坏消息："密斯特张，丽莎……丽莎偷偷接触了拉希德，加上原有的病情，她的身体状态迅速恶化，病毒在一点点地吞噬掉她的肉体。"

张芮一路奔走。此时的丽莎，如被叉子泄了气的球，原来那个还充满笑容的可爱姑娘已经不复存在了，她的皮肤仿佛一摸就会散掉。

"请你们不要对她感到恐惧，让我抱抱她吧。"张芮不顾劝阻，让毫无生气的丽莎靠在他的怀里。小女孩的眼神开始从窗外回到白色的屋子里来了，眼睛似乎也有了一丝亮色，想说话，但没有说，她动了动手指，张芮按她的示意从她的脖子里拿出了吊坠，丽莎用极微弱的语气说了两个字，那是用中文讲的两个字，张芮听清楚了：中国。

张芮强装笑容，说道："我会带丽莎去看看中国。"他举起吊坠，"你看，还有它。"

病毒暴发的速度呈几何倍数增长。出现埃博拉初期病症的人越来越多。

初升的太阳将非洲大地打开了一条缝，飘散出来的除了炙热之气，还有各种各样的病毒，它们被贴上了死亡、疾病、伤害的标签，让生命之光变得渐趋微弱，收割着这片土地上原本就已支离破碎的幸福。

7月28号，梅映川被隔离。他对自己的怀疑缘于咳嗽，这咳嗽跟以往的感觉有很大不同，咳起来没完没了，还伴着呼吸的窘迫，有时候一咳仿佛五脏六腑都要被咳出来了，他采集自己唾液进行化验，没有看出问题，于是，他自行采血送达四级实验室，主动请求隔离，理由是：曾两次进入高风险区。

　　张芮走进实验室的侧门，那是巴马的寝室。平日从不做饭的巴马，正取出一袋冻烤鸡，用微波炉加热。又熬了一夜，身体明显吃不消。他准备用大锅炖牛排和土豆，淋上酱汁，大快朵颐，剩下的分解成几块，用进口食物包装袋冻起来。桌布很干净，上面放着一整块白色蕾丝边的桌垫，这让他想起了诸圣教堂里那个全是用蕾丝花边装扮，各式各样的圣餐杯。

　　"来点水果罐头怎么样？上进的年轻人都爱喝点罐头，它比橄榄酒更让人清醒。"巴马道。他打开壁橱，取出一罐黄澄澄的玻璃瓶子。张芮接过罐头，看了一眼，出产地是中国。

　　"你信不信，现在吃这种从中国进口的罐头是非洲富人们身份的象征。"巴马道。

　　张芮抽出一把切肉刀，插进罐头，刀尖深插铁皮，沿着锋利的刀刃一切到底，罐头发出尖锐刺耳的声音。

　　巴马一直盯着他的每一个动作，"喂，要不是你来，我可不会动它。"巴马医生神情严肃地拿出一份报告单——梅映川阳性，"梅，很有才华，希望病毒对他可以温柔一些，不要把他从我们身边带走。"

　　"是埃博拉吗？怎么会？"张芮惊愕不已，神色紧张地说道，"怪不得他强烈要求自我隔离。"张芮这才回忆起这几天梅映川的异样。张芮把脸埋进双手，感觉眼前就像万层迷雾，怎么揉搓都摆脱不了，眼眶不断有眼泪涌出。

　　此时，烤鸡和土豆都出炉了，香气四溢。巴马继续说："你见过死于马尔堡病毒的患者照片吗？死前几小时，病患的脸上毫无表情，胸部、双臂和面部布满红疹和瘀斑，身体的所有孔窍都在出血。"

　　"如果真到那一天，我给他打氰化钠。"

　　"这是犯罪。"

　　"我受不了，我肯定受不了。"

"最可怕的病毒是埃博拉病毒，致死率达惊人的十分之九。我们说，埃博拉病毒就像是取人性命的黑板擦。"巴马一边说一边把一块切好的鸡肉放入嘴里，一嚼，香汁从嘴角滴出。

"你对生命是如何理解的？10年前，一个小岛的监狱发生霍乱，那是我第一次参加这种严重传染病的检测，那里病情很严重也很复杂，而每天两次的渡轮是去往那个小岛的唯一通道，在我们搭乘去小岛的渡轮之前，医务人员均需要有一张当地警察局开具的医务许可证，但是那天，这个许可证一直没有送到，我们只好回去，眼看着渡轮摇摇晃晃磕碰着我们站立的码头，缓缓驶离，船越来越远，分不清是船，还是一只鸟，任凭我们怎么喊……后来风把我们的声音吹得烟消云散……"巴马说。

"后来呢？为什么没人送许可证？"

"不知道。据说，那个岛上的人，后来全死了。你会发现，有时候卑微的生命如同草芥。我一直待在这里，就是为了有一天我们的人民可以获得他们想要的东西，土地、食物，直至告别无知。可是，到现在，他们依然很糟糕，不管是生活，还是这里。"巴马指了指脑袋。

张芮很清楚，尼罗古纳地区越来越多人因水灾抵达救助中心，露天排便明显增多，粪便和尿液从溢出的厕所渗进开放式排水渠。没有足够的优质水源或水储备，也没有垃圾收集，死去的动物在水道系统中腐烂。新近涌入的人令本已不堪重负的公立医院和无国界医院情况进一步恶化，人们面临疾病暴发和经水传播的疾病，例如急性水样腹泻、霍乱和疟疾的风险更高。更糟的是，埃博拉病毒如影随形，它的随时暴发才会成为真正的全球恐慌。

张芮问："我能为梅队长做些什么？"

"No（不）。芮，我们不能这么想问题。在这个世界上，没有人真正可以对另一个人的伤痛感同身受。你不能，我也不能。我们每个人都有自己要走的路，哪怕是死，也不是什么不幸的事，上帝欣赏无所畏惧的人，对于梅医生来说，他做他该做的事就好了。至于你，芮，只要为他祈祷。"

"不。巴马，我是医生。只要我做一天医生，就要为他减轻直至除去病魔之痛。"

"哪怕埃博拉？"

"对。在我眼里，医生就是向死求生的职业。"

距离发现埃博拉首例病症的第二周，副院长戴维已经清楚地看到危险的信号：有人必须为整个失败的传染病防控体系承担骂名了，而他最可能成为这个替罪羊。在尼罗古纳的政治圈子里，谁也不会注意在他的领导下曾经取得过多少次疾病防治的胜利：天花、疟疾等，还有像走马疳等各种儿童疾病出现的频率（数量）大幅度减少。但他作为分管传染和行政工作的副院长及当地防疫工作的领导将首当其冲，难辞其咎。

"有人得拿脑袋做赌注了，也许这个人就是我。"戴维对他手下的人说。随着医务人员感染埃博拉后死亡人数的增加，科特公立医院要求惩罚行政不作为的呼声提高。在这种情况下，戴维依然在科特公立医院，乃至整个尼罗古纳地区的医疗界还竭力保持一种一如既往的姿态。不得不说，他有异于常人的冷静。

8月4日，星期四下午，戴维筋疲力尽，坐在办公室里听一沓电话留言，那都是些死于埃博拉病症的复仇女神们打来的。他并不急于去回这些电话。他手下的一名干将多德尔把头探进他的办公室，问他能否挤出一点时间。

"出什么事了？"戴维问道。

"努桑比村的亚丹斯约见，那个反政府军的首领。"多德尔轻声道。

门开了一条缝。能看到门缝外，穿着整齐的富绅模样的反政府武装首领亚丹斯正面带微笑向他挑了挑眉毛。"请他进来吧。"戴维摆摆手，多德尔退出了办公室。

他们的对话正式开始。

戴维道:"中国人很聪明,他们设计出了疫情风控系统,这次埃博拉的源头就是努桑比村。"

"我知道怎么做。我们有自己的病毒研究所和国际一流的医生,不需要国际卫生组织来给我们指手画脚。"

"如果暴发,这将是国际事件,你一个反政府军头目可以掌控几个人的生死?"

"不管怎样,我不希望有人踏进努桑比村。其实,我知道你的日子也不好过,你没有做好防治和风控工作,你需要让公众的视线从此次埃博拉在医务人员传染的事件中转移出去,你才可以竞选州长,而且,你的竞选,也需要我们反政府军控制区村民们的选票。"

戴维点上一支雪茄,问:"你想怎么做?"

"将源头点转向政府控制区的塔方村。"

戴维沉默良久,伸出手,面容凝重地说道:"我希望这是我们最后一次合作。"

亚丹斯:"放心,我不会再让任何一个感染的人逃出去,努桑比村最后会成为尼罗古纳地区最安全的地带。"

此时,被隔离的梅映川对外界的情况一无所知。他向医院提出以自己为研究对象,自愿输入埃博拉幸存者病毒血清。血清,要正常分离出来,在1994年的非洲尼罗古纳并不是件容易的事。

二

实验室。巴马将从刚果通过非洲地下血液黑市链急运过来的埃博拉幸存者血清注射到一只实验猴的身上。

"它还活着?"张芮揉着熬红的眼问道。

"嗯。"巴马并不乐观。

"病毒会不会输给人类？目前，世卫组织一致认为血液疗法可以用于治疗埃博拉病毒，他们甚至认为现在正是使用血液衍生产品的恰好时机，对治疗埃博拉病毒有奇效。"

巴马点点头："7天了，没死，我看，能输。听说刚果已有8名患上埃博拉的病患使用了幸存者的血清。"

"怎么样？"

"活了7个。"巴马微笑着拍拍张芮的肩膀道，"从几内亚到刚果，再到尼罗古纳，这场从北到南、从西到东席卷整个非洲大陆的埃博拉病毒战争，希望最后我们人类能赢。"

"血液病毒通过血液来治，这在中国，叫解铃还须系铃人。"

"能分离出血清的，除了我这里，还有一个地方。"

"哪？"

"那边的军医麦克密考医生，一位资深的传染病学专家，他拥有的医疗设备丝毫不逊于我的实验室。"

"你是说反政府军也有四级实验室？"

"嗯。"巴马无奈道，"这就是金钱在这个国度大行其道的原因。"

"不，是整个人类社会。只要谁掌握了金钱和权力，谁就是生命的掌控者。"

巴马狡黠一笑："如果有一天，有这样一位病人需要你为他治疗，你会怎么办？"

张芮一愣："兴许……可能……大概，他会有更好的医生人选。"

巴马歪着头，依然微笑："到时候，我会等待你做出的选择。"

凌晨4点半，闹钟响了。张芮起了床，站在镜子前面的自己脸色苍白，嘴角因为多天的失眠，冒出了血泡。他一直待在巴马的四级实验室里。

前往塔方村医疗工作组的人员穿的是平民服装，谁也不想引来关注。穿军服和迷彩服的反政府军，在亚丹斯的密令之下，也套上密封防护服……他们的目的是混入政府组织的医疗隔离队伍，激起大众反抗和恐慌。

5点钟，他从驻地来到科特公立医院。天空尚未有破晓的兆头。

昨夜暴雨来袭，有些人还穿着没干的衣服。亚丹斯，这场生物战争的主导者，在指挥部大楼边的装卸台踱来踱去，穿行于军用迷彩包装箱之间：这些是他从机场劫来的医疗物资。箱子里有密封防护服、橡胶手套、注射器、针头、药物、解剖工具、手电筒、手术剪、防腐液、带生物危害红色花标的白色样本袋和手压式消毒器，他拿着一杯咖啡，笑嘻嘻地对士兵们说："不许乱碰麦克密考医生的宝贝。"水银灯下的亚丹斯分外兴奋。

麦克密考医生——反政府军的军医，一位资深的传染病学专家，此时，正坐在加长的白色桑塔纳车里，享受着晨起的第一杯咖啡。

一辆无标记的白色厢式货车开过来。亚丹斯亲自把箱子装进车厢，出发前往努桑比村。果然，他们的阴谋达成了，这些扮演的医护人员，言行充满了恐吓、暴力和诱导，他们成功引发了塔方村村民的恐慌。

白色救护车——四级生物隔离的救护车，里面是政府军队的医护急救小组和俗称气泡担架的生物隔离舱。假如有人出现症状，就必须进入气泡，然后转送到隔离区——这个隔离区被当地居民称为死亡区，在反政府军扮演的医护人员挑唆下，只要进去死亡区的人就无法活着出来，在那里病死的人将被烧死，还有人传说，烧出来的灰烬都可以传播病毒。

张芮跟大家一样，都穿上了雷卡防护服，它的头盔是一个透明的软塑料球体。当防护服从内部加压时，电动马达会从外部吸入空气，过滤病毒后灌入防护服，因此防护服对外保持正压，空气中的病毒粒子也就很难钻进去。

穿上雷卡防护服的人，对于塔方村的村民来讲，就是从地狱里走出来的人；而对参与隔离行动的医务人员来讲，他们自称是走进埃博拉地狱的人——来自地狱，再去向地狱。

张芮这几日一直为梅映川输幸存者血液的事在周旋。在政府组织的塔方村隔离行动中,他只是科特公立医院委派参与行动的医生之一。所以,在穿雷卡防护服的医生队伍里,他看上去心不在焉,时而沉思,时而冥想。

而塔方村村民的原始之怒火已经滋生!

因为是个礼拜日,在村子的街道里,孩子们像雨后春笋般冒了出来。一个跑得最快的孩子,看见了从地狱里走出来的穿雷卡的医生,先是一个,然后是很多个。

"劳拉,你为什么不回答我!"塔方村的村民托里卡在自己贫困如洗的家中自言自语道,声音极度虚弱,像深夜里传出的哀鸣,绝望,悲戚。

不远处,诸圣教堂响起的鼓声、合唱声与芦笛相呼应。烟尘在上空毫无方向感地游动着,像恶魔的游魂。托里卡的泪水模糊了他的视线,他的旁边是身患疟疾不治,已合上了眼的妻子。

一声枪响,托里卡立刻倒在地上。"哦,托里卡,为什么?我的托里卡。"他父亲冲了进来,却不敢靠近。托里卡自杀了,血浆四溅。托里卡在自杀之前,还点燃了妻子的尸体,尸体正在烈火中燃烧。他父亲壮实的身体倚着门框悲伤地、沉重地滑落下来,掩面而泣。

"托里卡,托里卡,我可怜的托里卡……为什么要选择死?为什么要死呢?"他的大脑里涌现的是跟儿子狩猎时跳的战舞、一起跺脚和庆祝时的拥抱。那些浮夸的动作、铿锵有力的声音、充满生命力的节奏。

似乎听到了此时村子里的大动静,从悲伤转而愤怒的托里卡父亲拿起火把穿梭了几条道,才找到那些传说中从地狱中走出来的人。

刚刚失去儿子儿媳的他,已经一无所有了。但他认为这一切都是从地狱里走出来的人造成的,他们宁愿要生死由命的自由,也不愿意被锁进白色地狱。他确信是政府制造的病毒恐慌,让极度害怕的托里卡在妻子病逝后,以为自己必定也感染了病毒而选择了饮弹自杀。

在政府医疗队面前，托里卡的父亲举着火把站在最前面。他开始扭动腰部和胯部，瞪眼龇牙咧嘴，他跳起了祖鲁人战舞，他在鼓舞人群，他告诉大家要勇往直前，不畏生死，不管是面对这些仿佛来自"地狱"的人，还是恐怖的病毒。越来越多的当地土著加入他的战舞队伍，声浪一阵高过一阵……

一声惊叫从某处传来："露瓦兹被人烧死啦！她只是咳嗽，哦，我的天啊！有人烧死了露瓦兹！快来看啊，这些人是魔鬼！"诅咒声、哭泣声，夹杂着祖鲁人战舞的节拍声与盘旋在村庄上空的哀号声。

但村民的反抗毫无作用。政府的这次隔离行动直接、猛烈、暴力、不堪。

……

8月6日，在军队的干预下，政府医疗队正式进驻塔方村。

铁骑踏过草原。

白色卷裹大地。

隔离生死。

生命的脉搏在炙烤的大地上无法跳动。

它们随风飘摇。

……

像是有千万双眼睛在看着他，梅映川却不敢往周围看。他用力挣脱身上的绳子，松开已经近乎麻木的双腿，奔涌的急流一下子挟着他冲了出去，他知道附近有一个浅滩，身边有两个人被水冲走了，他想去救他们，没有救成，因为天黑，水势又急，那两个人一下子就看不见了。张芮从高处看见了梅映川就这么淹在水里，"你别动！你就待在那里！"但他却不敢高声呼救，像卡着异物，无法生吞，又无法吐出，几近窒息……梅老师！张芮梦醒了。一场梦。

他无法抑制对梅映川的牵挂。违反探视的禁令，趁夜色，去往梅映川的隔离室。

"你不能进去。"穿着雷卡防护服的安保向张芮示意。

张芮隔着铁栏杆看到梅映川正费力地侧坐着身体，他知道那些生命力旺盛的病毒已经在入侵梅映川日渐虚弱的身体了。张芮只能把想到的点点滴滴都跟他讲，连他在来的半路上，被座位下的一声巨响吓傻，往下看，发现一只巨大的鸡正瞪着他的事都跟梅映川讲，他自豪地说："如果把它给厨师，一定可以制作成一道非常美味的白切鸡。希望医疗队进驻塔方村也能吃到白切鸡。"这是他第一次在梅映川的面前提到塔方村。

听到这个名字，梅映川反应特别强烈，他强撑身体，面色大为惊愕，从苍白到突然变成酱紫色，一口血冲出喉管。梅映川异常紧张又急于表达，但他说不出话。张芮猛然看到，梅映川伸出手指沾上地面呕出的鲜血，拼出努桑比村的英文——为什么？！那是个被反政府军占领的村子。梅队长为什么要拼这个村子的名字？张芮急于知道答案。

梅映川焦急万分地引导张芮注意这个地名，再次张口，却又涌出了一口血。安保发现了梅映川的异常，马上按响了警铃，提醒病人出现紧急情况，很快穿戴整齐的戴维和几名医生以最快速度赶来，毕竟梅映川是中国医疗队队长，他的健康状况也是中非国际关系的重要一环，尼罗古纳地区针对梅映川的病情已成立专门国际治疗小组。

戴维一本正经地说道："芮，你违反了隔离制度。对不起，你要进行14天的隔离，并接受四级病毒检测。来，带走。"

张芮被两名士兵架走，开始了长达14天的隔离。

14天之后，梅映川已经被对外宣布感染埃博拉以身殉职。

不可能！这一切来得太突然了！张芮焦急要寻找答案。他决定独自前往努桑比村。

暖和明朗的天气，因为湿度太高，此时树林里弥漫着一层浓密的、流动着的白雾，如卷似浮。这正是张芮需要的，他藏身在白雾中。

依稀可见脖子上挂着象牙串链、兽角的几个士兵，枪头挑着死鸟，还有血淋淋的、还在挣扎的小动物。背上背着有棱有角的弓和箭。偶尔被阳光照射到的枪头，一晃一晃地，闪着杀气。从雾中看去，他们就是一群从黑暗里走出来的野兽，四处隐匿，饱受流离之苦，此刻正在盲目又饥渴地搜寻着猎物。

啊！脚部一阵剧痛，张芮看见一条毒蛇从他身边溜过。他被蛇咬到了。他迅速撕下T恤的一边，进行阻血，以最快的速度走上努桑比村郊小路。不知道中的是什么蛇的毒。

正想着这趟能否活着回去，就听到一辆车开来的声音，车的发动机明显有问题。从破车上跳下来一个人，满面笑容："哈啰！我见过你，你是梅医生手下的，你好，无国界医疗队，来自韩国的朴相宇向你致敬！"

"哈啰，宇。"

朴相宇指着他腿部的伤口说："你被蛇咬伤了，正好，我备用箱里有血清。你不应该一个人来这里，这是反政府军占领地带。"

"那你为什么来？"

"我们怀疑，努桑比村暴发埃博拉已有一段时间。"

"对的！梅老师也是这么判断的。"张芮断定梅映川已从风险防控系统中发现本次埃博拉疫情的源头所在地正是努桑比村，但他十分不解为什么政府要把塔方村当成源头。他眉头紧锁，说道："这里面肯定有问题。"

"我们进不去，很糟糕，士兵把唯一的通道封锁了。"朴相宇沮丧地耸耸肩，"你的情况也很糟糕，你需要治疗。"

此时，塔方村的喧闹声一阵高过一阵，透过白蒙蒙的雾气传了过来。张芮的眼睛已经被蛇毒入侵，呼吸变得有些沉重。"发生了什么？"

"我们必须绕过塔方村。"

"不行，去看看。"

朴相宇望着张芮的伤口，点了点头："行，上我的车，你只有半小时。"

塔方村已陷入混乱，梅映川的大幅照片被村民们焚烧，他们发泄着情绪，以此对抗政府的隔离措施，还有人往他俩身上扔石子和牛粪，"滚开！""讨厌的医生！""打死他们！""他们要拉我们入地狱！"

"Why？ What are you doing？"（为什么？你们在做什么？）看到老师的照片被肆意践踏，张芮狂吼着，几近疯狂地冲向示威的人群。事态怎么会演变成这样？他愈发迷惑。

朴相宇死死地抱住了他，拖回车内。

对失去亲人又被政府像铁桶一样包围起来命如蝼蚁的塔方村民来讲，找出那个让他们身陷地狱般苦难的人，践踏他、销毁他，是塔方村民唯一的发泄渠道。梅映川的大幅照片就在张芮的眼前燃烧，火焰中扭曲的影像——那是他敬重的老师。他泪如雨下。

1994年8月1日　大雨

我认为，控制埃博拉疫情传播的最重要目标之一，是在疾病的初期进行阻断治疗，并要想办法缩短治疗的时间。这一点，尼罗古纳必须重视，同样，要向那些被迫长期隔离的埃博拉病人接触者提供医疗和社交援助，包括分发卫生用品、食品和通讯设备等基本必需品。这种支持为自我隔离提供了可能性，不然的话，经济的损失会让接触者和感染者都铤而走险。

尼罗古纳地区需要紧急招募疫病监测员，由他们负责识别和监测接触者，以迅速发现那些带有疾病风险的人上，并提高他们对预防疾病和出现症状时该如何处理的意识。还要向国际卫生组织提出需求，请求提供支持那些受影响的医疗中心，进行免费的基层医疗护理……

梅映川

父亲前几篇的日记详细地记录了他的身体变化,这一篇,他关注更多的是埃博拉病情的社会应对。

他的这一套做法,有没有被当局采用? 1994 年,埃博拉肆虐尼罗古纳,一时尸横遍野,患者感染后 2 到 5 日高热,发病 1 到 4 天死亡。父亲这已经是患病第 5 日,他依然还能写下这么多文字,说明他生命体征平稳,并没有被病毒攻击到要害,是什么在给他续命?有没有可能他根本没有患上埃博拉?难道他当年被误诊了吗?

这些疑问在这些年苦苦困扰着梅红,她高考考入医学院,再到国外深造医学,只因为她把医学当成与逝去的父亲联系的唯一纽带,她认为只有通过医学才能与父亲的灵魂真正对话。

她必须打开当年发生在那片炙热之地的所有真相。她将这一页折了起来。

1994 年 8 月 2 日

这个早上,太不寻常了。腹泻和疲惫感有所减轻。

病毒地属湿热地带,类似中国古人所说的瘴气。在旧中国,云南地区的少数民族有全寨人口暴毙的事件,亦是传染病,它们沾身即死,无人命名便消失得无影无踪。

事实证明,中西医结合用药——有效。

是否可以从中提炼出埃博拉疫苗?

从这一篇开始,父亲的笔迹变得轻而淡,歪歪扭扭,零乱摆放,有些字笔画已经不全,只能靠猜。

1994 年 8 月 4 日

不舒服。尤其是肠胃,肠壁组织在脱落。眼睛模糊。它们会逐渐死亡。

已经是被传染的第7天，父亲的肠道里面这时应该装满了无法凝结的血液。血栓阻断了通往肠道的血液循环，他会痛苦无比。不知为何，看到这里，梅红突然想起，某一日，她梦到父亲走向厨房，把牛奶和棒棒糖放在托盘上，拿到客厅，叫她："红红，喝牛奶，能把牛奶喝完，奖励一颗棒棒糖。"她以往总是眨着明亮的眼睛，用甜美的声音回答："好，我来啦。"但那个梦里，她没有，她一句话没说，她一口气喝掉了她最不爱喝的牛奶。"爸爸，我不需要棒棒糖。""对，以后多喝牛奶，少喝饮料，饮料喝多了对肠胃不好。"瞬间，一个极少笑的人，笑了。

父亲那时候的肠胃，已被贴上了致命的符咒，虚弱地无法移动。

1994年8月6日

张芮今天来了。

还是腹泻，我今天喝过中药了吗？很乱。NPC1 阻碍剂。什么都是乱的。飘起来了。难道是电解质紊乱？

不停出汗，体内在出血。吐，还是吐。

止血是关键。

1994年8月7日

血清？血清？血清？？

为什么父亲反复写"血清"这两个字？痊愈者是否具备免疫能力，证据是痊愈者的血清中存在能够中和埃博拉病毒的抗体，在目前的情况下，给予感染者这种血清是一个不得已的办法，但并没有经过任何实验证明其确实有效。梅红只要翻到这一页，就无法控制让自己的思绪到处乱飞。

她爱他。常常幻想着等自己长大了，也像父亲一样，走起路来大步流星，穿梭于医学的世界。她要求自己用最专业的医学思想解读出父亲当年的血清之谜。

梅映川的病情在8月8日之后急转直下。他无法起身，看不清东西，不能说话，什么都做不了。身体被病毒消耗着，体重急速减轻，张芮跟他的那次见面就此成了永别。他的尸体被就地焚烧。世界卫生组织终于获知尼罗古纳疫情暴发。中国以最快速度制定了援非医疗队安全防护措施和操作流程，选派综合能力强的医疗队员出征尼罗古纳。

一些生命就此逝去：希尔、南格尔、拉希德、玛尼、格雷丝……有些医生就此离开了医护工作，另寻职业。

8月20日，张芮和中国医疗队的其他队员们完成援非工作，准备回国。

中国医疗队驻地附近，密布在树林里的榛子树透着新绿。张芮无声无息地踏着苔藓往前走，苔藓中可以看见蓝色的白头翁在伺机而动，其中生长着浆果和羊齿植物。连绵大雨将树林冲刷一新，空气似乎也柔软了，散发着惬意和幽远的气息，在松针铺成的地面上，透着腐朽的味道。太阳在树叶和树枝的雨滴上映出一道道彩虹。

张芮吹了一声口哨，他的"骑士"很快从树林里窜了出来。"我要走了，但我还会回来的，答应我，找个好老婆，成个家，生一窝的'小骑士'，下次，我要看到你的仔仔。"张芮眼睛又红了。

休整两年后，张芮辞职正式加入驻非洲无国界医疗组织。
又过了两年，他来到尼罗古纳，下机场的第一件事，便是拜访科特公立医院。

医院二楼的转角处,存放的是所有因工牺牲的援非医务人员的照片。他看见了他们:梅映川、拉希德、玛尼、格雷丝、清洁工委拉……

"芮 sir!上车。"朴相宇在车上跟他吹起口哨。

张芮戴起梅映川送给他的唯一一件礼物——墨镜,跳上了无国界医疗组织的车。

三

1994 年 8 月 8 日

想再去一趟海边,海的颜色是绿、蓝和白。

我亲爱的瑜,我的宝贝小梅红。

最近老是梦到一只鸟,它该飞回家了吧?想念你们,想念我的祖国。

梅映川

这是父亲最后一篇日记。

2013 年 8 月 22 日。

时光过去整整 19 年了,今天是梅映川的忌日。梅红的眼泪夺眶而出。她想控制住,但没用,不如干脆让眼泪放纵一次。这个世上没有任何一种药可以让她解脱,她无法通过遗忘来摆脱痛苦和幻想。她在关于父亲的记忆里徘徊着,等待着,像一个独自游泳的人。那片炙热之地的陌生人、那些焚烧了父亲身体的异域人,他们在她的眼里几乎和缓慢流经白尼罗河支流的水一样冷漠无情。是什么人,制造了什么事件,将她坚韧无比的父亲在半个月之内摧毁,任由他的身体吹散在异域他乡?

她长久而辛苦地等着。现在机会快要到了,她所在的这座古城马上要组织援非医疗队去往尼罗古纳。她要去寻找曾经包裹着父亲身体的那片非洲土壤,翻开一页页的真相,去修复父亲所有流血的伤口。

　　真相迟早会被揭开的。是死于埃博拉,还是其他意外?

　　梅红跟妈妈楚瑜打了声招呼,匆匆往客厅的祭坛放了一束花,就回单位了。

　　楚瑜讨厌医院的电话,想着以后的每一年,梅红都可能在这种工作、工作加工作的状态里去祭奠自己的爸爸,她就有一种莫名的心痛伤感。在她眼里,忽视就是罪过。

　　梅红和梅映川乍一看真的很像。一样俊秀的脸庞,一样带酒窝的笑容,一样说起话来爱扬扬浓眉,连一些神情举止都非常像。她所在的第一人民医院是当地最知名的医院,她刚到医院时,仅一个侧影,便吓呆了很多人,都以为女版的梅映川回来了。

　　尤其是,明明笑容很明媚的两个人,平时都不苟言笑。

　　那年,梅红执意要考医科大时,楚瑜气得一个星期不跟她说话:"你们都要学医是吧?那就全学医吧,医生天天把医院当家,你们都不要管我了,我这一辈子就为你们两个活着的,哪天死了,也是为你们痛苦而死。"气质颇佳的楚瑜是高校老师,当初嫁给医生时,已招来全家反对,她执意要嫁,生孩子本来就晚,结果,不到10年,梅映川就执意要去援非,英年早逝,自己只能一个人撑起这个家,生活的希望就是养育梅红,梅红成了她的唯一乐趣和希望。气质高雅、很有学者风范的楚瑜本来有机会再找一个,但是她都放弃了,她知道自己的爱除了给孩子,没法再分一点点给别人。

　　但是,她运气不好,女儿生得跟她的父亲一样,对自己决定的事情坚定而执着。楚瑜望着梅映川的遗像出神。这孩子在大学去支教,现在工作了，也不好好的像别的女生一样恋爱结婚生子，都快30了，还总是想些似是而非的事，最近梅红还提到援非——这怎么可能，已经失去了丈夫，不可能再送一个去非洲。

恍恍惚惚的，似曾听见梅红在房间背英语。难道梅红没去上班？楚瑜推门而入，没人，只有一支翻译笔还在。书桌上摆着的是西班牙语入门书籍，还有一本《走进非洲》。

随意地翻看《走进非洲》，竟从书中滑落了一张明信片，是非洲大草原的夜景：一只非洲羚羊傲立在草原上，它通体散发着蓝色光，颇为梦幻。这就是被誉为非洲最美精灵的蓝色羚，因为天灾和人祸，它早在18世纪就灭绝了。明信片的落款：张芮。

要么是非洲的中国籍男人，要么是中国去非洲的男人。总之，是个男人！她面无表情地将明信片摆上书架，随后在书架间到处翻找，看能不能找到女儿跟这个男人往来的书信。很遗憾，她什么也没发现。

他和她是什么关系？什么时候开始联系的？联系多久了？

张芮？张芮？……这名字似乎听过。他是谁？

她突然想起了什么，猛然惊起。从梅映川的旧物箱里急促地翻找着。果然，她拿出一张照片，照片的背面是梅映川用钢笔写的对应的名字。她戴起老花镜一个名字一个名字地核对。张……芮。对，就是他。是他。一个留着长发，戴着墨镜，穿着喇叭裤的年轻人。是梅映川带过的学生。这个张芮，他后来不是留学了吗？怎么去了非洲？怎么还跟梅红联系上了？他们什么时候联系上的？

——算，这个男学生到现在该40多了，早该结婚了吧？按理，孩子都上初中了。那么他们应该只是学术上的交流吧。可千万别跟这么一个有家室有孩子的男人扯上什么关系，年龄相差十几岁。

回忆的洪流还在奔涌，一些片段开始浮现起来。她竟想起不少跟这个张芮有关的事情：女儿高中时跟这个人有过通信；报考大学的时候，女儿通过 E-mail（电子邮件）也跟他来往密切；然后……然后……后面他们之间的事，女儿完全对她屏蔽了。当然，那时候，梅红在上海读书，又去了国外留学，女儿的很多事，她都了解得不深。再后来，张芮这个名字就从她们的生活中消失了。

她依稀记得，女儿为了这个男人，跟她闹过好一阵子，最终被她合理制服了。起因是一件什么事呢——通信的自由，还是他是她的初恋？不对，女儿的初恋是一个男同学……女儿在叛逆期时，曾骂过她是坏女人，不会是因为这个人吧？

张芮？

她独坐在床上，一时不知该如何应对。就这么独坐到傍晚时分，走出卧室时，夕阳洒了进来，照着遗像上的梅映川栩栩如生……

医院三楼妇产科手术室外的走廊响起了梅红的高跟鞋声，那是一条光与影配合得十分默契的长廊，加上她高挑的身影……她刚走过，就有人伸出头了，全都在看她，她一回头，又都不见了，原来是一帮新来实习的小伙子，都想看看传说中的美女医生。

高跟鞋的声音不紧不慢地消失在长廊，绕过洗手间，像一首理查德·克莱德曼的钢琴曲一样旋转到了诊室，诊室门牌上写着：妇产科（一）室。高跟鞋的主人梅红亭亭玉立地出现在粉色窗帘旁。刚做完一台手术，她的手冰凉凉的，有护士把茶端来，她没有喝，只是用来暖手。她面前站着一位患者。

接着她让护士长去门诊室把助手找来。助手来了之后，梅红交代她："你带这位病人去门诊验血、验尿，然后把检体送到中央检查室，就说是我交代的，要他们马上验好，连同心电图一起送过来。"

短暂的休息之后，梅红由护士长帮她穿上白袍。此时，墙上的警示铃传来紧急鸣叫。她问："是哪床？""8床。""8床？"她警觉起来，马上想到 8 床有可能发生产后血栓。产妇形成血栓，主要是由于自然分娩或者剖宫产术后，产妇身体虚弱，长时间卧床静养，不下床活动，导致静脉血管血流缓慢，淤积在血管内，就会逐渐形成血栓。

她快速走到 8 床，拿起听诊器说道："我不是交代过你，要记得卧床休息吗？"

病人因营养过度而肥胖的身体松软地晃动着，"我也说不上来是哪里不舒服，总觉得头很重、肩膀僵硬，有时还会有眩晕的情形发生……"她忧郁地说道。

"这样啊，这是常有的症状。"梅红淡淡说道。

病患的脸色正常。接着看她的眼、舌、咽喉。伸出两只手指深按病患颈部做触诊，然后轻轻敲打心脏部位，掏出听诊器贴紧病患心脏，仔细聆听有无杂音，果然听到第二肺动脉瓣的心音要比第二大动脉瓣的心音略高，至于肺则没有异常。

梅红："平时左边的肩膀经常觉得僵硬吧？"

"并没有觉得……好像，也有那么一点。"

梅红："你以前没怀孕的时候，做完瑜伽或者游泳、慢跑之后，心跳会明显加速吗？"

"说老实话，我不做瑜伽，那玩意太累了，游泳和慢跑也不是我的菜。我一般喜欢打高尔夫，打完高尔夫之后，就特别容易出现轻微晕眩和心悸的情况。"

梅红："好，来，躺平。"

病患仰躺在长椅上，她开始做腹部触诊，不断按卜去义起来，检查肝脏和胃是否有包块或触痛，接着替病患的右臂缠上压脉带，测得的血压是 180 毫米汞柱。

"怎么样？医生。"病患问道。

护士担心地望着梅红。为了让病患安心，梅红没有当场说出 180 的数据，只说："大约是160，没有什么好担心的。不过，为了保险起见，你还是做一下尿液和血液检查，顺便做个心电图。我现在重复跟你讲一遍，你要绝对的卧床休息，同时保持皮肤的清洁，抬高患肢，这会有利于静脉血液的回流，缓解肿胀和疼痛。在没有明显好转的情况下，不要再下床，因为血栓很容易脱落到肺内引起肺栓塞。"

病患紧张起来："那会怎么样？"

"猝死。"她淡淡地回复。

她让护士帮她记下："8床，增加肝素的抗凝剂。"

"我刚刚只是亲自上了个厕所。"患者自嘲道。

她也笑了："以后你只要做好亲自躺床上就好了。"

回到办公室，手机响了。马上变成了苏州的吴侬软语，"妈，饭吃勒阿，我在上班，今天……晚上我们再聊好吗？……哎呀，弗要紧的嘞，好的，妈，我知道，我会做好安排。"

护士请进一个拜访者，她挂了电话，抬头问拜访者："什么事？"

"您现在有空吗？我想跟您商量新馆添购医疗器材设备的事。"说完后，那人将分门别类详载着医疗器材设备名称和价格的账册摆在桌上，那资料厚厚一叠，连X光机、放射线诊断设备、低温麻醉装置等都包括在内。

她有点生气地盯了护士一眼，这时候怎么还领着医疗保健代理过来，而且没有预约。"对不起，没有预约，很忙，下次再聊。"她一口回绝了。那人也没继续干扰她，只留下了一张名片，她瞥了一眼，就撂下了。

晚上8点，她匆匆赶往语言培训基地。那里有三名翻译每周一、二、四晚8点到9点组织医疗队员进行一个小时的听说训练：主题演说、日常交流模拟、一对一发音纠正等。报名援非医疗队员的群里常常出现的就是西班牙语，连群名也改成了西班牙语的 Hola（你好）。除了语言课，心理健康培训、国际形势分析，甚至消防安全、财务管理等也都有涉及。为了培养团队意识和合作精神，基地还给医疗队员安排了4天的军训。

楚瑜等到晚上9点，她等不及了，内心的不安像无数只虫蚁撕咬着她，折磨着她，伤害着她，而作为女儿的梅红对母亲的心理毫不知情。她们之间的沟通问题从梅红青春期就已经开始，再经过十几年的沉淀和反复，现在如两湾互不知深浅的潭，各自相安，冷暖自知。

楚瑜冲进了医院办公室，她急促地问："告诉我，你们梅医生去哪里了？"

工作人员答道："她说有个必须她亲自处理的急诊病患，可能还要半小时左右。"

"她不是说她要参加科室会议吗？……哼！你们都在帮她撒谎，她是不是报名援非了？她是不是去参加西班牙语培训了？！"楚瑜怒气冲冲道，"我要找你们院领导！"

西班牙语培训班，如同一场网友见面会，Hola群里的人都热闹起来。有人告诉梅红，群主是第一人民医院的外科医生官浩——他头发自然地向后拨，白皙的脸孔，透着独属于学究型医生的稳重和干练，一双眼睛清澈无比，像能容下整个混杂世界。她一眼认定，这是个领头的人。

她在培训班上见到了群里的其他人：第一人民医院的内科医生李少枫、第二人民医院麻醉科的李艺伟、中医院骨科的杨知章，还有市中心医院呼吸科的陈楚峰、镇街某医院眼科的贺涛，等等。人都来了，个个都表现出一副跟群里完全不一样的严肃。

打破僵局的是李艺伟："喂，李少枫这个人虽然不好相处，但上次跟他一同去义诊，感觉他还是蛮可爱的！"

他一说完，杨知章立刻附和地说："是，少枫医生在诊查时真的很认真，我朋友胃病去他那里做检查，检查结果看起来像慢性胃炎，但又不像单纯的慢性胃炎，还好，李少枫为了安全起见，又让他去做进一步检查，我朋友有点烦，不想做。结果，你知道吧？检查出来，贲门癌。所以，完全是因为少枫医生看诊时的慎重和仔细，才能够发现贲门癌。"

坐在杨知章旁的是陈楚峰,此刻瞪大了金框眼镜下的一双小眼睛,"你们晓得这次培训班的通过率吗?恕我直言,应该只有百分之六十,也就是说要淘汰百分之四十,将近一半。"他歪着脑袋一脸纳闷,似乎在发愁这个事。

贺涛也表达了意见:"这件事我也有点想不通,难道会有很多人报名吗?非洲,又不是N国、英国、西班牙,这热闹有什么好凑的,非洲——那是一只猴子身上都能找出几百种病菌的地方,随便被什么病毒咬上一口,那就差不多跟领了死刑判决书一样。"

"那你还蒙着头往这里来,什么毛病?你这叫额不入地狱,谁入地狱?"李艺伟带着嘲讽的口吻望着贺涛。

贺涛一挑浓眉,嘴角露出一丝坏笑,还轻唱上了影视剧《大宅门》里男主角爱哼的一小段:"看前面黑洞洞,待我赶上前去,杀他个干干净净。"

"额也爱看那剧,就喜欢陈宝国,那味儿哪是现在那些小鲜肉能比得上的。最近看了《隐蔽的真相》没?哎呀,你也在追啊?"正当他俩聊得兴起时,李少枫从座位上站了起来,"大家请注意纪律,安静,安静。"他一喊,人群更加热闹起来,"我们非洲的驻地有没有篮球场?我一天不打球,全身发痒。""额不求别的,额这回必须要拍上非洲象,拍上非洲象额这一趟也值得了,为了我儿子,好爸爸万岁。""防护服必须穿,不知道伙食怎么样,我们前方征战,后援粮草怎么能缺?""对了,我爱吃羊肉泡馍,没有羊肉泡馍可不行,我们这里谁负责后勤?""哎呀,你们都不懂,最好玩的是海钓。"

一通杂七杂八混合着普通话与方言的混响。

李少枫再次站起来,郑重其事地说道:"你们见过埃博拉病毒吗?我告诉你们,我见过——牧羊人的曲杖。要是这一趟我们遇上了埃博拉,你们想过没有该怎么办?状如长蛇的病毒,像自相缠绕的白色眼镜蛇。死亡!它会让我们道德界限变得模糊,击碎你的职业,摧垮你的意志,那些致人死亡的细胞会在你的体内膨胀变形，最终爆开，破裂！你们以为是去旅游呢？听课！"李少枫为班上的各种议论做了总结陈词。

人群顿时安静下来。

一直保持姿态端正、一言不发的官浩此刻露出亲切的笑容："怎么，说到埃博拉，就都停止声音了？呵呵。保持你们的热情嘛。"这时，从教室门口走来一位中年男子，他一见到，赶紧站起身，招呼着："大家起立，一起迎接我们的西班牙老师。"

然后是长达两小时的培训。这样的培训课将持续进行8个月，只有考核通过的人才能拿到援非队伍的入场券。

很完美的一堂外语培训课。梅红全程止襟危坐，与积极互动的同学明显格格不入。有人注意到她，也认出了她，"喂，梅红！"妇产科的海归美女。也有人因为她窃窃私语起来，话语虽然轻微，但那三个字依然贴着头皮，飘进了她的耳朵里：梅映川。

梅映川是她的父亲。

"小梅红……小梅红……"这是她的父亲在人世间留给她最后的两声呢喃，就像两声轻微的叹息，眨眼间就消散在那场浩劫般的病毒地狱里。对她而言，已是崭新的一天，海边的晨曦从地平线开启，连绵的海浪声和海鸥的鸣叫声，关于父亲的一切连一丝踪迹也找寻不到。梅红甩甩头，让父亲的声音飘远。

"本节课的培训结束了，请大家按时完成作业。"培训老师宣布。

她强忍着眼泪，合上笔记本，将姣好的背影留给那些追随的目光。

怕听到母亲无休无止的抱怨，她没有回家。打了个电话给楚瑜，就躲进了医院宿舍。拽过一个枕头，双手抄进两只臂弯里，父亲的身影在她大脑里穿越了千山万水，让她无法冷静下来看书。

一辆装甲车开进森林，她被蒙面绑着坐在车里。等她的蒙面打开时，面前是一位漂亮的产妇，因难产正奄奄一息。她意识到这是一群杀人不眨眼的雇佣军，一位彪悍的军人拿着手枪指着她。

梅红再度深呼吸，努力平静自己的情绪。病人仰卧在手术台上，她站在病人左侧的中央，也就是操刀者的位置，低头审视着在麻醉作用下放松的腹部。她立即判断：这不是疑难杂症，只是普通的难产。

剖宫产，需要切开7层组织才能到达胎儿，多数情况在耻骨2—3横指的位置做横切口，然后是脂肪层、前鞘、腹直肌、腹膜层、子宫肌层、羊膜层。这位母亲是子宫异位，胎儿不正。她伸手摸了摸病患肚脐上方的肌肉，动作比往常显得更小心谨慎，拿出了刚开始学临床医学时的认真劲："腹部太硬了，到底是怎么麻醉的？"她突然呵斥站在病人头部位置的麻醉师。

"在半小时前，已经打了肌肉松弛剂，够软了……"看到梅红一脸不悦，那个身材瘦小的麻醉医师害怕得结巴起来。

梅红一瞪眼："自以为是！剖开的部位如果不充分放松，手术区就会变小……手术时肠子会突然飞出来，这时候怎么办？你见过吗？处理过吗？"

"没。"麻醉医师畏畏缩缩，看上去似乎又缩小了一圈。

梅红咬着嘴唇——这是她的习惯动作。现在也没办法了。

"手术刀！"她向在一旁负责递器械的护士发出命令。

小屋子，淡黄色的影灯。一枚专用的特制手术刀发出冷冽的光芒，快速递到她的手上。刹那间，梅红的脑子里闪现出自己病入膏肓的父亲正在被另一个医生动手术时的情景。眼前的这张病人的脸仿佛就是父亲，白布下仰卧的身体好像突然坐了起来。这种错觉让梅红情不自禁地摇晃了一下，差一点要往后退。

但与此同时，另一种挑战的心情，令她的手伸向躺在手术台上病患的胸部，将手术刀划向剑状突起的下方。

当梅红回过神的时候，才发现自己割得太深了，红色的鲜血喷洒着流向两侧，比平时的出血量多了许多。这时候，不能去想出血量的问题，要镇定。她继续将手术刀拉下腹部，但第一刀的错乱感觉仍然残留在刀上，正中切开的刀口变得深浅不一，出血情况又严重了。护士发现了问题，惊慌地用止血钳止血，再用开腹钩撑开腹部。周围的人开始对她有不满的情绪了。

"哗！哗哗！"她听到几杆枪子弹上膛的声音。她的眼中布满血丝，再度握住尖头刀，谨慎地将尖头刀刀尖放在子宫位置上端，小心翼翼地往下划，鲜红色的血立刻溅了出来……

小心割开羊膜腔，婴儿很健康，她从子宫处提起了婴儿，在小脚处轻拍了几下，婴儿马上大声啼哭起来。她也在口罩下重重吐了一口气，手捧着新生儿的那份温热的触感，又让他回想起自己的父亲在接受手术时的感觉。突然一阵反胃，想呕。强忍住了，她知道，接下来要缝合。

她用力拉着皮肤组织仔细进行缝合，以免发生缝合不全的情况。当她正准备打最后一个结时，缝线竟然断了。枪又顶了上来。她再次冷静下来，又重新缝合。她就在枪下给产妇完美地做了一台手术，看似处处是险地、绝境，但处处化险为夷。

正当她可以顺利离开的时候，她发现不远处有几个医护人员正死死地按住一位吐血的士兵，她发现那位士兵七窍流血不止，并不断将体内器官的坏死组织从口中呕出，医护人员四下逃散，一时枪声四起。

她惊恐地喊道："埃博拉！"猛地坐起，原来是梦。

一场噩梦将她打回现实。她显得很疲惫。窗台的鸢尾花开得很艳，像一只只五彩缤纷的蝴蝶。她记得家里也有一盆，此时应该也开得很艳，只是灿烂之夏并没有走进母亲的心里，母亲心里有融化不了的坚冰。

第三章

2014年5月10日　热

你离开我,我会重获幸福,幸福得像一块无知无觉的石头。

——格林

父亲,我来了。

非洲果然炙热无比。路上有时候看不到一个人。有一次,我以为有人在尾随,我做好被打劫的准备,结果,是一头公牛,它从小镇报税厅旁边的水槽饮水归来,我和它都躲在背阴处休息,我在唱歌,它在拉屎。这里的居民喜欢唱一种节奏单调的歌,无论是生气、快乐、忧伤还是无聊,反反复复地唱。原先以为是一首,后来我仔细听了一下,是几首,而不是一首。能听出这一点,已经很不容易,说明我的西班牙语进步很大,我们队的翻译安冬就这么夸我。

我们去的医院便是你待过的科特公立医院。我的工作重点,依然选择女性的权利是否得以落实,尤其是女性生理健康方面。我不打算暂停,预祝一切顺利。

我们都希望,在同一片炙热的土地上开出花来。

梅红

一

  光阴迈着一成不变的脚步，不疾不徐地走着，走过一个个春秋冬夏。蓦然回首，远逝的日子仿佛晃动的万花筒，不经意间摇晃出一个个无法模仿的图案，这个图案在队长官浩的记忆中，便是他儿时居住的老城区。

  "当！当！当……"

  官浩在沉思中被钟楼的声音惊醒，抬头一看，钟楼已经指向6点整。古时候，鼓响，城门关闭，实行宵禁；钟鸣，城门开启，万户活动。古城里的钟声、鼓声对他来说，就是惯常的一碗羊肉泡馍，不可或缺。不管是炎夏酷暑还是数九寒冬，听到巨钟的声响，精神就马上抖擞了。待他的身影与"文武盛地"四个大字一起慢慢拉长之时，也和熙攘的人群渐行渐远了。

  过了回民街，他钻进了市井地带。那里住着几百户人家，虽说喧闹，也有充满生机的温情和四平八稳的生活。

  清晨的太阳还未露出地面，新旧房子盖得密密麻麻，让人透不过气。有一家打了一截新围墙，里面却一个人都没有，半人高的红砖上居然长了茅草，一副破对联留着几个字：添福……增寿。还好，路的尽头有一棵百年老槐，那老槐古老苍劲，奇的就在这里，老槐的树干上缠着一枝年轻朝气的三角梅，在这霖雨的天气中热热闹闹开着。官浩喜欢这株三角梅。

  官浩径直朝着三角梅处奔去。路尽头是一间占地面积挺大的房子，那房子半新不旧，用水泥糊了半边，留了半边没刷，桶里残留的水泥已干成了石头。站在门口，阳光恰从树下漏出一束强光射向他的半边脸，眼睛也睁不开。官浩的母亲便住在这里。"妈，来了？"母亲低着头没有望过来，眼睛里全是跟官浩妻子先行到达的小孙子。70多岁的老母亲身患癌症，他一时无话，站在老母亲身边脱了外衣，抹了点按摩油，给老母亲捏肩。

"老房子几时拆迁？"妻子冷不丁问道。

老母亲不高兴了："拆什么拆！"

官浩赶紧说："不拆，不拆。"

老母亲闭上眼，喃喃道："老啰！你啥时候回来？"

官浩："啊？"

"我问你，什么时候回来？"

官浩："我……我……"

"额什么额？"老母亲斜眼瞪着官浩，"你去啥地方？"

官浩一时手足无措，答道："非洲。"

老母亲惊讶地瞅着他："非洲，这得多远的地方？几年才能回家？"

官浩："两年。"

"啊！两年！"老母亲伸出两根手指头，久久不说话，过了一会儿，老母亲忍不住哭了起来："额只能站在城墙上等额的娃了。"老母亲站起身，妻儿跟官浩都围着她小心扶着。

官浩是老西安人，古城街巷的市井气息，大雁塔、小雁塔、城墙、护城河，都深深刻在他的血液里。西安是中华文明的根脉，自古以来的富庶地方。西安的南面，是中华民族的父亲山秦岭，也许因为这些地理文化所给予的稳定依靠，西安人有着浓浓的恋家情结。即将一别两年，官浩的心里也是酸酸的。

2014年4月28日。援非名单出来了。共计16名人员。他们是：

官浩：43岁，男，第N届中国医疗队队长，外科。

梅红：29岁，女，队员，妇产科。

李少枫：31岁，男，队员，内科。

李艺伟：28岁，男，队员，麻醉科。

杨知章：35岁，男，队员，中医骨科。

陈楚峰：33岁，男，队员，呼吸科。

卢飞宇：36岁，男，队员，检验科。

贺涛：33岁，男，队员，眼科。

曾一方：28岁，男，队员，肛肠科。

刘海波：31岁，男，队员，五官科。

刘婷婷：35岁，女，队员，妇产科。

周萍：36岁，女，队员，皮肤科。

陈文芳：24岁，女，队员，护士。

方静：26岁，女，队员，护士。

勃哥：33岁，男，队员，厨师。

安冬：27岁，男，队员，翻译。

李艺伟和方静是队里一对以本次援非行动作为结婚旅行的新婚夫妻。

培训为期8个月，8个月后，中国援非医疗队伍于2014年5月2日按时出征。礼炮送行，媒体采访。

官浩面对十几个怼着脸伸过来的镜头神色严峻："目前我们的队员们已经初步掌握西班牙语的听说读写，为适应当地的自然和社会环境，已充分做好了准备，队员们都为能参加援助而感到光荣，接下来的援助工作中，我们中国援非医疗队将尽最大努力为非洲人民提供优质医疗服务，展示医护人员的风采。……全体队员将发扬中国援外医疗队精神，恪守职业道德，传递真诚友谊，展示中国援外医疗工作者的风采，为增进中国和受援国人民的友谊，推动构建人类卫生健康共同体，做出自己的贡献。"

妻儿在人群中向他挥手，他留意到妻子面带笑容里那浓浓的不舍。采访一结束，他便冲向妻儿。

身后传来副市长接受采访的声音："市委、市政府历来高度重视对外医疗援助工作，此次我们市单独组派医疗队援助非洲，使命光荣，责任重大，队员们需要克服语言关等重重困难。我希望医疗队员们接下来安排好自己的工作和生活，不忘医疗初心，为当地民众提供最优质的医疗服务，同时，自觉维护医疗队的形象，做好'白衣外交官'……"

一切的簇拥、包裹和嘈杂都已不存在。官浩抱着妻儿，沉浸在无限的亲情中。

梅红也望见了妈妈。

清冷的楚瑜身披白色流苏，在人群中淡然悠远。楚瑜背过身，挥泪离去。她摸了摸左胸上方，那里不知道什么时候开始长了个小硬块，一点点痛，一点点的小包。应该只是结节。胸前的玉坠子偶尔会压在上面。跟梅映川的结婚照上，戴的就是这个玉坠子。梅映川去世后，她好多年不戴了。今天送行，鬼使神差地，又把它戴上了。算是祈福吧！求梅映川的在天之灵可以保佑孩子一路平安。这种特别的细节，她并不知道孩子是不是留意到了，不禁一声叹息。

妈妈脖子上的那点翠绿，梅红当然看到了。从小到大，她天天跟有板有眼、又有洁癖的妈妈生活在一起，哪怕有一丁点儿的变化，梅红都能觉察到。这种生活让她窒息，但她并不希望妈妈知道。只要有机会，她都想逃。

又潮湿又阴暗的套房里，现在只剩妈妈一个人了。想到这点，梅红又红了眼眶。待再回头看时，鸢尾蓝的天空下，楚瑜从人群里孤单地走出来，高直的背影有些弯了下来。

到达非洲尼罗古纳。医疗队分派两组，由曾一方带队，刘海波、刘婷婷、周萍、陈文芳为队员派驻另一地区，两组人员这一分别，直到一年半之后才相见。

初到驻地的队员兴奋激动。

升旗仪式结束后，中国驻地保安队长林雷面对新到的整装队员们表情严肃："请列队站好……下面宣布保密条例……"

等保密规定宣布完毕，内务这才开始。原驻地队员在每个房间上都写了一张暖心的字条。翻译安冬跟官浩队长打了声招呼，便迫不及待地离队寻找失踪的女友。

提前整理完内务的人轻轻松松地喝上了到非洲的第一杯当地盛产的棕榈酒。

听说几日后便有大暴雨来临，众人便提议去海钓。其实，他们不知道，尼罗古纳的积雨云团早就陆续形成，它们在慢慢积聚力量，加粗、加速、加重，重到只有更深的黑夜才能匹配的阴郁和冷静，就跟大自然谋划的任何一场蓄谋已久的病毒入侵一样。云团在黑夜形成，白天褪去，一连几天。队里最爱海钓的勃哥终于忍不住了，提议海钓，再不去，就到雨季了。于是，一起去。

船，是长年驻守中国医疗驻地的保安队长林雷从中方驻非洲企业借来的一辆小型海钓船。队伍里，唯有安冬没有参加。

"那个姑娘有那么让他着迷吗？非要从中国追到非洲？像个痴情的虱子，成天粘着牛屁股。"李少枫带些讥讽地说道。

"听说这里有个女人很灵，她精通非洲的巫术和占卜。"贺涛道。"对，叫吉达吉姆。"梅红回应道。她曾听安冬说起过这个女人，心里默默记下了。

爱情的魅力在于追逐。李艺伟搂着未婚妻方静，给李少枫递上一杯棕榈酒。

李少枫摇摇酒杯，满足地说道："其实有点距离会让爱的世界变得更有温度。比如，我想她，她想我，想念而不见，是拥有的另外一种形式……"他喝了一口，马上吐了出来，"你们这是倒的啤酒还是马尿？"

众人大笑。

从驻地向外，越过一条新修的公路，再跳过一片棕榈树林，可以望见海，甚至能听见从快艇上传来的零星笑声。

望远镜里：一艘漂亮的舱式快艇在不远处泊定。一对夫妇在艇上晒着日光浴。女人趴着，背对着镜头，上身裸露。男人飞快地脱掉衣服，立在那儿弯腰准备了一分钟，然后纵身入海，绕船而游。好一片美妙的异域乡村！

放下望远镜，打开了一罐百威啤酒，当过多年眼科主任的贺涛一脸严肃地说："非洲人一直生活在疾病困扰之中。以比亚俄塞为例，由于长期处于热带，太阳光直射时间长，当地眼科白内障高发，却往往因为没有经济条件与好的技术，导致视力逐渐退化甚至失明。我计划联合其他医生为100名当地白内障患者实施免费治疗。"

"拜拜，好好学习，不许跟妈妈闹。"刚跟妻儿视频连线完的官浩接了他的话，"据我所知，实际上，一项针对尼罗古纳的白内障手术专项援助项目在我国已经启动。"官浩顺手拿了啤酒，没有准备地喝了几口下去，忍不住吐舌头，"哎呀妈呀，这味道跟吃中药差不多。"

满船皆笑。

"我在国内曾经带领团队进行了一台心脏导管介入手术，有两个黑人助手便是在中国进修的尼罗古纳心内科医生图库诺和弗朗西斯。我们这次援非，目的不仅仅是做一台完美的手术，治疗一个病人，而是要培养非洲国家自己的医生，使他们真正改变缺医少药的历史，让亿万非洲民众病有所依，彻底摆脱疾患的危险与恐惧。"官浩充满信心地说。

贺涛将望远镜交给官浩："官队，上次联合国大会怎么没请你？"

官浩纳闷："我说话有点官方？"

贺涛："前面加个'很'字，很官方。"

梅红跟方静聊的是非洲妇女的卫生问题。

梅红："南基伍省有40万流离失所者，其中50%以上是妇女。虽然在国际人道援助中，已经有一些工作涉及经期卫生，但在流离失所的处境下，适用于经期的产品依然非常有限……"

方静："经期卫生是生殖健康的一部分，是必须考虑的一项基本权利和基本需要。"

阳光打在梅红的身体上，无比惬意。她继续说："缺乏足够的月经产品和安全的空间来保持月经卫生，会给女性带来极大的不适和焦虑，也可能给她们带来歧视，导致羞耻和恐惧。所以，我在国内申请了基金，这次带来了月经内裤。"

方静："想不到，你已经为这一趟援非之行做了这么多的工作？我只带了一颗援非的心。"

梅红拍拍方静说："好，这就够了！"

一拨人只有厨师勃哥不知去向。有人起哄，说："我的勃哥哩？"

李少枫："他不是在海钓吗？"

贺涛："他伤自尊啦，上次我们在国内海钓，连从没钓过鱼的知章老哥都钓了半盆鱼，密密麻麻，他只钓上三小条，在桶里还能自由自在地游，捞起来就被他清蒸了两条，油焖了一条。"

李艺伟从船尾绕过来，一声大笑："勃哥跟他的鱼在船尾一起睡着啦！"

官浩又咪了一口酒："哈哈，作为一个厨师，他还没有正确认识到自己和敌人之间的实力差距。"

在积雨云的压迫下，天色加快了变黑的速度。没有人觉察到空气中的雨意。棕榈树的摇曳和船的摇摆让一切变得更加惬意，正好涤荡掉队员们远渡重洋、千里奔赴的颠簸和疲乏。海洋经过漫长而炙热的白昼，仿佛只有走入深重的夜，才能清醒过来，不过，清醒之后，将是更加无边的孤独和寂寞，它也在等一场暴风雨，报复、反报复，几十年，几百年，周而复始，往来反复。

此时此刻，船在海里，显得愈发渺小。只要海上掀起任何一场战事，对船上的人来说都预示着腹背受敌，全军覆没。

只有官浩说了一声："我估计今夜有暴风雨。"

丁零零……驻地专用手机从官浩手中响起。

众人将目光投向接电话的官浩。"来活了，命案！一桩命案！"他迅速向呼吸科的陈楚峰、麻醉科的李艺伟招了招手。

"天选之子，第一天就来一单生意。"陈楚峰惊讶道。

"要不要啊，晚宴还没开吃就要散席？"李艺伟将嘴里的食物整个吞了进去。

"我宣布，中国医疗队第一次海钓胜利结束。"官浩道，"归队吧，各位，下次，我保证带大家坐海轮，巨型海轮。"

三人匆匆赶往现场。原以为是村子里一桩重大的命案，到现场一看，是村郊一头大象被狩猎夹夹住，生命垂危。

这是一头野生大象。幸好李艺伟在国内掌握了在20米以内使用吹管注射器对大象进行麻醉的技术。吹管注射器很快飞向大象，大象被顺利麻醉，之后就很好办了。官浩系上止血带，村民帮助解开狩猎夹，一股黑血涌出，打针、放药，大象生命体征平稳。

李艺伟嘟哝道："为什么说是命案？"

"你们年轻人就喜欢搞点悬疑嘛。"官浩小声答道，"可能你还不知道，作为全世界最大的象牙进口国，中国每年会造成30000多头大象在非洲被猎杀。"

陈楚峰不解："为什么还不出禁令？"

"会的，应该会的，不久的将来，只怕，中国出了禁令，地下交易仍可能继续进行，还可能转移到国外。没有买卖，就没有杀害。"

救助在村民们的欢呼声中顺利结束。这是中国医疗队为当地村民送上的第一次救助。他们仨沿长长的新建公路驶下去，公路上面布满了上百年的牡蛎壳和蛤壳，这里在过去被称作海湾农房产业，至今仍是滨海，当地人都把壳、灰、炭、壁炉里的煤渣倒在马路上，以防止泥泞和灰尘。房子漆成乳白色，绿镶边，绿屋顶。

"这地方非常迷人。"官浩道,"楚峰,来几张了?"

陈楚峰的单反快门不断闪动,啧啧有声:"满满的都是画面啊!让额拍个够……别再来生意就行。"

李艺伟:"你这乌鸦嘴。"

翻过几座山之后,再也听不到陈楚峰的快门声了。他晕车,吐了一轮又一轮,彻底输给了持续不断的盘旋和颠簸。

官浩:"喂,拍拍看,还活着不?"

李艺伟故意伸个手指在陈楚峰鼻子底下,被他一把拂开。

李艺伟带着嘲笑,描绘着远景,啧啧有声:"峰哥,你看,这镜头……这画面……这调调……"

陈楚峰鼓出了嘴巴,似又有一场喷溅式呕吐,李艺伟赶紧将他提溜起来。陈楚峰回头一笑:"嗨,吓不死你。"

这笑,有点悲切。

他们没注意到,村落边的小河,由清澈开始变混浊,山涧水越流越大,暮色被积雨云快速地推向黑夜。似乎是他们的车辆隐入山林的那一刻,又似乎是官浩的烟头弹向天空的那一刻,漫天而来的雨以粉碎一切的力量击打到地面。

投射着,锲而不舍的;

坚硬的,毫不回旋的;

不商量、不融和、不和谐。

像是积聚了百年的仇恨一般。

千万个雨点击打着,迸散着,海浪冲向海岸,掀起惊涛骇浪,刚刚的平静,像是一场不复再来的梦。

多事的雨季,就这样不请自来了。

二

汹涌澎湃的暴雨侵占了整个黑夜。而第二天,太阳只用一点点力气就在大地上掀起了无边的热浪,热浪又将地面上的一切烧烤着,在蒸腾的空气里,仿佛所有生灵都在颤动。一簇簇灰色的落满尘土的仙人掌丛如火焰般摇曳,甚至偶尔还能看到一股热浪从远处某块石头上突然升起。即便如此,也依然有头顶水罐,身着半裸衣裙的女人穿梭其中。

这就是非洲。

班巴拉岛。岛上那片风格独特的建筑群,便是中国援建的科特公立医院。这所医院始建于1969年,原来是班巴拉岛的地区医院。在中国政府的全额资助下,医院进行了全方位升级改造,成为尼罗古纳地区最大的医疗中心和教学医院。一批又一批的中国援非医疗队进驻该医院,协助当地医生提高业务能力,开展手把手地帮教和培训,成为尼罗古纳医疗的重要内容。

岛内的街道十分安静,电车和汽车好像都消了音似的往来穿梭着。官浩一行人乘坐的车子在进入闹市区后,速度也慢了下来。"官教授,您是否要先稍微休息一下,再去医院?"当地委派的接待员问道。

"不必,直接去医院。"于是车子就直接开过市中心,穿越一个像小公园般的绿色地带,驶上坡度缓和的高地。

"教授,今天你们先熟悉科特公立医院的整个情况,明天有一场你主讲的学术研讨会,就在医学部的大礼堂举行。"接待员恭敬地提醒道。

顺着科特公立医院派驻员所指的方向,官浩看到在一片绿丘背景的衬托下,科特公立医院医学部那幢褐色屋顶,深灰色墙壁的别致建筑。随着车子渐渐驶近,那面饱受风雨摧残的灰暗墙壁让人感受到岁月的流逝。想到这里曾经是中国援非前辈们工作过的殿堂,官浩的内心不由得涌起一股虔敬之情。

"从明天起，和每一个亲人通信/告诉他们我的幸福/那幸福的闪电告诉我的/我将告诉每一个人/给每一条河每一座山取一个温暖的名字……"杨知章摸着半拉没剃的胡子念诗，还颇有点诗人的气质。

"知章兄，你终于可以在非洲做个温暖的诗人，面朝大海，春暖花开了。"贺涛笑道。

"看见海，额能想到的就是烤鱼，周末再去海钓，到海边捡它一堆象拔蚌回来，先蒸后煎，再爆炒。"壮壮的厨师勃哥津津有味地说道。

"算了吧你，官队说了，作为一个厨师，你还没有正确认识到自己和敌人之间的实力差距。"贺涛嘲笑道。

"一念诗，人都要馊了，楚峰这节奏就对了，到哪都怼着景色拍，把最擅长的拿出来，干个痛快。"检验科的卢飞宇平时不爱说话，绵绵的声音缓慢地从众人的喧闹中冒出来一句，显得很突兀。

贺涛："楚峰呀，他最擅长的是憋尿，上次跟他去水库钓鱼，他一泡尿能憋5个小时。"这句话，把全队人给逗乐了。

官浩转向接待员问道："听说昨晚梅红做了两台手术？"

接待员一脸茫然，他显然不知道此事。

官浩跟所有队员们说："你们知道吗？梅红，她比我们所有人都更快熟悉了这里的医疗器械。"

贺涛最油嘴滑舌："还有非洲帅哥。"

李少枫问："她还单身？她……"

贺涛打断道："这没你什么事，梅红是第一人民医院出名的美女医生，你不是她的菜。"

李少枫不屑："你怎么知道？"

贺涛斜着眼，打着手势，正儿八经地唱道："看前面，黑洞洞，待俺赶上前去，杀他个干干净啊净！"

李少枫:"一个眼科医生,成天希望别人看前面黑洞洞,就是啥也看不见,两眼抓瞎,什么毛病!得治!官队,这个人,得治!"

车子停在正面玄关。官浩推开玄关旁写着事务部的房门,坐在最里面的一位50多岁的男子立刻走了过来。接待员道:"这是我们胡赛因院长和戴维行政院长。"52岁的戴维行政院长看上去依然健硕。官浩当年带过的学生弗朗西斯也在迎接的队伍之中,笑容灿烂。

胡赛因院长一脸微笑,说道:"非常感谢中国医疗队,帮助我们建立了眼科中心、创伤中心、微创外科中心……"他推出弗朗西斯,"这是你的学生弗朗西斯。如今成了尼罗古纳第一位能做心脏导管手术的医生。就因为他,尼罗古纳斥资200多万美元为医院购入了导管机。如今,尼罗古纳已经初步拥有了一支优秀的心血管医生队伍!"

"咣当!"众人望去,梅红推门而入。梅红连做两台手术,此时已是满脸倦容,但依然难以掩盖她压抑的愤怒,质问道:"医院为什么滥用催产素?催产素是天然的荷尔蒙,分娩过程中会被释放到血液内。如果给予的时间和剂量正确,人工催产素可以在自然分娩逾期时带来帮助。但是,在错误的时间或过量给予催产素可引起孕妇的子宫出现超收缩,不但影响到婴儿,更可使子宫破裂,引致母亲或婴儿死亡!"

她顿了顿,做深呼吸,尽可能压制住不断提高的声音:"可是,昨晚那个母亲,她至少接受了3至8安瓿剂量的催产素,她送过来的时候,子宫已经破裂,大约八成的子宫破裂会导致婴儿死亡,我做指检时,那个胎儿已经由子宫被推到腹腔!最后,不得不做子宫摘除。"

梅红后悔自己的西班牙语怎么说得跟嘴里塞了棉花一样,想得出,却说不出。还好昨晚有位古巴来的说普什图语的妇产科女医生帮忙。

这一晚,梅红主理了两小时的手术,把病患的子宫摘掉了。手术后,她要求病人留在手术室接受观察。她有点担心,因为血红素仍然偏低。不过,当晚她接生的另一位新生儿就没那么幸运了,它死于严重营养不良

——这种情况，不是靠几瓶营养液能解决的。刚到非洲，仅一夜，对梅红来说，已宛如隔世。

梅红激动地喘着粗气。戴维赶上前，无可奈何地回答："梅教授，改变这一切，需要时间，time（时间）！"

第一次官方会见，官浩迫于形势，将来势汹汹的梅红请到队伍中，接下来是媒体采访和拍照。这件事很快被当地媒体和医院接待的行政流程给冲淡了。

无聊的欢迎仪式结束之后，梅红立即叫来自己的助理，严肃地说："作为一位女性，我很难想象无权对自己的身体下一个关乎自己生死的决定。我知道，这是你们保持了多年的传统，不会瞬间改变。但我们妇产科医生的角色就是尽力解释医疗程序的重要性，让他们知道使病人继续活下去才是我们最关心的事。请您把我的理念传达给每一位妇产科医生。"

"好的，梅教授。合作愉快。"助理被这位新来的中国援非女医生美丽、高冷又严肃的样子吓到了，助理离开办公室时，拍拍自己定定神，她想的是，希望接下来的一年半合作愉快。

科特公立医院太平间连着后廊，呈一种老式的环抱状，三面都是20世纪90年代的农房，盖着土瓦和俗气的装饰。从梅红所坐的地方向南望去，穿过一斜坡草坪便是大海湾的一角。太阳在东面的地平线上缓慢而平静地升起，是清晨的太阳。

此时的班巴拉岛在山岭之间涌起乳白色的晨雾，被巨大的杉树包围的山顶上洒出一道朝阳，整片山林笼罩在万籁无声的宁静中。

她将窗帘拉到最大。清洁人员在她的眼皮底下清埋垃圾箱，从垃圾箱拎出来一个纸皮箱，一团黑乎乎的东西从中抖搂出来。竟是新生儿尸体。梅红一阵恐惧，闭上了眼睛，脑子里涌现出昨晚那个营养不良的初生婴儿。她戴上眼镜，仔细观察，看到婴儿手上绕着的红带，大脑瞬间一片空白。对，正是她接生的那一位——他死了，然后像垃圾一样被扔了。这跟健康意识、女权主义、妇女地位完全无关。

巡房的时候，她几乎不敢看那些即将做母亲或已做母亲的一张张期望的脸。

"谢谢你，中国妈妈。"

"谢谢你，西诺瓦。"

直到这一声声呼唤，她才惊醒过来。这才发觉自己走到了昨晚难产的那位母亲面前，而另一张床上躺着的便是丢掉了婴儿的那一位母亲，正麻木地望着她。面对这两张完全不同情绪的脸，她勉强答应着，身体却急于离开这里。返回办公室后，她发现自己流泪了。

几周之后，中国医疗队队员已经很熟悉各科室的运作了。

尼罗古纳地区的洪水因暴雨的侵袭，态势愈演愈烈，更像一场灾难。每一场灾难就是一场全民医疗的大课题。科特公立医院已经开始组织对抗灾情期间各种传染病的预演工作。当每个队员都在应对可能突来的重大疫情而做各专业预案时，梅红似乎并不在状态。官浩发现梅红特别留意无国界组织召集的多国义诊活动——这种义诊通常以公网招募的方式进行。

"梅红，最近他们组织的义诊主要以眼科为主，贺涛比较合适。"官浩关心地提醒她。

"官队，护理人员，他们也需要。"

官浩搜索电脑的招募栏，果然，招募对象中，也有护理一栏。他笑道："对你，这不是大材小用吗？"

"大材小用也要用！我乐意。"梅红飘然而去。

6月的一天，她如愿以偿参加了一场义诊。但看得出，她并不如愿。因为她没有见到张芮——生命中一个非常重要的人物，一个让她等了又等的人。她原以为来到非洲会更加走近他，没想到，自从她来了之后，他竟然从她的世界中消失了。

张芮在哪？他在哪？那个男人，在哪？

义诊结束后，她心情沉重，有种心事由来已久、却无从发泄的无力感。尤其是在返程的路上，车辆还在闹市的街道上抛锚了，更加加重了梅红的不快。开车的是个东方面孔的中年男人，束着长发。本以为会毫无间隙地聊一聊，但男人看上去不爱搭理人，于是，她一路无话。

"这讨厌的雨。"新来的澳大利亚儿科医生丹·布朗烦躁道。

束发男子解释，在这里雨水过多或不足一直是个问题。一些地方遭受洪水的同时，另一些地方缺乏种植庄稼所需的雨水，连续的干旱，导致许多地区出现粮食短缺，饥民遍地。更糟糕的是，政治和经济不稳定导致物价上涨，原本就挣扎求生的家庭雪上加霜，没钱用，没收成，没吃的……

梅红记得那场旷世大饥荒——20世纪80年代，一场大饥荒以惊人的速度在非洲大陆肆虐开来，百万非洲饥民濒临饥饿与死亡的绝境。农作物绝产绝收，狭小的难民救济所中拥挤着成千上万的难民，他们苦苦等待着为数不多的救济粮，更多的难民则是拖着羸弱的身躯，踏上了寻找粮食的艰难之路。除了遭受干旱的袭击，一些地区还同时遭受蝗虫和甲虫的袭击，肆虐的害虫把所剩无几的庄稼吃了个精光。梅红深深地叹了口气。

也许是叹息声引起了束发男子的注意，他从后视镜里看了她一眼。

韩国医生朴相宇道："是的，有一年，我刚刚到达这里时，尼罗古纳的雨季已经开始，正是疟疾高峰期。脑疟是疟疾中最凶险的类型之一，患病的孩子来到医院时通常已经处于昏迷状态。"

护士琳娜："哦，希望治疗有效，希望孩子们不会停止呼吸，希望他们不要再反复出现持续的癫痫，希望他们能够醒来。"

"要么给他们面包，要么愈合他们的伤口！"——梅红想起父亲日记里的话。

车里的人大都是儿科和妇科医生，叽叽喳喳地讲述起来。只有梅红一声不吭。束发男子不由得多看了她几眼。

暮色像一股灰沉沉的流水漫入车内，玫瑰色的夕阳余晖反射在车窗上，男人的眼镜在薄暮中映出微弱的反光。梅红也留意了他。

车刚修好，附近几个壮汉，急匆匆抬过来一位病人，黑黝黝的皮肤渗着豆大的汗珠，紧张地拍打他们的车门。束发男子走了下来。

这是一位老者，腹胀如鼓。束发男子从腹部轻度按压开始，慢慢深入检查。他怀疑是由于尿潴留尿路梗阻导致的腹部急症。不尽快排尿会很危险，可能造成膀胱破裂。目前这情况，从哪里找导尿管？

这样不行，也许可以用……芦苇管？他望着不远处的芦苇丛，寻思着。老者张着干燥的嘴唇，发出绝望的呻吟。容不得多想，他飞速取来一根芦苇秆，消毒之后代替导尿管，将它插入老者的下体，顾不得众人的目光，俯身而下——众人惊讶地看到他用嘴一口一口的吮吸，吐出橙黄的尿液。

老者的脸色从青紫色转向苍白。他说："送去北郊加克医院，今晚8点手术。"

"No（不），Rain！难道你晚上不跟我们一块去参加生日派对？"丹·布朗遗憾道。

被称作"Rain"的男人满脸堆笑，挥挥手："不去。上车吧！"

众人这才絮絮叨叨地上了车。

"Rain，晚上真的不跟我们参加生日派对吗？"丹·布朗不甘心，再次问道。

Rain 解释："今晚有来自中国医疗队的聚会，那是我的国度，我们国家的队员。"

梅红一听，这才有了兴趣，这可能是今天她唯一的兴奋点。她说了一句中国话："哦，原来你是中国医生？！我就是中国医疗队新队员梅红。"

"梅红？"Rain 疑惑道，他轻轻撇了一眼，但很轻易就下了结果，斩钉截铁道："不可能。"不过，开着车的双手，已经有些不自然的紧张、颤抖、不安。

"我……就是梅红。"梅红略带兴奋地拿出自己的证件,不仅亮给Rain看,还转身亮给全车的人看,再次用英语强调:"我是梅红。"她光洁的额头上戴着黑色棒球帽,齐肩秀发被高高束起,一副干练的模样。

"嘎。"几辆山地车从正前面飞驰而来,Rain猝不及防,差点避让不及,紧急刹车。

"Why(为什么)!怎么啦,Rain,注意开车!虽然车上有外科医生,但我们不能给自己手术。"有医生调侃道。

还好。Rain知道是自己注意力不集中导致的,他心里此时正翻起千重浪。刚刚收到的——眼前"这位姑娘就是梅红的"信号让他没有了半点中年男人一贯的冷静和笃定。他不再说话,除去认真开车外,他用更多的时间从车内后视镜里去观察梅红。他甚至还从包里抽出了皮夹里的一张照片,照片里的梅红:长发飘飘,身着博士服,戴着博士帽,脸庞清秀,笑靥如花。

开了近半小时,Rain终于忍不住了。他将飞扬的长发往脑后用皮筋撸了起来,露出光光的宽额头。他用中国话喊了一声:"梅红。"全车的医护人员都被车摇来晃去而打着瞌睡,包括梅红。这一声,显得颇为突兀,将昏睡中的梅红叫醒了。

梅红模模糊糊地辨认着前面这张脸。兴许是透过后视镜看得并不真切。"请坐到这儿来,请你。"他叫她坐到副驾驶上来。梅红有些不情愿,但还是照做了。

"你看看我。"

梅红按他的意愿看了一眼。她不知道这个男人要干什么?

"再看看。"

梅红依然没有认出眼前这位略带野性,黑皮肤的肌肉型男是谁?

"看,看这。"Rain指着左眼眉处一块榆钱大小的疤。梅红哪有这么盯着一个大男人看过,她有些迟疑,不敢伸出手。Rain着急了,一把抓住她的手,让她摸。梅红只好慢慢抚摸着它。她的神情在变化,像一个天真的,第一次看见彩虹的女孩,舒展着美好的脸庞:"你不会是张芮吧?你是张芮吗?!"

"嗯。"内疚,不安,或是缺乏自信和勇气,他有点不敢正眼看她,点点头,又无法抑制地望向了梅红,这一转,就定格住了,再也不想挪开。

张芮干脆把车停了下来。

时光停止。

目光交织。

命运在等待着他俩从各自的十字路口行至交会处。

队里的安冬找当地的占卜人吉达吉姆去问女友下落的时候,她随后也去找过她。可笑的是,吉达吉姆拿起她的手看了半个小时的相,然后再用了一个下午的时间讲解她的往后人生。

"我为了找你,还去看了一下午的手相。"她本想在遇到张芮的时候,把这事像开玩笑一样地说出来,但此刻她一句也说不出口。所有在QQ里的嬉笑怒骂,此时都说不出口。

她沉寂了,一言不发的,像个被家长忘记在墙角的小女生一样。一个多月了,他竟然没有来找她,还振振有词。没有电话、没有微信、没有视频,甚至以往常用的QQ也没有。从哪一点都看不出来他在重视她。很快,一股心绪涌上,她委屈地憋了憋嘴角,眼泪在打转,她努力让它们不掉下来。

手指在紧张地交缠。来到非洲后,这份一直没有着落的情感似乎要落空了,但依然颤颤巍巍,不知所终。就如同盛宴散场之后的人,环顾四周,熟人不多,需要抖落抖落,才能再行上路。张芮在QQ留言的每一句话她都仔细地看过,简单、深厚、直接、坦诚。它们是多么安静地被她保护在心里,又是多么无奈地被她念过来想过去地埋怨和猜忌,甚至怨恨。

10年,还是15年,连她都不知道对张芮的这份情感是从什么时候开始,越长大越深情,直到得知张芮离异之后,她的情感才如释重负。在要来非洲的准备时间里,她常常睡不着觉。在出行前的那一周,她突然感觉自己的长发又干枯又毛糙,并且发黄,她一连找了几个发型师将她的头发做了改造,今天这种,明天换那种。任何一种发型都满足不了她希望在张芮面前出现的那个样子——因为连她自己都不知道应该以什么样的发型出现。即使到出发了,一切就绪,她对自己的发型都不满意,任何一种发型都不足以承载她的情感和理性。

张芮不假思索,轻轻握住了她的手,说:"我在,我一直都在。"

"你为什么没有回复我?"

"5月20号,我那天去了,在丹巴机场一直等,我怕错过每一趟转机的飞机。我一直等到晚上最后一趟班机,你都没来。"

"你没看后面的留言吗?!医疗队的行程提前了。"

"我……知道你5月20日要来,我马上换了班,我若去救护站待上一个月,可以休一周的假。我把休假调整到5月20号。"

"你傻啊!你不会看中国新闻吗?"

"……救护站条件很简陋,那里没有电视、没有网络、没有手机信号……等我从救护站回来,听说中国医疗队已经到了。"

"那……为什么不来找我?"

"洪水来了,脑疟爆发,我需要组织救护行动,我想等这事缓缓再去找你。就是今天!我准备的时间就是今天!"张芮道。

"公布的义诊名单里为什么没有你?"

"我在无国界组织里的英文名是'詹姆斯·邦·芮'。"

还想做詹姆斯·邦德007?梅红终于笑了。似乎一切都还能解释得通。梅红慢慢平静下来,歪着头开始正儿八经地打量张芮,不由笑了,略带害羞地说道:"你怎么成了这副模样?"

"我告诉你,无论从哪个国家来,无论之前是什么皮肤,黄皮肤、白皮肤还是棕皮肤，到了非洲一个月，都会混成黑皮肤。包括你。"张芮一笑，露出一溜子的白牙。

梅红回头一看，朴相宇和丹医生他们也都向她露出了一溜子的白牙。忍俊不禁。

"你什么时候剪了短发？"张芮凝望着梅红，出神了。

他偏偏要提头发。梅红闷声不语。

"哦，芮，你们是旧相识？"琳娜起哄道。

"No（不）。她是我的女神。"

"真羡慕你，这姑娘是你的梦中女神，哦，My God（我的上帝），你的女神出现了。"琳娜鼓掌道。快乐和兴奋在车内迅速传染开来，车厢里的笑声、歌声与街道的喧闹融为了一体。

短暂的黄昏已近尾声，夜幕即将来临，星星开始出现于昼光未尽的天际。路灯亮了起来，天色暗了下去。

"拜拜。"张芮挥手。

"拜拜。"梅红点点头。

第一次见面的张芮和梅红，竟然没有任何更多的语言就各自回家了。

误会中的两个人，情感在错位，打架、纠缠又挣扎：为什么不见我？为什么隐瞒？是不爱？还是逃避？认为是爱？可能不是爱？了解自己？不懂他？不明白？他不理会？心意难了？到底怎么想的？

所有的情感都无非如此：我们都在等，等自己长大、等自己不惑、等自己老死；等爱的人能爱我们，等我们爱上原本不爱的人，等自己知道曾经那么地爱，等曾经那么地爱到忘记怎么去爱……

处处是疑惑和责难。辗转反复，心绪难平，一夜未眠。

一个初来非洲，事务众多；一个身处偏僻，无网无线。近在咫尺，远在天涯。兴许是心意相通，张芮和梅红终于在这个晚上同时打开了电脑，登上QQ。原来最后一次为对方传输的内容，都是自己的近照。

一张是长发皮肤黝黑的张芮，一张是修了齐耳短发的梅红。

两张近照，到这一刻才打开。

三

每天早上，只要身体允许，中国医疗队队长病理学家官浩都会赶到科特公立医院，从重症监护室开始查房，这里的病人大多是从急诊室和其他病房转过来的，来时通常处于死亡边缘。在重症监护室，一般有两名护士和一名临床技术人员全天守候，白天有一名医生在现场，卜圸后随时待命。这里的临床技术人员经过培训，能力与医生相当，但受训时间比医学培训短，而且更侧重于模式识别。他们是科特公立医院项目的骨干，最先接触病人，做出诊断并开始治疗。

一天早晨，官浩走进重症监护室，发现临床技术人员在护理复苏床上的一名7岁的病人。病人因脑疟和顽固性癫痫而入院，现在重度喘息，血氧饱和度低，心率也低，似乎即将被死神带走。他快速决定使用带氧气储气袋的简易呼吸器协助呼吸。病人很快停止了喘息，只是仍然无法自主呼吸。科特公立医院没有呼吸机，病人的生命完全掌握在需要不停地手动捏着的呼吸球囊上。官浩和同事们轮流捏着呼吸球囊，时间一分一秒地过去，但病患仍然没有自主呼吸。

这是来到非洲的官浩第一次面对可能的死亡。他走近病患的母亲，"对不起，他还是不能自己呼吸……我们已经尽力了。"母亲双手合十，眼含热泪，亲吻着孩子，她唱起了赞美诗，旋律优美动情，融入着她的信仰，她的爱。

官浩依然不放弃地捏着呼吸球囊。输液泵的噪音、制氧机的噪音、婴儿的哭声、迷茫少年的呻吟声、某人的手机铃声、吊扇转动时的吱吱声。

时间流逝得非常慢，一天一夜……慢慢地，孩子喘了一口气，又喘了一口气，他开始自主呼吸了！官浩红了眼。

身体被疟疾反复侵害过的他经不起通宵作战，此时瘫软了下来。他疲惫极了，连听诊器挂在脖子上都觉得沉，他摘下听诊器。有那么一瞬间，感觉自己的血要被掏空了，想叫人倒杯水，说话也费力，自己试着站起来，刚挪脚，又倒了。

接着便听到一声："官教授晕倒了！"

得知消息的胡赛因院长带着几位专家上来问诊。同期当班的贺涛、李少枫也听见了风声，各自拿了觉得该拿的医疗器械冲向了重症室的医务办公室。

一瓶白蛋白、生理盐水和葡萄糖的静脉注射瓶在床头，输液管一滴一滴。官浩睁开眼了，问道："什么时候了？"

贺涛还是那副笑脸："官队，这是公元2014年。"

"我这是在哪？"

"嗯……你在地球。"

"我躺了多久？"

"3小时3分33秒。"

"你俩这是拿的什么？"

贺涛："血压计。"

李少枫双手一举："电击棒。"

官浩指着被子道："说明你们还是很有理智的，那为什么要给我盖一面五星红旗？"贺涛压低声音，很认真地回答道："这里胡赛因院长比较迷信，他认为五星红旗有驱魔的作用。"官浩瞪大了眼："哦？"

李少枫郑重其事道："官队，这不是你说的吗？你刚来的时候就告诉我们，要入乡随俗，他们怎么要求，我们就怎么做。"

"胡闹！"官浩轻轻拿开披在他被子上的五星红旗，郑重地放在一边。

"官队,你还睡吗?"贺涛弱弱地问。

"睡你个头!"

"那……那你挪个床,额有病人需要这张床,没办法,官队,白内障,免费做,额说过,100个病人,这一下子呼啦啦,都来了……"贺涛念念叨叨,"为了光明,为了中国的援非事业,为了明天更美好……你要不,这就下床吧?额病人还等着呢。"

"额,成天就是额,你真讨厌!"李少枫甩他一巴掌。

"伙计,你就不是西安人?你就不说额?额!额!"贺涛撇嘴道。

张芮也需要充足的睡眠。雨季开始,医院里脑虐、血吸虫病及其他伴随而来的湿热病症病人日益增多,让他时刻处在精神紧绷的状态,这段时间的熬夜,有点人不像人,鬼不像鬼,镜中的自己更像刚从牢狱之灾中脱身的囚犯,面颊是瘦削的,有了黑眼圈,但臂膀有惊人的肌肉块。见到梅红后,他每个晚上都强迫自己能睡个好觉,希望下一次见她时气色好、面容佳,但安定片已加到4片,他还是难以入睡。

他告诉自己哪怕能有一天精神饱满,也要请梅红出来海钓一次,但手机在,不敢打,电话在,也不敢打,越不敢打,便越沮丧。他发现自己在紧张和忙碌的工作中,已经找不到状态来进行一场完美约会。

当中国医疗队所有人都在快速适应当地文化和医院工作的时候,当张芮还在调整自己以完成不枉此情的一次约会的时候,一种致命的病毒正在侵入这片多灾多难的土地。

大自然开始了它自1994年以来的新一轮反噬。

这是一片班巴拉岛少有的独栋独院别墅区。在政府做高级雇员的安托因前两天刚旅游回来。从5月10日到22日,他同下属的雇员们驱车到尼罗古纳的最北部,参观了当地所有村镇,品尝了美味佳肴,游览了那里的如画美景，这是当地人难得享受的福分。他带回来一大袋的黄鱼干和牛肉脯。

索菲已怀孕8个月，她把晾干的肉炖了一锅，全家庆贺安托因休假还家。他们之间因为长年分居，感情不太好。她回答道："是不是玩得太痛快了，你看上去，精神并不好。"

"我们一路朝北开去，我们本可一直开过边界，进入诺克诺斯国的，可惜河桥断了。"他喝了一口热咖啡，对妻子索菲说道。两只脚架在阳台小圆桌上，他的脸色苍白，看上去不健康。他摇晃着头，那种沉重和疼痛感似乎并不是旅途疲劳带来的。他有气无力地说道："是的。我一度以为自己感染了疟疾。"

索菲望着他，淡淡地说："你去医院了吗？等会我们的邻居弗朗西斯的医生朋友们会过来给他女儿过生日，或许你可以给他们看看你得的是什么病？"

"不必，我打过针了。"安托因回忆起那个比利时修女推着注射器，在针头扎进他的皮肤时咬了咬牙的样子，这个修女长得不赖。在他揉胳膊时对他说："这是奎宁，会治好你的疟疾的。"他点点头，他确信，打一针包治百病。

晚上7时，3辆车开进了弗朗西斯的大院子。梅红跟随着一帮认识和不认识的人走进了弗朗西斯的家。索菲和安托因也被邀请参加生日宴，但因为安托因不舒服，他们俩都没去。倒是他们的3个孩子早早就等着弗朗西斯回来，一听到车响，迫不及待地拉开自家的白栅栏，像3只花兔子又蹦又跳地钻进了邻居家布置得炫彩无比的大草坪里，人多起来，他们的嬉闹便无人在意。

梅红身着一袭素色长裙，在人群中甚是美丽。弗朗西斯拥抱了她，"梅，你真漂亮。"

"梅，请你来帮我化妆好吗？"弗朗西斯的女儿缠着美丽的梅红，拉她往自己的房间走。梅红的耳朵里飘进某个医生谈论今天刚完成的肠梗阻手术的事:"……我给他动的手术,足足两斤重的泥土,这些无法消化的泥土折磨了他10来天。"

"为什么吃泥土?"梅红不禁问道。

弗朗西斯跟她解释:"贫穷的人家没有东西吃,他们会用泥土、盐和黄油三种配料制成的'泥饼干'来充饥。虽然泥土中含有钙质,但泥土中寄生虫、工业毒素和恶劣的泥饼干制作环境随时可能让他们的肚子饱受折磨,甚至烂掉。"

"那是他们的零食。走吧,梅,跟我来。"弗朗西斯的女儿说道。

"你吃过吗?"梅红低下头问。

"不!他们还吃青草、树叶和没有酱的土豆,我不吃!"

作为科特公立医院知名的心血管手术医生弗朗西斯的女儿,她生活富足,自然不会吃。非洲的贫富分化依然严重,梅红心想。父亲来到非洲的第一站是卢图曼村的卢图曼医院,父亲嘴里的卢图曼村的老百姓生活就是这个样子。梅红问弗朗西斯:"你知道卢图曼村吗?"

弗朗西斯愣了一下,他对梅红了解这个地名表示很奇怪,这地方对于现在援助的中国医生来说太偏远了,但他突然想起,卢图曼医院是中国首批援建的定点村级救助站,而且在建设早期,正是有源源不断的中国医生的诊疗服务,才开始有了正规的医学科室,包括眼科、外科和妇科等。他说:"20世纪八九十年代,那曾是援非的中国医生创造奇迹的地方,虽然很僻远,但因为中国的援助,现在那里医疗服务和医疗培训已经普及。"

"嗯。"梅红答应着。按现在的工作量,梅红不能确定自己什么时候能去,她暗下决心一定要去。

"70年前,这里没有医生,病人由4位来自比利时的修女救治,她们只接受过一点点护士和接生的培训;另外还有一个牧师,一个女护士。这个勤勤恳恳的护士小姐还兼管另一座房子里的病人,那座房子里有一个大型妇产科病房和两个普通病房。医院是教会大院的一部分，院里还有一所小学，就是弗朗西斯读书的地方……"弗朗西斯89岁的老母亲坐在轮椅上跟医生们聊起天，老人家看起来很精神。

"你就是那个小护士吧？"有人道。

老母亲："对，我就是那个美丽的白衣天使，他们都叫我天使，我有很夸张的肥屁股，从左到右，有一张桌子那么大。"

众人大笑。

"那时候就有我们这样的人吗？"美联社美籍亚裔驻非战地记者岳小冉插身进来，她指的是皮肤。

"有的，非洲很早就来了像你这样的人，黄种人，白种人，都有。我们都唱：聪明的白人\开着飞机\那可不是一个小东西\开它需要太大的勇气……"老母亲哼着歌。

"那时候东方还在鸦片烟枪的烟雾缭绕中，可西方的火车都开进了森林。"岳小冉一边说，一边搅动着茶。

"可是至少到现在，你喝的中国茶比咖啡值钱得多。"李少枫反讽道，"不是一点点，是很多。"

岳小冉道："茶是舶来品。"

"烟枪也是。"

他俩争论起来。"八国联军，中国输了。""抗美援朝，中国赢了。""中国应该有更强大的国力。""不需要你提醒，我们中国早就站起来了，不仅站起来了，而且是联合国常任理事国之一，我们援非了，不仅援非，还援阿富汗，援伊拉克，你是哪个国家，要不要给你们国家也援一援？"

"你们俩是不是提前吃火鸡了？"弗朗西斯来圆场，"我的官浩老师为什么没来？"

"他有疑似疟疾的症状，可能是潜伏期过了，于是病毒就开始露脸了。"

李少枫如实回答。

"按时间推断，应该是那次解救大象时染上的。"杨知章道。

"你们中医要如何治疗疟疾？"贺涛插了一块鸡肉沾满黑椒酱，给杨知章递过去。

杨知章认真地回复道："热偏盛者即是温疟，寒偏盛者即是寒疟。由瘴毒所致者，则成瘴疟。瘴毒亦属疟邪，且多见于岭南。临床症状严重，疟邪久留，耗伤气血，遇劳即发，则形成劳疟。疟久不愈，血淤痰凝，结于胁下，则形成疟母（现代医学名为脾脏肿大）。"

弗朗西斯听得眼睛直溜转，十分感兴趣，一个劲地问："Why？ Why？（为什么？为什么？）"

杨知章哪里能用西班牙语解释得清楚，他想了想，说道："在中医里，那就相当于被蚊子咬了一口。"

"蚊子？咬一口？"弗朗西斯越听越糊涂。

岳小冉和李少枫还在争论政治问题，宴席因他们的争吵慢慢分散，三五人各成一群闲聊。

"来，来来，我很骄傲地向你们介绍我的一位邻居，查理斯·厄，我们尼罗古纳唯一一位拿过世界冠军的重量级拳王。"弗朗西斯搂着一位体格健硕的老人说道。

"我只是一个古怪的糟老头子而已。"厄老头子微笑点头。

似乎只是亮了一下相，厄老头子就被几个顽劣的孩子捉去玩耍了。医生朋友们也没有在意。弗朗西斯的女儿给梅红围上了蓬蓬裙，大花的披布裹在头上，特意别了一朵玫瑰花，打扮成南非裔N国女演员查埋兹·塞隆的模样。

一声紧急刹车吸引了她的目光。窗外，一辆车因避开一只流浪狗而翻车。

"出事了！有受伤的吗？"她顾不得将头巾取下，紧张地冲向公路，那司机却没事人似的钻出了车，正是匆匆赶来赴宴的张芮，他穿着棉织防护服,戴着护目镜。

站在街的两端,他俩彼此都没有认出对方。

刚经历一场翻车事故的张芮若无其事拍拍尘土,从她身边走过。在他眼里,身边的这个女人不过是打扮的过于夸张了的非洲姑娘。

张芮过来并不是吃席的。他严肃地请在场人员从速离席,全部参加血液检验。"车子就在外面,请跟我来。"很快,在院外的公路上,陆续又有几辆车停了下来。

弗朗西斯走上前问:"为什么?"

顺着张芮示意的方向望去——安托因和索菲一家人被一群穿着同样防护服和戴着护目镜的医护人员请进了隔离车。

张芮:"你们的邻居是埃博拉病毒密接人员。"

"哦,哦。啊,啊!我的天!"人群中来自对极危病毒的恐惧一下子如黑云般排山倒海似袭来。

进入隔离车的人员均一一做了初步登记。岳小冉敏锐地意识到有重大医疗事件发生,为方便采访,获取第一手资料,她冒称自己是美籍私人诊所护士。"我……我是珍妮诊所的护士。"她胡乱说了个诊所名。走进来时,她撞见了李少枫犀利的目光。

张芮一字一句地说道:"有名妇女从赤道几内亚返回尼罗古纳,原来以为感染了疟疾,但她后来出现了急性病毒性血症的症候。她挣扎了两周,死了。她躺在一张靠墙角的病床上,旁边是打开的窗子,那些风和那些无处不在的空气将她呼出的病毒吹到病房里,经过5个病人、12个探视者、3名医院雇员、2名医生的鼻和口,他们全得了急性病毒性血症……而我们怀疑,当然,目前仅是怀疑,是埃博拉再次入侵人类。"

他的声音不大,但在车里,将人心震摄得七零八落,难以拼凑。

"那你们的疑点是什么?"岳小冉问。

张芮看了一眼这位并不熟悉的医护人员,道:"曲杖,牧羊人的曲杖,四级实验室已检测出类似牧羊人的曲杖的病毒株。而且据确切消息,在西非,已经出现阳性病例。"

索菲的3个孩子最终从捉迷藏的地方被抓了出来,像拎小鸡似的被拎进了医护收容车。孩子是母亲生命中最软弱的部分,在见到3个惊慌失措的孩子之后,索菲放弃了激烈的反抗,蹲下,像母鸡护崽一样张开了她的双臂,悲泣道:"哦,看你的父亲都做了什么,这个该死的安托因,他可能给我们带回来了致命的病毒,如果我们也感染上了,我真想亲手杀死他。"

一路无声。

"埃博拉"三个字像挥之不去的虫,在车厢里来回飞旋,嗡嗡作响。

远处飘来教堂唱的赞美诗:

> 你不必害怕黑夜的惊恐
> 或是白日的飞箭
> 也不必害怕黑暗中流行的瘟疫

在场的所有人,似乎都忘记了厄老头子的存在。他还躲在弗朗西斯家废弃的小粮仓里,一根小钢钉划伤了他的胳膊,有点疼,他期待孩子们快点找到他,欢乐地结束这场捉迷藏,回到自己的家处理伤口。等他从粮仓里出来时,他只看到空荡荡的草坪、悬挂的五彩霓虹灯。如同广漠星空一样的寂静。刚刚经历的一切,疑似一场幻觉,似乎自己是从梦里掉落的一样。

他捏了一块烤好的牛肉,塞进嘴里,挤出一口的汁。"嗯,6分熟,味道还行,需要洒点丁香粉。"他顺手拿走了几粒可乐果。

科特公立医院及当地所有医院都没有接到相关通知,医疗秩序依然常规化。

"你是中国医疗队队长官浩?"张芮接通官浩办公室电话。

官浩："是我。"

"我是无国界驻尼罗古纳地区的首席医生、原中国医疗队老队员张芮。请中国医疗队立即启动应对埃博拉爆发的防疫措施。"官浩停顿了半秒，没问为什么，仅回答了一个字："好。"张芮接下来问的，就颇犹犹豫豫了："官队……你们……你们队里的梅红，还好吗？她……还好吗？"

"你们认识？你们不是把她隔离了吗？在弗朗西斯女儿的生日宴。"

"啊？！什么时候的事？"

张芮不停地回忆、再回忆，终于从倒退的、仅存的微小片段中，抽丝剥茧，想起那个戴头巾、别着红花的非洲姑娘。

不见，也许不会太想念；但是，近在咫尺，这份思念之潮水再也关不住闸门。为什么不回头认真看看呢，她明明有跟非洲姑娘不一样的苗条身材，即使包裹着头布，也包裹不住白皙的皮肤和明亮的双眼，细腰下的臀和修长的腿，圆熟而柔韧，哪点像非洲姑娘？真该死。

官浩根据张芮的提议当晚立即部署中国医疗队应对埃博拉暴发的防疫措施。夜里官浩又莫名地发起高烧。夜里12点，队员们都没睡，关心地集聚在官浩的宿舍。李少枫跟大家宣布："看来不是疑似了，官队，你应该就是疟疾。"

塔方村郊外。

一片罂粟花地里躺着一个人，快乐玩耍的小男孩跑上前去，翻身一看，男子七窍流血而亡。几日后，妈妈抱着病儿向反政府军的军医求救，军医发现问题，这对母子被他偷偷枪杀，军医自知自己也染病，独自驱车向最近的医院开去。

第四章

2014年5月15日　依然很热

今天早上有位算是新手的当地妇产科医生和我一起值班——当我刚到这里的时候,她才开始学习如何进行剖宫分娩,剖宫分娩,是我从没想过要在第一年培训的手术。

工作很忙,每次手术结束之后,我会带她分析工作细节。她是个爱笑的姑娘,无论我怎么批评,她都微笑接受。

还好,我忙到没怎么想家。

父亲,我也能感受到你说的——他们都是很纯粹的人。如果拿错了水杯,他们会气势汹汹地冲我发火;如果有自制的面包,他们乐呵呵地塞进你的嘴里,还有人热情地请我去参加派对,哪怕不认识他。他们似乎对中国人有种天生的亲近感,对中国医生更是尊敬无比。

我想去一趟卢图曼医院,你在非洲的第一站,但一直没有实现。父亲,你的计划是不是也常常这样被搁置?如果不是埃博拉,你的疫情风控系统会更加严密。

梅红

一

张芮结束了连续一周无国界医疗组织设在尼罗古纳马辛迪区难民营救护站定点门诊工作，心里所思所想皆是梅红。他没有回宿舍，径直走向加克医院二楼的诊断部办公室。

朴相宇跟另外一个研究员共用这间办公室。室内功能除了充当资料保存室，还是他们的休息区，说是休息区，也就是两张折叠床的空间。如此紧凑，还放置了朴相宇投掷篮球的训练架。

"上一批的人员检测，有什么情况吗？我想看看报告。"张芮说。朴相宇在打瞌睡，用呼噜声回应他。另一个人盯着显微镜，对着桌上的报告单轻轻吹了一声口哨。

一摞报告就在桌上，他将报告打散开来，余光一瞥，扫到"梅红"，心像被播种了火花一样跳动了起来。打着呼噜的朴相宇突然冒出来一句："都没有问题！快走啦，你真吵。"嘟哝了几句，又转身睡去了。张芮拿了梅红的报告单，正要走。朴相宇又吼道："干什么啦，偷我的报告单，你的梅红已经解除隔离上班了，就知道你找她。"

张芮百口莫辩："我……我……"

"你什么你，你早就暴露了。"

中国医疗队队长官浩再一次卧病在驻地。由梅红召集所有重症监护科医生，开始每日巡房工作。此刻，梅红正走进科特公立医院重症监护部，前面有一位看护人，她跟在他身后，留意到他走路一瘸一拐的，要以拐杖辅助，细心察看下发觉他两腿均已被切除，用的都是义肢。梅红不知道他是怎样受伤的，是遇上军事冲突？被掉落航道的导弹击中？还是被路边炸弹所伤？他走到4号床坐了下来。这位病人的病卡上写着：炸伤。原来他的儿子误踏地雷，和他一样失去了双腿。梅红跟在他身后，轻声问："他是你什么人?"跛腿的看护人双手合十,低声道:"善良的西诺瓦,他是我儿子。谢谢你们为他治疗,我们没有钱,如果没有中国人来帮助我们,我们永远站不起来。"

这两代人经历了长达30多年漫长战争的伤痛。梅红又想起父亲曾经说过的话:"我们无法真正帮助这些人,哪怕他们站在你的面前,泪已干。每当子弹呼啸而过时,这些摇摇晃晃向你走来的身体,只会让你更加愤怒,却又无可奈何。"梅红心思沉重地走向窗边,往下看。到了早上10时,科特公立医院一如既往忙得不可开交。医院里里外外走动着呻吟的病人、忙碌的医护、焦虑的家属……她的视线下,看到一个久违的身影——张芮。更是平白涌起一股怨气:如果这是一份真情,就不该如蜻蜓点水一般,波澜之后,了无痕迹。他们俩现在情感的热度甚至还低于以往虚拟的网络世界。

张芮拿着一份报告单,左右张望。

他到底在干什么?他到底在想什么?旧怨新事,不可避免地在梅红心中积累起来。她拉仇恨一般地拉上窗帘。

恰好张芮正望向这扇窗,除了窗帘飘荡,他什么也没看到。手机响起,加克医院的琳娜医生紧张地说道:"我们找到了一位病患,很可能是超级传播者,塔方村的,请尽快返回。"情急之下,梅红的报告单和张芮给梅红买的中国食品全被存放在医院前台。当然,很快这些东西会全部消失,所有的食品都会悉数提供给非洲护士小姐姐,她们最爱中国绿茶、泡面、饼干和巧克力。而报告单,会被清洁工当废纸扔进垃圾桶。

10天前。

一对母子的尸体赫然出现在塔方村的树林里。有人通报给这里的反政府军首领亚丹斯。亚丹斯挥挥手,不耐烦道:"你叫劳里斯(军医)过去一趟。"

士兵:"报告,这两天都没见到劳里斯。"

亚丹斯异常谨慎,指着那对母子的尸体,特别提醒道:"别碰他们,他们被一种剧毒的毒蛇吻过,所以死了。"

"什么蛇?"幼稚的士兵好奇地多问了一句。

"滚!"亚丹斯吼了一声。20年过去,他已不再年轻,但目光依然有着慑人的力量。他知道,这种死状一定不是毒蛇造成的——他闻到了死亡病毒埃博拉再次归来的气息!

这个死亡气息,劳里斯医生也闻到了。他在自己的实验室里,看到了那些可怕的东西。失踪的劳里斯正在逃亡的路上。

早间,在罂粟花地里躺着的那个人已发生瓦解。病毒像卷入大冰箱里的雪花不断繁殖,直到整个人体冰箱都塞满了结晶体。尸体皮肤和内脏器官布满了坏死斑块,如同存放在熔炉一般,发生了结缔组织的液化。它还会随时炸开,向外喷溅埃博拉病毒的粒子。

这些都在劳里斯军医的合理想象之中。它们像蛇一样天天缠绕着他的已经恐惧无比的灵魂。谁也不知道劳里斯军医是如何从那个抱着儿子来看病的妇女身上看到埃博拉病症特征的。他因为自己的疏忽和同情心,急于救治呼吸困难的孩子,让自己也身处危险之中。当第一阵头痛袭来,他就知道,噩梦从此开始。

劳里斯独自驱车持枪抢劫了一家便利店。夜里病发,他拖着病体又去了加油站自助加油。

漆黑的夜空。

路灯鬼魅。

怎么会回到非洲,回到这个让他厌恶无比的炙热之地,又怎么会当上反政府军的军医,那已经是很早以前的事了。前不久他看到一个少年站在海边撒尿,这几天他一直在做梦,梦到少年的自己就这样尿个不停,仿佛一条看不到头的毒蛇,盘绕在他的体内,一边尿,一边却觉得口干舌燥,像能把整个大海的水喝干。劳里斯是拿过医学大奖的人,像明星一样站上过世界医学会的领奖台——他踏上这片土地时,欢迎仪式上,亚丹斯安放在码头另一边用水泥固定的大炮打响了,亚丹斯首先鼓起了掌:"来啊!来啊!不要吝啬你们的掌声,让我们欢迎大 BOSS(老板)麦克密考的儿子学成归来!"

从小到大对他严厉无比的父亲麦克密考终于露出了笑容,他内心深藏的所有对儿子的期许和赞赏都体现在对他轻轻的一个拥抱上。

礼炮响了 25 发。那本是面朝大海、春暖花开的生活……

此时,子承父业的劳里斯别无选择。他猛然抬头,向车窗外面看去,拼命想在这条僻静的公路上寻找一个熟悉的路标。他心里感到无限恐惧——是那种可怕的事钻到心底深处时才会有的深深的恐惧。但他哪里也不能去。前面就是加油站。他看到站名了,但他不能下车——按理,他应该先向医院申报隔离,再向国际卫生组织报告,不过,那样亚丹斯就不会放过他的家人。

他最正确的选择就是独自走向死亡。

这里谁也不敢要我。他暗想,我的尸体将会被秘密处理掉,全都处理掉,连骨头都一根不剩。车子像一个密闭的移动箱子。幽闭恐惧症压倒了他。他头痛的症状越来越厉害,他只能停下来。

车窗外露出一张美丽的脸,一个面容姣好的姑娘看见了垂死挣扎的他。她问道:"喂,你怎么了?是病了吗?"

这是外出旅游的一家人,好心的姑娘没多久就给他送去水。"走开!走开!"他怒斥着叫姑娘走开。姑娘看到一张可怕的脸,像因无法呼吸要窒息的模样,她更加着急:"爸爸,那人好像无法呼吸,我们必须砸掉车窗,快点,爸爸,我们车厢有个扳手。"

"No,No!(不,不!)"他怒吼着,面目狰狞地喊着。但车外的人只看到他因无法呼吸而变得扭曲夸张的脸和瞪得像铜铃一样大的眼睛。车窗被砸开了，充满了病毒的空气如打开的潘多拉盒子从车窗、从所有可以溢出的地方，四散而去。劳里斯不再挣扎，那张脸在车窗里如一张僵硬的面具。救人的姑娘从他的副驾座位上拿起一张卡片，那是一架展翅翱翔的航空飞机的照片，背面手写着：我爱你，杰西。

这几个字，占满了卡片的其余空间，落款：劳里斯。

姑娘："爸爸，这人他叫劳里斯。"

可以想象，这是一位美丽的非洲姑娘，她拥有一个令人羡慕的家庭，她是父母唯一的掌上明珠。好心的一家人将劳里斯抬了出来，进行心肺复苏。爸爸特意为女儿讲解按压胸口的方法：要将患者平放，按压胸骨中下三分之一处，垂直向下按压 30 次，然后……爸爸毫不犹豫地打开劳里斯的嘴，继续说道："我们要清理他的气道，看有没有异物……很好，没有，我们人工呼吸输送氧气，也就是按我们正常的呼吸频率。"

他显然对劳里斯的病情缺乏初期的判断，后来证实他只是个没有任何医术经验的当地消防员。

3 天后，好心的一家 3 口都坐在诊所，他们出现了眼红、头痛的症状。如果这个时候能及时进行初期对症治疗，他们还有活下来的可能性。但是当下诊所被因洪灾肆虐疟疾四起的患者填满了。老医生仅凭面诊，就给他们各打了一针抗疟疾药，兴许是由于近来埃博拉的传闻加剧，老医生多说了一嘴："你们居家隔离几天吧。"

病毒的消息已经渐渐传出塔方村，从塔方村向外传播。有人说是出现了有罕见剧毒的毒蛇，又有人说是一种沾上就会导致身体融化的病毒株。这会儿又有传闻说有一位染病的医生在岛上活动了 7 天，有一家人接触过他，而那一家人在拥挤的电影院和公共场所与许多人有过面对面的接触，全城顿时陷入恐慌。消息首先在教会做礼拜时不胫而走，接着扩大到市政阶层和政府幕僚。

反政府军首领亚丹斯派遣军队开始行动。他在塔方村教堂医院周围布下岗哨，禁止除医生外的任何人出入，士兵站岗，滴水不漏。他还下令军队用路障封锁塔方村，射杀所有企图闯关者。塔方村与外界主要通过一条森林内河联系。无论人们在岸上如何苦苦哀求，船主也不肯在塔方村靠岸。接下来，与塔方村的无线电联络也中断了。没有人知道上游在发生什么，谁在死去，病毒如何肆虐。

塔方村似乎从尼罗古纳的生态地图上消失了，它落入沉寂的黑暗深渊。

劳里斯医生成了爆发性致命传染链上的超级传播者，而他并没有死亡，他奄奄一息。他被联合国巡逻军发现，国际医疗组织派专车对他进行了隔离，安置在尼罗古纳北郊加克医院。没人知道为什么他的生命力在埃博拉的大肆摧残之下还能如此顽强——这大概就是人类这种生命体创造的奇迹吧。

得知医院来了一位疑似埃博拉患者，张芮匆匆从科特公立医院赶回。

"病人叫劳里斯，这是他的检查报告。"琳娜介绍道，"喂，这么着急干什么？……"

"我们需要赶快做'濒死活检'。"

"我其实想告诉你……已经做完了。"琳娜无奈道。

"为什么不等我？！"张芮急匆匆拿着劳里斯的检查报告刚走进朴相宇的实验室，就听到了朴相宇的手机里轻声播放着一首歌曲，那是中国歌手黄家驹的《海阔天空》，他将歌曲声音逐渐调小。一件白色医生大褂并不能完全遮住朴相宇里面穿着的花裤衩、花衬衣。还好，没酒味。

"相宇，看你这身打扮，哪像个医生，特别像非洲社会不安定因素。"张芮道。

一直认真地盯着显微镜，一动不动的韩籍医生朴相宇抬头看了他一眼，一副爱理不理的样子："亲爱的芮，10年，我已经在非洲待了10年……只要你见识过非洲，非洲就一定会成为你身体里抹不去的一部分，我的脚踩在温暖的海沙，走进干涸的大裂谷，与秃鹫一起飞翔，吃过鳄鱼的肉……非洲，那是犀牛拉屎的味道，我让疣猴跳上过我的肩膀，海钓的时候，差点被食人鲸拖入海中，还曾经有过一只蝙蝠在夜里跟我一起睡觉。我还喜欢非洲'黑茉莉'的屁股，她们总让我想入非非，这就是非洲。"

张芮给他递上一杯冰咖啡。

朴相宇没有伸手去接，直接伸脖子喝了一口："啊！爽！我曾经喝过整整一桶啤酒，在黎明之前醒来，不知道自己身在何方，然后看见泥墙上有个窟窿，窟窿里一张黑色的脸，才渐渐意识到那是个窗户，那是个非洲的窗户，一群光着身子的孩童正透过窗户盯着我，这就是非洲。"

张芮不解地问："我们不是要一起做活检的吗？"

朴相宇指指手表："亲爱的，从科特公立医院到加克医院，相当于绕班巴拉岛半周，还不加被牛群阻隔的时间、在市政街与赶集市的男人女人挤一条道的时间、车轮子陷进沼泽还要等上两三个非洲壮汉帮你推车……等你回来，指不定活体已经变成尸体，以上种种，所以，检测已经做完了。芮，我们连续工作了3天了吧？该歇一歇了。走，遛个弯。"

听说已完成了活检，张芮放松下来，无奈道："行，你想去哪？"

"随便，遛个弯而已。北京话叫，遛弯儿。哈哈哈。"朴相宇的笑声分外爽朗，如孩童般无忧无虑。朴相宇摘下眼镜，兴奋地鼓起掌来。

"这个……"张芮说道，"劳里斯死了吗？不具体看看他现在的指标值？"

"没死。回来再说，凡是针对病情的判断，都不是一加一等于二这么简单。"朴相宇揉揉发麻发红的双眼，搭着他的肩膀，宽慰道，"我们也是人，需要休息。"他比画着需要休息的尺度，"比如，正常人是这么多，那我们至少要这么多。你有个梅红，那么，你就需要这么多……"

"为什么给我这么少？"

"因为你要陪女朋友，不陪我。"

"不行。"

"给不了，就这么多，要不然，打报告。"

他们在走廊里打闹。

对张芮来说，这一刻的确是难得的放松。一路上，他们遇到走路时唱着基督教赞美诗的女人，和一些抱着吉他的男人，还有几个人用头顶着大袋米（或许是食盐）。总之，到处透着非洲的气味：炊烟、刺槐和蓝桉木燃烧的气味。朴相宇说张芮跟以前不一样了，张芮矢口否认。

"一个女人来了，你的日子就过乱了，过瞎了，过得心慌慌了。"

"我有吗？"

"有，太明显了。"

"相宇，这景色不错，我们俩来一张……"张芮拿出手机自拍。朴相宇露出灿烂的笑。"你这笑肌提得有点夸张。"朴相宇冒出一句广东话，香港电影里经常讲的一句话："做人就是要开心嘛。"他往前一跳，一个转身，扭着屁股萌萌地唱道："小鸡小鸡萌萌哒，母鸡母鸡咯咯哒，公鸡公鸡喔喔喔，金鸡金鸡要独立……"张芮打开视频录像，跟着舞动，噘着嘴跟着唱："小鸡小鸡萌萌哒，母鸡母鸡咯咯哒，公鸡公鸡喔喔喔，金鸡金鸡要独立……"两人手舞足蹈，摇头晃脑，极尽夸张地合唱："谢谢你的蛋，我们有早餐，番茄遇上蛋幸福又美满，不管蛋生鸡，还是鸡下蛋……"

中年人的身体像两个孩子似的滚进了草丛。吃饱喝足，饱饱地睡上一觉，才将车重新开出了桉树林。

音乐的声音放得很响。碾过坑洼处时上下弹跳。很平常的遛弯，突然前方不远处传来车辆急刹和翻车的声音，朴相宇一眼瞅到一家人在前面的路上翻了车，连翻两次，倒入河中。

一小时前。

这一家人中的母亲将生病的女儿接回来的时候，父亲已经洗好了澡，刮了脸，换上干净的衬衣。他们准备去科特公立医院。驱车去科特公立医院需要大概一个半小时。

他们一家三口已定居尼罗古纳首都丹巴，父亲是丹巴的消防员。这次女儿的毕业之旅去了东非山地森林、东苏丹大草原、萨德湿地。带家人返乡是父亲的主意，尼罗古纳地区的威西小镇是他的故乡。这家的父亲是个中国通，旅游时还背着从中国购买的随身听，他喜欢跟身边的中国人讨论中国历史和中国贸易。他们属于社会的中产。父母还在不断突破自己，寻找更广阔的生存空间和更强大的资产配置，孩子在孜孜不倦地求学，让优质演化成品质，以便向更上层的社会流动。这个家庭和睦相处、秩序井然。

回到乡里的一家人，隐藏了内心的居高临下，不断表达他们的亲民思想，甚至身体出现埃博拉初期症状时，他们也以为只是一场感冒或小疟疾。他们举目望去，小镇跟父亲早年生活时一样，到处都是低矮的土房子。简陋的诊所里，只有几张病床。他们面带微笑，完成了第一次检查。

他们听从老医生的话，居家隔离。但情况并不妙。随后，女儿和父亲都有呕吐和头痛的症状，原本还想再扛扛的父亲终于拗不过焦虑的母亲，决定去正规的科特公立医院，尤其是父亲给一位在尼罗古纳的医生朋友打了一通电话之后。

据说，埃博拉病毒是一种跟地球一样古老的病毒。在细胞的族群里，它像个非生又非死的存在，所以，它很难生，也很难死。它在这位父亲的肌体中编织着自己的密码，让大脑不能按正常流程指挥神经、支配肌肉群。翻车是父亲在路上病情加重导致的。病毒进入了他的脑细胞，像特洛伊木马一样不断复制。当一只离群的橄榄鸽突然从树林里飞撞而出时，父亲毫无反应地迎面撞了上去。直到看见鸟的头颅破碎后四溅的血，父亲才晃过神来。他六神无主，手脚不受控制。

"嘎。"车辆在高速行驶中的紧急刹车是致命的。车连翻几下，倒进了河流。虽然洪水期已过，河流一样湍急。

"不好，看到了吗？很严重，会死人！"朴相宇没有犹豫，没等张芮反应过来，他衣服也没脱就冲向河岸。"喂！相宇！朴相宇！"张芮匆匆从车里拿出一件救生衣。等他穿好救生衣，朴相宇已经游了起来。和经常健身的张芮不一样的是，年长他几岁的朴相宇这几年不怎么运动，有明显的肥肚腩，胳膊和腿也变细了，在水中的他游起来活像一只白化的大青蛙。

当朴相宇把人拖出水面时，他肯定是吓坏了——他几乎是连滚带爬地跑出一里地远。就当张芮快要追上他时，他惊恐地拒绝张芮，向他吼道，"芮！你别过来！别过来！他们……他们死了！看，我的手，我的手受伤了，我拉他们从水里出来的时候，我也受伤了。他们……疑似埃博拉患者。你不要靠近我！快点，车上有防护服，你马上穿上，我要求隔离。快！你一个人走，快！"

"车上有两套防护服，你别急，我去拿过来。"事态转变太突然，张芮脸色苍白，显然这样的突发事件，多年来他也是第一次遇到。一个大男人像被人严刑拷打了一番，朴相宇左右摇晃着，恐惧让他无法正常站立，他喘着粗气，问道："是吗？有吗？好，穿上，穿上，一起走。"马上隔离检验。"这里……这里要拉上警戒线……他们死了，死了。"张芮将防护服丢给他。

张芮带着朴相宇一路驱车奔逃。返回的途中，躲过一群羊，拼命地按喇叭，"对不起，请让开！对不起，请让开！"

病毒就这么来了。

鬼魅一般。

如影随形。

二

突如其来的一场意外。朴相宇被送进隔离病房。

张芮脱下厚实的防护服,胸膛渗出了汗,额头也是,他紧张地走进房间,大声说了句:"不要磨蹭,快行动起来。快。要快!"

他的声音很突兀。大家都望着他。张芮这才发现,走进的是一间正在做手术的手术室,因为他的一声吼叫,丹·布朗进行腹部切口的动作下滑严重,切口创面顿时变大。"哦,My God(我的上帝)!"丹·布朗小声诅咒,没有抬头看他,抓紧时间像用刮胡刀般利落地切断,一截烂掉的阑尾被放在了手术盘上。"对不起,对不起。"张芮几乎是被丹·布朗手术帽下锐利的双眼给扫出手术室的。等他退出后,丹·布朗的手开始操作缝合。

手术室的门再次被推开。张芮一脸怒容地指着丹·布朗道:"丹!你没有穿防护服!为什么不认真执行防护条例?"丹·布朗抬头看了一眼时钟,指向下午5时20分,跟实习医生说道:"3分钟,手术结束!你看……这里有3处断端。"张芮气冲冲离开手术室。

手术结束。满脸怒气的丹·布朗一脚踢开张芮办公室的门,一拳将他打翻。两人撕打起来,像两只暴怒的狮子,各有理由、各有说辞,谁也说服不了谁。这场面在体面的加克医院来说,无疑是怪诞的、不体面的、夸张的,跳脱于医生身份的。当劝架、喊话都无用时,加克医院保安带着警棍将两个人架走了。张芮也已经筋疲力尽,嘴角、鼻子、额角渗着血,发晕,就是这样,他还不忘了跟保安说:"你们两个……怎么没穿防护服。"

似乎就是加克医院的这起打架事件之后,尼罗古纳地区的所有有条件的医院开始执行医护人员的防护条例。然而对于埃博拉这一死亡率极高的病毒,尼罗古纳医疗面临更多的问题是:防护设备短缺、医护人员的自我防护意识不够、医院的家属及病人的防护意识更加淡薄。

这就好像一个故事，一旦提笔，就得写完。埃博拉的故事已经开场了。在非洲待了十几年的张芮从来没有如此深刻地体悟到埃博拉的威胁，连日来，他如坐针毡、焦虑万分。他所看到的一切都在变化模样，分成：曾经的班巴拉岛，被埃博拉侵入的班巴拉岛；曾经的张芮，面对埃博拉侵入的张芮；曾经的梅映川，现在的梅红，他们都处在埃博拉的侵入之中……他把自己锁进办公室。

当年梅映川和卢义共同开发的疫情风控系统经过20年专业人员的研发已越来越精细严密。张芮再次得出合理的病区范围，中心疫区在塔方村——如果无法得出这个研究结果和病区范围，他宁愿死在办公室。

依然忧伤。

依然彷徨。

他发现自己又胡子拉碴，满脸倦容，一副生无可恋的样子。埃博拉来了，将改变一切，没有什么会跟往常一样。他意识到自己在这场病毒之战中，将是一个全力以赴的斗士，这也意味着，他可能面临死亡，像当年很多医生一样，感染、死亡、焚烧。那么梅红呢？一种亲密的关系发展到可以升华燃烧的时候，突然莫名其妙地断裂了。没有意外，没有过程，也没有原因。

他努力寻找可以跟梅红将这段感情维持下去的因素，但另一个声音在驱赶他们，或者说是一箩筐亟待解决的事、悬而未决的事和积重难返的事……都在驱赶他们，让梅红远离他，用一种不知不觉的方式。头痛剧烈。"远离"这个词像石头一样在碾碎他，摧毁他。

科特公立医院。梅红也在使用同一个系统，她输入的是跟张芮相同的密码。所有研究、使用、分析及操作过这套系统的人，都只有一个密码，就是梅映川的纪念日。这在业界已达成共识。

还是想见她。

还是想见他。

哪怕什么都不说。窗帘映出不规则的光线,将两个人的身影分割再组合,组合再分割,他们的心早已飞向同一片星空。

夜色苍茫。张芮当晚来到中国医疗队驻地,他知道自己有多想念梅红。他给自己的理由是:需要跟目前尼罗古纳地区医疗的中坚力量——中国医疗队,针对抗击埃博拉病毒进一步协商。官队还在对抗疟疾的治疗中。

张芮:"请问,官队怎么样了?"

"喝药。"杨知章端着一碗中药正往官队房间走,回道。

"你们用的是中西医结合的方式治疗疟疾?"张芮凑近一闻,有柴胡、黄芩、知母、白术……杨知章一听,挺高兴的,说道:"你也懂中医,道行还不浅。"张芮说:"疟疾说到底也是湿毒症的一种。"

"听说蝙蝠屎又作怪了?"贺涛插进来一嘴。

张芮没听懂:"什么蝙蝠屎?"张芮摘掉棒球帽,捋了捋头发,又重新戴上,手套和防护服又重新过了一遍,跟贺涛说道:"是埃博拉病毒,小心你的蛋蛋。"贺涛惊讶道:"奶奶的,难道我的蛋蛋也会……"他比画了一个爆炸的姿势。"不是,它只是会肿,只是肿得不太好看,女人们看了,会觉得不理想。"张芮认真而严肃地比画着。在场的人哄堂大笑起来。一时冲散了这几日病毒在内心积累的阴霾。

显而易见,梅红不在,张芮没有见到他想见的人。聊到半宿,张芮依然没有要走的意思,倒愈发有种焦灼和愁苦——像被什么事困扰已久。空气有种沉闷之感。官浩突然想起了什么:"听说你是梅映川的学生?我们刚来的时候,我记得梅红说过你,有件东西要给你。"

"啥?"

"我咋知道嘛。喝茶,喝茶。"喝茶就是送客的意思。官浩缓慢而笃定地站了起来。门突然开了。张芮期待着,却是李少枫带着岳小冉冲进来,急匆匆说道:"你们都在!她是美联社美籍亚裔驻非战地记者,让她来告诉你们发生了什么。"

岳小冉拿出几张照片。作为N国战地记者的岳小冉在解除隔离后,在偷拍毒品交易时,看到反政府军在焚烧一堆尸体。拍摄的照片明显可以看出,塔方村疫情已很严重,而反政府军还在封锁消息。

官浩拿着这些照片跟张芮说:"你看,这跟我们的判断不谋而合。"

铃,铃……官浩的手机突然响起。

"是中国医疗队吗?我是不是得了埃博拉?我好害怕,我头痛,哪都不舒服,我是不是要死了?我是驻尼罗古纳中国进出口公司的秘书杨宁。"

官浩一看时间,正要答应,被张芮阻拦:"伙计,你这个身体还是安心养病,咱是同专业,我代你去吧。"

李少枫:"哎哟,瓜怂,哪能让你一个人去,额陪你嘛。"

中非贸易公司的宿舍。眼前的杨宁如濒死的病人,蜷缩在墙角,时不时喃喃自语:"我……我梦见了我自己,我梦见了我的尸体,它全身长满了坏死斑块,尸体开始液化,从里面泄漏出液体,然后爆炸……这里的地板、椅子和墙壁都沾满血迹和残骸。他们用拖把把它们收拾起来,用被单包裹着,送去埋葬,但谁都不肯进房间清理,连我的妈妈也不肯……"他号啕大哭起来。

"你现在感觉怎么样?"张芮问道。

杨宁:"头痛得眼前发黑,胃痛也在加剧,身体很不舒服,尤其是肚子,一阵阵恶心。"

"你这是脑部神经过敏外加胃痛。给你开点阿司匹林和镇静药就可以了。"张芮面无表情,简单地吩咐了一下,就带着李少枫走了。留下杨宁在屋子里哇哇直叫。

"你这么快就能得出判断?"李少枫不解。

张芮很专业地说道:"埃博拉的增长迅速而猛烈,新生的埃博拉病毒不断增殖,直到身体各处的组织内都塞满了结晶体,成熟后,病毒粒子进入血液，最后宿主的一滴血液里就有上亿个病毒粒子……"

"所以是血液？"李少枫问。

张芮："对，我问过他，他不舒服已经一周了，一周时间，那些病毒粒子已经可以从眼睛里看到了。"

李少枫："怪不得你这么快能做出判断。"

张芮："裘法祖老前辈曾说过'德不近佛者不可以为医，才不近仙者不可以为医！'咱又不是神仙，治身难治心，就好比这次可能遭遇的埃博拉疫情大暴发一样，也许要抗击的不是一场大瘟疫，而是一场关乎人性的战争。"

李少枫十分佩服："伙计，中国没有哥，却一直留着哥的传说。额现在对你有种盲目地崇拜。"

张芮自信地回道："嗯，我知道。"

你知道吗？我一直认为，我们曾经拥有的世界是建立在信任、关注、爱慕和坚持之上的，为什么我来了，你却离我远了？梅红在驱车去加克医院的路上思绪万分，不打电话、不发短信，也没有任何 QQ 留言。今晚，她必须要见到张芮。

夜幕之下，一路无人。唯一的响动来自她的心跳，抑或是车轮在路面滚动的声音。加克医院的保安像是听不懂她说话，一声不吭，只知道摇手、点头和微笑。她冷笑道："你是闷葫芦吗？"

"什么？闷驴？"

"对，你就是个闷驴。"

还好遇上两个遛弯的德籍医生，一问才知道张芮走了。去哪？不知道。

等梅红转回中国医疗队的驻地时，她得到一个更让她沮丧的消息——官浩告诉她，张芮刚刚来过。是吗？什么时候？有一阵子。去追他，来不及了，都一个多小时了。折腾一晚上，才觉得自己这一晚上转来转去的种种不值得。那么多那么多的寻找、问人、开车、问路，到头来，还是一场空——也许，这就是他们俩命运的定数。像两条平行线，永不交集。梅红越想越伤感，竟窝在床上委屈地哭了好长时间。

事情往往会比人们想象得更糟。像是被杨宁这个电话激起的千层浪，中国医疗队接到的急症电话越来越多，整个尼罗古纳地区濒危病人突然急增，科特公立医院请求支援。解除隔离，此时已在医院当职的梅红和其他几个医生还没收到任何通知，只觉得医院的病人一下子多了很多。病床显然不够用了。

在这种情况下，反政府军竟毫无由头地在平民区丢下了几枚炸弹，科特公立医院一下子涌来几十名受伤平民。加上雨季未结束，疟疾病人还占着原有的床位，又处在埃博拉爆发的阴霾中，两周之后，病人急增。

医院的压力陡增，尼罗古纳地区病情的复杂性引来国际卫生组织的高度重视。这种情况让国际卫生组织办公室主任威廉姆斯几夜睡不好觉。

威廉姆斯："目前那边无国界医疗组织有哪位是有埃博拉病毒防疫经验的医生？"

助手瑞恩："中国籍脑科专家张芮，他经历过1994年那次埃博拉大暴发。"

"目前中国医疗队队长是谁？"

瑞恩："来自陕西第一人民医院的外科专家，也是学术带头人官浩……不过，听说刚到就得了疟疾，现在在用中西医结合的方式治疗。"

"一个崇尚喝汤药的队长……我们还需要派个人。阿契尔怎么样？"

"做疾控中心的头？嗯。"

威廉姆斯："这个阿契尔博士在非洲直面过埃博拉，他在遍地埃博拉血液的茅草屋里工作过好几天，跪地照顾崩溃并流血死去的病人。他居然说，照顾埃博拉患者不需要密封防护服，有好医院和有经验的护士就足够了。最主要是他没有被病毒感染。就派他去，他身上似乎有天生对抗埃博拉病毒的血清。"

其实，说到底，威廉姆斯是佩服阿契尔面对可怕病毒时的那股狠劲和在艰难时刻绝不动摇的决心。

"张芮也是个能干事的。"瑞恩道。

"有他们俩，再加上中国医疗队的官浩，三角关系是最稳定的关系。"威廉姆斯笑道。

梅红难得瞥见班巴拉岛上喧嚣的一面，透过车窗上的防爆膜往外看，看到行政院长戴维在街上走着，又看见 B 超室的纳吉骑着自行车，他们正前往医院开始新一天的工作。街上有一群男人，有的撑着拐杖，有的推着轮椅，上面坐了个截去双腿的男童，也有几个披着蓝色面纱，手抱幼童的女子。他们目光呆滞，其中一个鼻孔流血。唯一的亮色是一辆涂鸦着红色大玫瑰的移动面包车，它的主人是一位爱穿传统服装的美丽的非洲姑娘，凌晨 5 点左右，这位姑娘会准时出现在医院的门口，给值完夜班出来的医护人员和士兵提供新鲜出炉的咖啡和羊角包，收费不高，心情好的时候还会送上一首非洲歌曲和她自制的快乐水。

梅红从"黑玫瑰"手上接过了咖啡和一袋羊角包。

来到医院门前，医院的保安在迎接中国医疗队的车辆，梅红和队友们礼貌地挥手回应。医院门外排了一列等待接受安全检查的人，以确保他们遵循不准携带武器入内的规定。不同以往的是，中国医疗队队员们全部穿着防护服。

梅红注意到医院里的一位园丁正悉心打理栽满了整座医院的美丽的玫瑰，满面笑容。他的心全在花上——来到非洲，她经常能看到这样的人，世界是你们的，也是我的。这个世界粗陋也好，精致也好，我只用灵魂跟这世界对话——这位园丁就是这样的人。

梅红从病房外又看到了那位吉达吉姆。每次只要有新生儿诞生，这位被当地人热爱的吉达吉姆就会来到新生儿的面前。吉达吉姆也看见了梅红，浅浅一笑："姑娘，你可能不知道这首歌，听好了——人需要不断地学习新的事物，然后自己再学着创造，就如同我总是在半夜诵读美妙的乐音，因为那是灵魂歌唱的时间。"接着，她开始吟唱：

> 我抓不住河中的鱼，
> 它们从东游到西。
> 在冰雪覆盖的大地，
> 我们等待黎明的到来。
> 歌声从春天唱到秋天，
> 青草枯死又复生。

这是一首歌词较长、节奏较慢的歌。唱完之后，吉达吉姆便开始祈祷：

> 你创造了他，创造了万物，把他从一个不能生育的女人的子宫里带了出来，从此以后我们认识到沙漠也能长植物……

在吉达吉姆嘴里，所谓不能生育的女人，仅仅是因为早期患了子宫肌瘤而已。一番话，让梅红听了很是不满。她又在考虑在尼罗古纳建立妇女早期子宫癌预防筛查的预案，当然，当下这情况只能暂时搁置。很快，梅红的思绪被打断，她被请进了急症室。

来自刚果的彼得医生正在为一个受了枪伤的年轻女病人插喉。她头上的监测器发出缓缓的声响，显示伤者情况稳定，床边的架上挂着两包血浆。她的第一反应便是为什么病情最复杂的急症室医生还没有穿上防护服，仅戴了口罩和手套。

"No（不）！护士，请帮他们全部穿上防护服，否则，我拒绝协作。"梅红严肃地说道。

"哦。梅！枪伤，她是孕妇，我们需要你。"彼得不解，一直把病人生命放在第一位的梅医生为什么在这关键时候要这么固执？

梅红："你有你的看法，我有我的，假设埃博拉病毒真的进入科特公立医院，医护人员或者你，会有什么结果？"

彼得："这是人为的恐慌，难道要让所有设备和人员都去隔离？她只是被流弹弹片击中了喉咙，她需要活着。火还没有烧起来，你们中国医疗队就已经浑身颤抖，虚弱到蜷缩在你们驻地的被窝里不敢出来。"

古巴和澳籍的几个医生护士被逗笑了。

彼得腿有残疾，行动不便。在梅红眼中，彼得是难得的一位好医生，是一名充满感染力并且思想开明的中年医生。所有曾经和现在在重症监护部工作的人员，都因他的医学技能、工作态度、无私奉献和将心比心的怜悯精神而对他尊敬有加。彼得其实早在数月以前就该回国了，但他的国家给了他足够的假期，他慷慨地答应在回国之前的每个下午都回到班巴拉岛上来，到医院的急症室工作，帮助训练那些来顶替他的新医生。

梅红："彼得，你更应该做好防护，我想你不希望病毒因为你传播到你的国家。"

彼得生气了："至少到现在为止，还没有一张来自显微镜下的照片说明在尼罗古纳地区存在那该死的牧羊人的曲杖！而她，现在需要你把她肚子里的小婴儿活着带到这该死的世界来！"

梅红无奈，她又戴了一层手套，检查了自身防护服完全安全后，开始给孕妇做手术。肿大的血管开始涌出鲜血，令她微微迟疑了几秒。她终于碰到胎盘，一个迅速的动作便将胎盘拿了出来，随后是粉红色的婴儿。她尽快缝补子宫止血，并确认子宫适当收缩。母子均安。

手术在婴儿的啼哭声中完美结束。整个急症室因为她精湛的技术响起热烈的掌声。而梅红仅望了一眼彼得，便匆匆离开。她当下还有一位病人在牵动着她脆弱而敏感的神经。

梅红分管的 7 号床上的女孩丽卡只有 3 岁，她在前几天反政府军制造的那场爆炸中被炸至左腿和臀部分离，几乎失去了身体里的全部血液，经过多次输血和手术才能保住性命，现在还在重症室——她还是位艾滋病人。不过，她的康复情况令人乐观。她的母亲一直在重症室外等待。

"按丽卡的情况，她一周后应该会转到普通病房。"梅红跟孩子的母亲讲道。

这句话让这位脸上总挂着亲切微笑的漂亮母亲如释重负。

突然一个洪亮的声音从室外冒出来，"No（不），梅教授，我们要将她带走！"一位身着雷卡式防护服，拿着长枪的士兵像从地里冒出来的鬼魂一样，看不到表情，跟她吼道："她是密接人员。你，也是。"环顾四周，梅红这才发现，医院此时已被政府派重兵把守，实施一级医疗消毒和隔离。

院长胡赛因对科特公立医院进行临时改造。他向上级汇报时指出，科特公立医院暂时还不能收治埃博拉患者，但早期的患者无法分辨，先行隔离，确诊后，进入隔离区治疗。医院原有的轻症病人被疏散，重症病人分区。几个无法下床的病人也被抬着实施转移。

没有接到任何预警和提前通知，整个医院都弥漫着消毒水的味道和浓烟。梅红和她的队友们走在消毒和隔离的队伍中。白色的消杀水撒向空中，也往他们身上冲喷。医学大楼背后的草坪边缘是从山坡延伸下来的灌木和树丛，旁边是红色的操场，隔着灌木丛能看见孩童们在荡秋千和听到绕着玩具屋乱跑的喊叫声。此时，站满了拿着武器，穿雷卡防护服的士兵。她看到彼得在大喊大叫，他被人带走了。他原本可以更早离开尼罗古纳回国的。

走在队伍中的卢飞宇低着头，有些抵触地说："生物危害防护领域有一句话——你永远无法知道生命何时灭绝。微生物，乃至一个细胞，能从几乎所有的攻击中存活下来，彻底的消毒在实践中根本难以达成。"

李艺伟道："这回又是蝙蝠惹的祸，黑暗世界里的阎王。"

贺涛甚是不满："什么蝙蝠，最讨厌，就是会飞的耗子，耗子他二大爷。"

陈楚峰后悔没把相机带来，只能用手机默默拍上几张。

方静从人群里挤了进来，拉着李艺伟的手，乐呵呵地怎么也不肯松开了。

贺涛故作不满："能不能把你俩甜蜜的炸弹往别处炸？"

梅红的眼睛望向蓝天。

"梅，梅。"一个稚气的声音轻轻唤道。

梅红低头一看，总也想不起在哪里见过这个孩子。

"我是杰娜，我妈妈生我弟弟的时候我见过你。我弟弟死了，生出来就死了。"

梅红回想着以往手术里死亡的病例，曾有一个孕妇怀着第二胎来到医院，她痛得很厉害，血压低，严重脱水，需要接受抢救及紧急剖宫生产。梅红立即迅速回应，为她进行剖宫产手术。当她把婴儿拿出来时，婴儿发蓝，没有哭叫，严重缺氧。那位母亲抓着梅红的手，用西班牙语说："停止医生，停止。让他走吧。若小孩注定不能活下来，他始终是不能活下来的。这就是命。"几分钟后，男婴就在他母亲怀中安详地走了，有个女孩子在旁边默默地哭泣——她不敢肯定是不是这个病例。她救助的人太多了。

"你妈妈呢？"梅红问。

"她被带去那边了。"

梅红一看，是重症区，对，是那个病例，那位母亲还患有严重的疟疾。

"爸爸呢？"

"10年前，他就被炸死了。"

"你这几天为什么在这里？"

杰娜："这里的病房有免费的早餐吃，妈妈说的。"

梅红牵着小女孩杰娜的手让她自己回家，杰娜问她："如果妈妈都死了，我该去哪？"

梅红一时无语，红了眼眶。她无法想象这个女孩的前路该怎么走，她可以投靠哪个人，可以在哪里找到食物，可以在哪居住……生存，才是这孩子每天要想的事。也许这些枪击、炮弹、生与死，已经是这里的人生活的一部分，他们唯一的选择是继续前行。

回头再看，那几个秋千架上的孩子都消失不见了。

在这当下，突然想起了张芮，愈发涌起一阵悲伤。有人说，爱上一个人的时候，像一棵春天的桃树，会开出满枝丫的粉红花朵。而她的花朵开始枯萎、凋谢，这不是她想要的。就像一对男女合跳的华尔兹，它是在哪一刻被打乱的？是怎么慢慢走向乏味的？没有答案。

她本来想把父亲的日记给张芮看。但……似乎，不重要了。

> 时钟在嘀嘀嗒嗒地转动。幻化成一滴滴显微镜下的血，再投射到一群倒立的蝙蝠身上，它们旁若无人般喧闹，再群起飞出洞穴，壮观、血腥还夹杂着恐怖。

三

翻译员安冬多日不在驻地。

停电了。有人经过，教堂蜡烛的火焰暗了下来。在即将被行走产生的疾风熄灭之时，一线光亮又隐约地出现了。仔细看，似乎亮着的并不是烛光，而是从外望向教堂，那扇窗户破了的一个孔。

一束蓝色小火焰忽闪着，轻灵、渺小。

中国医疗队的翻译员安冬打了个寒战，赤着脚站着，脚底的地板有些凉。黑暗之中传来了吉达吉姆的笑声，笑声穿风而过，像跟着某种动物跳跃着。先是咯咯地笑，然后大笑，笑到眼泪都出来了，最后是尖叫。尖叫声令安冬感到毛骨悚然。离开，还是留下？一种执念在阻止他做出离开的举动。黑幕之下的教堂回荡着不属于神的特性的笑声,像被刻意强加一样,诡异又轻佻。他懒得理会,将自己蜷缩在角落,慢慢疲惫地沉睡过去。然而咯咯的笑声、大笑声和尖叫声突然在一瞬间全部消失了,黑暗和恐惧一下子涌了上来,他顿时又醒了。屋里又有亮光了,墙上的圣母像默默地望着人间,她的微笑有种摄人心魄的柔和光芒。

"我要走了。"吉达吉姆平静而又缓慢地说,带有一丝奇怪的满足感,"我从那个婴儿那里过来,你不害怕?口中的黏液,我用手指碰过了,然后拿开,那感觉就像碰一张蜘蛛网一样。"

牧师的声音低沉又夹杂一丝惶恐:"听说医院已经隔离起来了。"

吉达吉姆:"天很快会亮,谢天谢地,我今天还活着。我从不去想明天,哪怕是死,也先活个够。"

"什么声音?"牧师的脸抽动了一下,他听到从壁橱方向发出的响动。最近灾民多,偶尔会有人来教堂偷点东西,主要是吃的,圣具之类的,当地人还不敢偷。他慢条斯理地说道:"如果想拿点吃的东西,带上蜡烛,到厨房里去拿吧。"

安冬走了出来,戴着白色的特大号口罩,包的只剩两只眼睛,上身褐色的T恤,印着一朵黄色的矢菊花,图案极其夸张,结合凌乱的头发,像个超大病毒。他声音因充满期待而略带颤抖,问道:"有个日本翻译,她也有一件跟我一模一样的T恤,是3年前来的,你们有没有见过?"

吉达吉姆将散乱的头发理了理,从桌上拿起圣杯,对安冬说道:"发发慈悲吧,主啊,主啊,滋润我们的心灵、我们荒漠的思想吧,保佑这杯水吧,赐予你的力量吧,它能带来希望,带来方向。让这位年轻人和其他所有喝下这杯水的人都感觉到体内有新春的花儿在绽放,让他不再绝望,不再迷茫,不再仇恨。"

她将水递给安冬,安冬像躲瘟疫似的往后连退几步,长期跟医疗人员在一起,他习惯了跟当地人员保持安全距离。

吉达吉姆笑了，慢慢地把脖子上的十字架脱下来，挂在椅子上。诱惑性地说道："孩子，过来，跪下，面对它。"

安冬朝十字架的方向跪了，垂着双手。吉达吉姆远远地向他的头伸出了手，安冬能感觉到有一股力量穿过头发，渗透到头皮，到达身体。吉达吉姆挥舞着双手，闭着眼，喃喃着。安冬似乎能闻到从她口中散发的中国茶叶的香气。

还没等吉达吉姆开口，牧师说道："你之前已经来过教堂3次了，是你吧？小伙子……你找的那姑娘叫秋田玲美，是个美丽的日本女子。"

"啊！是她！你知道她在哪儿吗？"安冬急切地问道，"3年前，我在卢图曼村第一次见到她，当她走过我身边，我冲她大声喊道，你今天掉进河里了吗？她也大声回应说，你今天开独木舟了吗？我们像当地人一样说起话来都大喊大叫，即使相隔只有两英尺……我们很开心。"

安冬至今还记得当年和秋田玲美相遇的情景，她笑靥如花。

安冬第一次到非洲，他花了两天的时间才来到尼罗古纳的无国界救助中心：第一天搭便车，颠簸的道路让他失掉一副眼镜；接下来的一天，徒步走在布满朽木和枯叶的森林小道，然后好不容易乘上独木舟顺流而下。他眼见一位壮实的船夫摇着一叶舟被一条巨大的鳄鱼顶翻，船夫生死不明。在这个偏远的村庄，想要求医，几乎没有别的选择。要到离这里最近的医疗站需要乘坐配有舷外发动机的独木舟，航行至少6小时。

3年前，安冬和秋田玲美都为无国界救助中心做翻译工作，作为医疗团队的一员，也同时为河岸边的村庄提供医疗和语言服务。他们跟医生和护士们一起，为建一座临时的诊所忙碌着，那里原来是被废弃的校舍……

有好些个晚上，安冬看到同一伙人坐在村头的同一把椅子上，身上还挂着机关枪，他们在村子里过得自由自在。在这些村子里，枪支已成为可卡因产业的重要组成部分。那时候持不同政见的组织在上游已爆发了战斗。

秋田玲美的失踪仅因为她的脚被毒蛇咬伤，在兵荒马乱之时，她一个人发动独木舟去邻近的一家专门治疗蛇伤的诊所，那家的草药配方是世代相传的家族秘方——在这里，经常会有类似的治疗某种病患的世家，中国人称之为赤脚医生。

她从此一去不复返。

这期间，无国界组织的医院全部迁移到另一个村庄。

秋田玲美失踪了。没人知道她是顺利返回了，还是中途就被反政府军队射杀了。

3年后，安冬去探访了当年的那个医疗站。当地人拿出照片，他清晰地看到了战争带来的灾难——照片上的医疗站沦为废墟。那些残留的榴弹碎片，便是今年早些时候敌对的非国家组织之间战斗的结果。这里除了战争，就是瘟疫。

直到两年前，在无国界组织扔弃的地点上新建立了中国的医疗站，一面五星红旗高高竖起，红色十字十分醒目。自从中国医疗站建立起来之后，24小时的急诊服务就没有暂停过。安冬也拜访过新的中国医疗站，那里只有3个中国医生，他们撑起了当地医疗的一片天。

牧师道："……当时，教堂没有搬迁。我的确见过那女子，她没死，至少当时她还没死，她被掳走了，被军队中的一支，那时候那些士兵都说自己是为尊严而战。真相，只有天知道。"

从诸圣教堂出来，安冬又开始了他的寻找之路，只要没有医疗队的翻译任务，他就钻进各条街道和村庄，橡胶树林、丛林以及海边。噪声、路人、商店、街灯、公交、出租车，在他的世界里没有声音，只有寂静、空虚和黑暗。

李少枫和贺涛常约他打篮球和海钓，他一次也没去。当再次来到教堂，已是一周之后，他的胡子长了一圈。

教堂正在礼拜，人员众多。

"哦，我们做了什么？天空在不断地改变颜色。"吉达吉姆张开双手说道。

众人议论纷纷："埃博拉又要来了。""死亡属于我们。""有人会死去，反正活着令人心烦。"七嘴八舌的声音在教堂里回荡着，就像一支丧葬乐队带着它看不见的乐器，四处回荡着各种杂七杂八的西洋调子。教堂唱诗班的钢琴声响起，嘀嗒声、赞美诗陆续回荡开来。这时候，人们开始笑对死亡。

突然人群中有人惊叫。安冬听到异响，他发觉牧师神情不对，竟从嘴角渗出血来，整个身体歪斜了下去。吓得他连连后退，几乎连滚带爬地回到驻地。

安冬在中国驻地被实施强制隔离，他的血样被送往四级检验室。连日的寻访、工作的操劳和病毒的惊吓，使他眼神开始涣散，想入非非，整个人失去了光泽，变得干瘦，像被干旱摧残的大地。也许狂吼出来会好受些，回到驻地的安冬开始每夜每夜的狂吼——在白房子的西北角，那栋新建的单身隔离房里，像个孤独的狮子。

安冬病了，病得很重。

精神疾病。

中国驻地的客厅里。官浩躺在另一张沙发上正接受杨知章的推拿治疗。勃哥在思乡情绪、对埃博拉的恐惧和安冬的喊声中严重失眠，他一头倒在沙发窝里，用沙哑的声音道："章哥，我又失眠了。"

官浩躺在床上，杨知章在帮他推拿。杨知章说道："安冬这个情况应该回国治疗。"官浩对这件事也很头痛，但当下没有可以解决的办法，主要原因是安冬现在的病情还无法镇静到可以长时间坐飞机。另外，他也在思考，谁带安冬回国？

勃哥端着自制的包子进来了,堆着一脸笑,问杨知章:"你这是啥手法?"

杨知章笑道:"头面部的,等会给你试试,开天门、推坎宫,然后蝴蝶双飞,一指禅偏推……管保你放松,今晚就能睡得你打鼾鼾。"

"你们有没有想过用中西医结合的方式治疗埃博拉?"官浩像被什么激发,说道:"埃博拉病发区在湿热毒地带,跟我国的云南地区有很多相似之处,或许我们可以连同国内中医专家确定一套中西医结合的方式,怎么样?"

李艺伟又端着一盘沙拉溜了进来,插了一块递给勃哥:"额就说病理学家的脑子里装的东西跟我们普通医生不一样,咱上医学院那会,学到凌晨两点半的,准是病理学的研究生,什么超微结构、定量病理,你看咱官队——病理博士,他整个人就像一颗行走的大脑。来,吃,吃。"

"汪、汪汪",一只可爱的博美摇着尾巴进来了——说来话长,还是20年前那只"骑士"狗的后代。李艺伟举起一小块肉松要逗它,被勃哥一把抱起:"别理他,雪米莉,这人不安好心,我们已经超重了,小姑娘太胖了可不好看。"抱起来一看才发现雪米莉嘴里嚼着东西,吞不下,也吐不出,赶紧抠出来,是一团牛肉。勃哥生气了:"这是我给安冬专门做的牛肉汤,全被他倒了!不吃就不吃,还丢出来,这团牛肉非把雪米莉噎死。"

"官队""官队""勃哥""知章""勃哥""官队"……驻地门口一阵人声鼎沸,科特公立医院再次被隔离的中国医疗队队员们全部平安回到驻地。官队兴奋地连鞋子也没顾得穿上,衣服也穿反了,跟在勃哥、知章、少枫后面冲了出来。

其实隔离时间也就两天,医疗队员们个个一副远道归来、久别重逢的模样。贺涛指着自己的腰跟杨知章诉苦,说他再不推拿这腰就要断了,哼叽哼叽拿着精油往杨知章手上一送,自己就趴在沙发上了,还嫌官浩在沙发上留下了汗馊味,念念叨叨,被李少枫啐了一口才闭嘴。

官浩突然意识到这次队员们检测时间很短,警觉地问道:"飞宇,是不是我们中国的埃博拉检测试剂在试用了？"

"是。"

"怎么不早跟我说嘛？"官浩生气道。

"这不是跟你说了吗？"卢飞宇一脸无辜道。

被官浩踢了一屁股："你这慢驴。我该布置的都布置了，该传达的也都传达了，就差跟你说了。行，以后啥事你们各个组都让我最后一个知道行了吧？"

官浩虽说有点生气，但中国埃博拉检测试剂到来的兴奋足以压过一切情绪。"检测试剂呢？在哪？我看看。"官浩急切地问。

"那是机密物资。"卢飞宇慢声细语道。

没多久，官浩就看到存放在中国医疗队驻地的几箱中国的埃博拉检测试剂由安保队长林雷负责押运，随后送了进来。

作为长年驻守在非洲驻地的安保人员林雷，在这方面要比官浩更了解情况，他说："官队，我们中国疾控中心病毒所在2014年成功研制了埃博拉病毒核酸、抗原和抗体检测试剂，并在法国巴斯德研究所病毒性出血热参比实验室对研发的埃博拉出血热核酸检测试剂进行了初步验证。事实上，2010年中国上海某企业研制的埃博拉检测试剂就已成功向非洲国家实现批量供货，可涵盖埃博拉病毒已知的5种亚型，我们中国的医用物资将为这次非洲防控埃博拉发挥重要作用。"他凑近官浩悄声道，"检测试剂是我们驻地的宝贝。"

"这可是我们这次打响埃博拉病毒反击战的第一枪。"难以抑制自己的兴奋，官浩郑重其事地说，一下子聚焦了在场人所有的目光。

这是个阴沉的傍晚，物资清点安置结束之后，驻地开始安静下来。日落时分，一大片乌云压了过来，罩着远处的山脉，光线逐渐黯淡下来，夜便随之而来。零星地飘来一些音乐，并不动听，时断时续；也会有雪米莉的声音传出，响了一阵子，也就停了。

很快，在随后的几天，中国援助的医疗物资也大批抵达丹巴机场，包括：检测剂、防护服、隔离服、空气过滤装置、消毒液、太空服及远程医疗设备、医疗器械。

官浩的手机响起的频率越来越高。除去跟反复发作的疟疾作战斗以外，他还要利用电脑远程坐诊开药、对病重人员回访、完善防控方案和统筹驻地的后勤工作。从外面进驻地，他又建了一条消毒通道和送风机。在生命面前，所有的烦琐都是必要的：方静的个子小，不到一米六，大大的防护服像口袋似的挂在身上，必须每天用棕色胶带贴好她的手腕和脚腕；卢飞宇是检验科的，每周坐班时间比其他人都长，但他个高、人壮，防护服显小，所以还要认真盯好他的暴露问题。

事实上，这场引起全球关注的疫情最早在 2014 年从几内亚暴发，没两个月，传播到西非，再席卷整个非洲大陆，有百名医护人员相继感染病逝。在这次埃博拉进入尼罗古纳地区暴发伊始，尼罗古纳医护人员中已有五分之一的人员被感染，所幸，被隔离的中国医疗队的几位队员里，没有一位人员的血液检测有问题——这是中国援非医疗队实施全面防疫的战果。

埃博拉让这片土地泛起褐色的噩梦。生命短暂、人性复杂，原本抱着一腔热血来到非洲，给多灾多难的人民带去一束光的各国医护们，在噩梦的面前纷纷选择逃离。澳大利亚、德国和法国的一些医护人员甚至来不及跟工作多年的同事们告别就匆匆登上了回国的飞机，有些国家开始逐步停运到达尼罗古纳丹巴机场的飞机。报名参加国际医疗组织开展的救助站、难民区义诊服务的医疗队员越来越少，但中国医疗队一次也没有缺席。

兴许是被命运左右，这一站义诊的地点居然是塔方村。张芮从参加义诊的名单中一眼看到梅红，梅红要去塔方村义诊？

梅红要去塔方村，他不放心。思念是一条蛇，从里到外缠着自己。先是缓缓地，慢慢地爬，到了心脏这个位置快速缠成死结，有种窒息感。如果一口气吐不出，指不定就死了。这一口气，靠什么来维持呢？焦虑，踟躇，忧郁。至少有一点：他不能让梅红在塔方村出事。

他穿戴一番，贴身绑了一支手枪。当义诊队出发时，他也开车尾随其后。只要有梅红的地方，远远的，都能看到一位戴棒球帽的身影，那就是张芮。

塔方村。河水流到这里，表面看上去平缓了许多。

头顶上，三棵苦楝树遮挡住了热辣的阳光。即使在日落时分，这太阳依然可以将光照的热度推向高潮，如回光返照一般。

塔方村的村民伊巴的心思不在树上，他正窥视着流水中自己半裸的身体，太阳像火一样喷得更高了，照在身上火辣辣的。树林里传来浓烈的朽木气息。

"要是我属于天空该多好。"他哀叹道。就在这时，一只巨大的鸟飞过天空，它像王者一样得意于自己的威仪，俯视着大地。它会不会是丽卡化成的鸟？

屋子里，他的女儿，年仅3岁的丽卡已死去。

梅红捡起房间里一团肮脏的衣服放到墙角。丽卡那具小小的身体已经了无生气。梅红可能不知道，20年前她的父亲梅映川也到过塔方村，而且就在这间房子送走过图玛尼的孩子，图玛尼正是伊巴的妈妈，当年那个死去的孩子正是伊巴夭折的弟弟。

梅红甚至拿起父亲当年喝过水的杯子，也点了一盘同款的蚊香。

她意识到屋里的寂静，目光不断往丽卡那儿瞟。从中国驻地带来的一盒牛奶，丽卡在死前只喝了一小口。梅红心里有种隐隐的痛，总觉得自己欠了这孩子什么似的。

她站在窗边，戴着帽子依然觉得阳光太晒，用手绢遮挡阳光，她的侧脸饱含幽怨的样子颇为动人——张芮都看在眼里。整个行程中，张芮的心都被她调动着、牵引着,晃晃悠悠地躲在她的周围,有时候真觉得自己像个二傻子。这应了朴相宇的话:"一个女人来了,你的日子就过乱了,过瞎了,过得心慌慌了。"

义诊结束的李少枫在屋外催促梅红,打破了她的思绪,"我们该走了,我肯定半小时内会有暴雨。"的确,接下来她将会被卷入丽卡的哀悼仪式和葬礼,那就是在浪费时间了。她从自己的包里抽出几张票子,数也没数,压在灯下。

丽卡的父亲伊巴失魂落魄。

小村的主干道是几条灰尘漫天、令人沮丧的窄小巷子。

伊巴望着那只巨鸟,它竟扑腾着硕大的翅膀,快速地盘旋着下降,俯冲下来,像是被生命放逐了一般坠了下来。伊巴拎起这只受了重伤的鸟,把它捧在手上,发现它仍在淌血:没人能救我的丽卡。他那双棕色眼睛凝视着天空,那里面已露出埃博拉病毒入侵身体后眼球发红的特征。

第五章

2014年6月20日　暴雨

　　魔鬼医生？这难道是你在这里的称呼吗？当他们对着寂静的墓穴唱赞美诗时，究竟尊重这个词是否在改变他们认知世界的格局？他们被一叶障目了。

　　医道，以生命为重。我至今相信在这块土地上有许多人因为你的医术而活着，有更多的人因为你传播的医学知识而理解了医学。

　　究竟为什么？父亲，给我一个灯塔，照亮这里的生命。让他们看到何为医者仁心，何为大爱无疆，何为大国风范！

梅红

一

　　暴雨的节奏加快了，梅红和李少枫还没山村了，就被倾盆而下的大雨锁在了村子里。塔方村跟其他村从表面上看没什么区别，但走进村里的餐馆就能察觉到异样。那里面或坐、或站着几位荷枪实弹的士兵，他们没找医生的麻烦，甚至还兴高采烈地加入国际义诊队的喝酒序列中，很快，有几个老酒鬼也加入进来。

酒鬼们叽叽喳喳，"我们喜欢无国界医生，很棒！你们是亚籍，日本人？韩国人？我们塔方村就是不喜欢中国人，中国人在20年前给我们制造了灾难！"

李少枫很想顶几嘴，但忍住了。梅红耐住性子，用英语问道："Why（为什么）？"

"有个叫梅映川的魔鬼医生，他说我们是埃博拉病毒的源头，我们村子被隔离，消杀，很多人就这么死了，全家，一个不剩。梅，映，川。我的哥哥、父亲、母亲全死于那场灾难。医院是什么，医院就是死亡之地，医生就是魔鬼！"他恨恨地说道，不知道是酒精作用，还是恨意，他眼睛喷着火。

"也许真相不是如此。"梅红淡淡地回了一句。听到父亲的名字跟灾难挂上钩，梅红内心涌起一种莫名的绝望，尽管如此，她还是硬着头皮拿起酒杯小酌了一口。

"真相就是他是个魔鬼医生！"酒鬼又重复了一遍。

梅红回忆着……

梅映川从非洲回来探亲，是小梅红的第8个生日。长达十几个小时的航程，他一直和一位精神病人坐在一起，这个人身穿一件用于束缚精神病人的紧身衣。邻座还有两名魁梧健壮的机组成员。听说，这个精神病人是一位在非洲待了近10年的N国病理学家。

梅映川戴上眼镜，拿出一本《威廉姆斯血液学》。

精神病人看上去与正常人无异，眼睛落在这本书上，再扫向梅映川，慢慢兴奋起来："我看过这本书，要研究当前血液病，这是本好书，但病理学家不能太单纯，血液是流动的，不单是在人体里流动，它们还在你想象不到的时间和空间里流动，就像抓不住的风……"他突然凑近梅映川，紧逼的目光盯着梅映川的侧脸，说："你知道怎么采集虱类吗？"

他那满是血丝的眼睛里透露着光芒。梅映川此时想睡觉了，他应付道："如果要做深入研究，我们会去探洞，非洲的山洞，那里很黑、很湿，也很臭。"

这轻飘飘的一句话却让病人更兴奋了，用胳膊顶顶他："原来你也有这乐趣。那些虱子，它们嗅到二氧化碳，会乖乖从泥土里爬出来，带着歌声。听明白了吗？二氧化碳气罐是用来诱捕虱类的好东西。啮齿类动物用的是哈瓦哈特活捕笼，这你就不知道了吧？"

梅映川笑了。

精神病人的神情像极了一个孩童，手舞足蹈道："我们就剩没有采集大型动物豹子、非洲水牛和羚羊的血样了，要不然，可以组建整个动物园的血库。"

一到机场，那个病人就被候在那里的4辆警车径直送往了精神病医院。对于等候他的亲人而言，这真是一次痛心的还乡。这是梅映川回到家中，跟小梅红讲的故事。她记忆很深刻。

"爸爸，你会不会也得埃博拉？"

"快自己打自己嘴巴，说的什么话。"楚瑜生气道。

"不会，爸爸我会武功，中国功夫，有一种武功叫金钟罩，它可以百毒不侵。"

"那非洲的妖魔鬼怪都打不败你？"

"当然。"

梅红出生之后，梅映川就经常不在家。8岁之后，父亲就是一张镶着深褐色边框的黑白照片——那是梅映川刚到非洲时寄给她的。照片中，他和一个朋友一起站在没过脚踝的海边，脚边的沙滩停着几只海鸥。在梅红童年的大部分时光里，对他的印象多来自这张模糊不清，让人不甚满意的照片，毕竟那是20年前的老照片了。她无法从中得知一星半点父亲的行为习惯，比如他是怎么说话的、怎么走路的、怎么开怀大笑的，还有他是不是抽烟喝酒,等等。总之,因为不了解他的种种细节,便无法拼凑出他的完整形象。

父亲只是个模糊的影像。

"红红,你要学医,拯救生命;要留学,学习国外的先进医学再回国医治中国人民;要永远记得医者仁心,救死扶伤,是人之大爱。"这些话一直在她周围如影随形,如潜似浮,绵绵如春风化雨,<u>丝丝</u>如竹影萧萧。这条路表面上是梅红自己选的,其实是父亲从小就在她心里扎了根。

"魔鬼医生"——敬爱的父亲以生命为代价救助平民,却被他们称为魔鬼。梅红细细看了看餐馆,这才注意到:地上铺的是锃亮的硬木地板,四面墙角分别立着四根装饰性的罗马柱,门窗为半弧形带着纽丝花纹的石膏线,墙上甚至还贴了颇为奢华的壁纸,颇具欧洲特色的装饰风格显示着它与普通小餐馆的不同。餐馆虽小,却聚集了 30 来个人,有的站在吧台前,有的坐在长椅上,一看就是常客。人群中有一个男人反戴着棒球帽,她没细看那人是谁。

有人在大声表达观点:"我只是强调这样一点,我们的抗病毒药是全新的,又是那样卫生,选择哪种抗病毒药,要由公众来决定。我知道科特公立医院的戴维院长是什么样,我去过那儿,跟他打过照面。我的意思是,眼下,人们都在嚷嚷那该死的病毒又回来了,我们的抗病毒药连广告都不用打。"这个人拿着一盒名片,四处派发。

梅红看了一眼,似乎还有呼吸仪、吸氧仪和医疗器械,很难说以后会不会用上,顺便放进了包里。

"这个我喜欢。"有人回答,"要是连这个都不能增加对全国抗病毒药物市场份额的占领,那就没办法了。我甚至连广告语都想出来了,听着,很精彩:我们值得您的信赖——'打败埃博拉是我们的使命'。"

这是一群被利益熏晕了头脑的跨国医药代表,梅红揣测。

酒鬼拿着酒杯凑上前问道:"什么抗病毒药?来几粒试试?"

"你以为是孩子吃的糖豆?说来几粒就几粒?我们可不是你们说的那种魔鬼医生,我们的药是讲疗效的,而且……"这个医药代表贴近醉鬼的耳朵道,"可不便宜,你买不起……离我远点,你身上的味太臭了!"

酒鬼一拳砸在他身上,吼道:"你们都是他妈的魔鬼,该死的梅映川们。"

"梅映川们"这个词像刀一样扎进了梅红的心里。梅红的愤怒集中在她的双眼,再到瞳孔,似一滴浓血,融入黑色的深潭。她怵在那里。李少枫抓住梅红冰冷的手,试图安慰道:"不,梅红,你父亲是英雄,是我们中国援非医生心中的英雄。"

反戴棒球帽的男人听到了这句中国话慢慢转过身,竟是张芮。四目相对,梅红内心已是五味杂陈,但依然未动声色:"张芮,你跟着我?!"

"不是,我……"

梅红早就注意到,这段时间,张芮的眼神间总有那么点异样,像只飞蛾的影子在她眼前闪烁,想捕捉,却稍纵即逝。而今天,她分明就感觉到了这双眼睛的存在,她一直憋着,忍着,终于爆发:"就是!一定是!这个帽子,它一直在我身边,自从我们队伍来到塔方村义诊,它就一直在,不是在左,就是在右,不是在前,就是在后。"梅红差点泪流,她使劲咬住嘴唇,方能控制。

"不是……是……就算是吧……好,是我。"张芮在梅红充满嗔怨的目光下无法隐瞒事实。他怜爱地拍拍梅红,解释道:"这个塔方村有点特别,我不想你受到伤害。"

"咣!"一声脆响。

"魔鬼!你们都是魔鬼!给我滚出塔方村!"酒鬼砸向医药代表,顺势拿了一只铁勺甩向义诊医疗队。

梅红拽紧的手已经湿漉漉,正想理论,被张芮捂住了口,在她耳旁轻语道:"不要乱来,冷静!我们离开,这里并不欢迎中国医生。"

"为什么?"

"由来已久,先离开再说。"

"所以,你就一直跟着我?为什么这段时间都不来找我,却又偷偷关注我?"

张芮一时语塞:"我……"

梅红幽怨地望着他。这些酒鬼的言辞,更让她愤怒,眼含泪花:"为什么他们这么仇恨我的父亲?为什么?!……"两行眼泪流下,她痛苦地弯下了腰。张芮扶着她,将她塞进了洗手间。

痛哭,凌乱,像一团乱麻理不清。父亲、张芮,两个男人在她心头错位、交织、纠缠。痛哭之后,她逐渐冷静了下来。洗了脸和手,挽了挽头发,再正正发夹。打开门,张芮恰好站在她面前,气息反复,眼波流转,心跳如狂澜。张芮伸手爱抚地撩起她脖子处的头发,轻轻摸向她乳白色颈项。男性的冲动让他的脸部涨红,呼吸也变得急促起来。梅红知道他想做什么,刚哭过的眼睛还红肿着,她轻咬着嘴角,期待,又害怕。

张芮终于还是败下阵来,他不敢造次,再一次搂住了梅红。这是8年的,还是10年的期待?这份情愫的种子在心底里已经压抑了很久,春天的种子再不秋收,就要发霉了,望着张芮的脸,闻着他的体味,梅红有些着急。张芮呼吸愈发急促,但没有吻下去,他扭过身。她心里不免涌起一点点小失望。张芮转身准备离开,梅红这才愤怒了,带着情绪一把拉住他:"张芮!"张芮的眼神此时无论如何躲闪也回避不了,只能迎了上去。

"你……不是离婚了吗?"

张芮拍拍她的手:"是。但你没有必要跟我留下来,这里很艰苦,而且,埃博拉……,梅红,埃博拉是致命的,我决定要跟它抗争。"

梅红:"我不需要你为我做选择。"

张芮:"让我想想……"

梅红激动地将他推向一边，低吼道："张芮，我已经来了，你还想怎么样？"

一股热流涌上心头，思念也好、相恋也罢、男性冲动也好，总之，张芮的内心世界终于被冲破了。他将梅红的双手按在墙上，用唇慢慢寻找有同样的温度的另一半，这一刻，舌与舌怎么也无法分离，它们交融在了一起……

两人重新回到餐厅时，酒鬼和医药代表都被扔了出去，几个医生在帮助清理桌面的那一片狼藉。

窗外，大雨在这一刻又加大了对大地的冲洗……

总有一天，我会被洪水吞没，鱼撕咬我的身体，然后就会被那些士兵用尖锐的双钩铁链插上来。伊巴预见到全村的人都将看着残缺不全的自己被人从河底的淤泥里沉重地拖拉出来的样子。长达30年的操劳让他的人生不堪重负。

他想起父亲鼓励他的话："看看那些捕猎者，当羚羊在走上山坡之前，他必须准备好自己的长矛；渔夫看不到河里的鱼，他要事先将网撒开。我们得相信，起步比结果更重要。"现在他回想起那些睿智的话语了，但是好像晚了，他预感到自己离死期不远了。时候不早了，饿了的肚子提醒他该回家了，今天不去想明天的事。他开始划桨离开，抬头一望，云出岫了。

一声枪响。他倒在船上，脑浆崩裂，脑血涌入河中，四散开来，一些嗜血的鱼群朝着同一个方向游去。

"谁也不会想要我们！"拿着枪的亚丹斯吼道，"所以他们会借此机会要把我们处理掉。全都处理掉！你们这些笨蛋。我知道你们在想什么？为什么要杀死他，他是致命病毒的密接者，他女儿死了，他就是下一个带毒者，对，就这一个理由！"

他的枪口还冒着烟。

在塔方村外面，墓地以南 50 英里的密林中，有一座废弃的中世纪庙宇，那是塔方村祭祀的地方，现在成了集中焚尸处。

亚丹斯从来没有完全放松过。在 20 世纪 60 年代，年轻的他一直小心翼翼地掩盖着他父亲是黑皮肤犹太人的秘密。称自己是犹太国国王所罗门和比亚罗塞女王示巴私生子的后裔的父亲，曾试图暗杀当时的执政党首领，父亲被处决后，执政当局给他母亲开了一张账单，要她支付吊死她丈夫的费用，于是，可怜而贫穷的母亲陷入绝境，她选择自杀。

"那一次他们真的太狠了，对我，他们只会更狠。"亚丹斯想。国际医疗组织要求反政府军方对塔方村进行封村措施，封村的通告已下达。他当着众人的面大声地分析："对尼罗古纳连续不断的粮食危机、病毒危机、洪灾的解决办法就是大一统。我们若是反抗，政府更有理由对塔方村进行武装打击。我们的下场只有两个：要么反抗，要么被灭亡，像那些被火烧的尸体一样，灰飞烟灭！"

是的，他一直处在惶恐中。执政党会干脆灭了他，然后向世界宣布，他们死于这场疾病。虽然他们被某种势力庇护，一旦被绞杀，也难有翻身之日。这样一来整个尼罗古纳都万事大吉了。可是，现在不像 20 年前能轻易转嫁给其他村。

作为习惯，张芮每天都在一个固定的时间到达加克医院办公处，误差不超过 5 分钟。

但与梅红剪不断理还乱的恋情，让他的生活真的不一样了。这些年在非洲，他也谈过几任女朋友，有时候就是因为一丁点的小事，说散就散了，双向奔赴的情感在现实生活中很难遇见。他是个优秀的医生，有一位自闭症的儿子，孩子 3 岁那年，他在家中练习手术手法，忽略了对孩子的照顾，导致孩子意外身亡，陷入深深自责的他没有得到妻子的谅解，最后他离婚了。没有人知道离婚后的他曾患重度抑郁症。人生就像钟摆一样在痛苦和无聊之间摇摆。张芮把人类行为的动机分为利己、利人和利世。拆解开来，无非就是：自私、同情和人类命运共同体。那时候没人帮他解释清楚人生的意义，他钻进一个空洞的世界里见不到光，不断在脑海里刻画生活中不美好的东西，一遍又一遍地反刍，他总是莫名其妙的痛苦和悲伤，将自己变成了一具活木乃伊，他白天是医生，晚上就成了行尸走肉，表面上平淡无奇，实际上焦灼痛苦。

他的内心跟世界失联了，每一个夜都寒冷无比。

那一年，虽然入了夏，太阳把阳台的花都晒成了干花，他依然躲在房间里，头上顶着蹋花枕头，抱着双腿，直到阳台外传来看门大爷的声音："张芮，你的韩国朋友来找你！开门！"

无国界韩籍医生朴相宇专门到中国来看望他，怀抱一大束蓝色郁金香——对张芮来说，朴相宇的到来救了他的整个人生。一年后，他辞职加入了非洲的无国界医生组织。次年，他便作为非洲代表出席无国界医生在瑞士召开的小型国际研讨会，主题为"各方对医疗人道行动的理解"的研讨会。一干就是十几年。

一切像梦，但非梦。这个晚上，他一个人喝了很多酒。

他梦到了梅映川。今早醒来的时候他仍有轻微的余醉。不知道为什么，梅红、梅映川两个神似的身影一直在他的脑海里打转转，不管是如厕、洗澡还是做早点。作息精准的他，早晨冲淋浴比平时多出几分钟。

今天医院的情景有些不同：办公大楼门前停着一辆电视采访车，几根天线高高地伸出来。张芮稍微拐了一下弯，绕着电视车兜了一圈。里边没人，他抬头看了看前门，门口拥着一群记者。张芮很想知道出了什么事，便匆匆挤到入口处，把自行车锁在老地方，直奔二楼会议室。国际卫生组织派来主持尼罗古纳地区防疫工作的阿契尔教授，科特公立医院院长、副院长都在，中国医疗队杨知章、梅红、贺涛、李少枫都在。他似乎错过了什么？

"我们在谈判。"医生琳娜跟他说,"你看看短信。"

他打开手机,手机无任何显示。什么时候出的故障,真糟糕。

梅红原本拿着杯子,一见他来,不知怎的,杯子一松,就掉了下来。张芮对她微笑了一下,梅红也颇为亲昵地歪了歪头。来了一个行政人员,给她换了一个杯子。

谈判的结果,需要联合国军及医疗组织在塔方村反政府军和政府控制区的中间地带迅速组建诊疗中心。中国医疗队的任务是,一周内培训医生和护士的防护知识、参与中立疫区防控中心的基建工作,并将作为首批正式接诊的医疗队。

"告诉你,丹·布朗也辞职了,他像条大马哈鱼,溜了。"琳娜拿着一叠报告走进张芮办公室。

张芮不置可否:"可以理解,澳大利亚已经对尼罗古纳开始实施禁飞。"

琳娜将报告递过去:"昨晚科特公立医院又送来两个疑似病例,一个肯定是埃博拉,或者说至少可以推定,我们做了抗体检查,阳性。另一个有嫌疑,但目前抗体呈阴性。此外,据我了解,还有好几个疑似出血症的患者已经隔离了。"

"这全都发生在科特公立医院?"张芮问。

"那还用说。"琳娜说道。

张芮问道:"哪一个是初步诊断为埃博拉的?"

"凯瑟琳·穆勒。"琳娜把患者的病历推到张芮面前。

张芮打开卷宗。他浏览了一下文件,找出了调查报告。他抽出这份报告,读了起来。报告上说这名妇女是昨天下午4点因病危被送进加克医院急诊室的,诊断为爆发性出血症。尽管使用了大剂量的抗生素,过了5小时还是死了。

张芮核对了这位女士的工作单位,果然不出他的预料,她正是在科特公立医院工作。张芮估计她肯定至少与8个人有过直接接触，16个人间接接触。不巧的是，报告上没有说她在哪个部门工作。张芮猜测不是护理部，就是化验科。

"所有密接人员均要隔离。"张芮道。

琳娜："芮，我们没有这么多隔离间，就是整个尼罗古纳地区也没有这么多的隔离间。"

"很快会有的。"

"但是现在呢？现在呢！"

张芮："这就是滚雪球效应，一个小雪球扑倒一个大雪球，雪球越滚越大，迅速而失控地冲出非洲，滚向东方和西方，形成世界灾难。不过，我们还是要保持信心，埃博拉还是它刚开始的模样，但我们的世界医疗已不是20年前的世界医疗。世界卫生组织已经在行动，尤其是中国，他们的行动更快。"

琳娜依然忧心忡忡："但这个世界也不是20年前的世界呀。"

又站在了隔离区厚重的幕帘前面，身着防护服的张芮拉开幕帘，一眼望到躺在病床上的朴相宇。这哪里是人到中年肥壮起来的朴相宇？他的身体在那次救人过程中被翻倒的车身多次划伤，埃博拉病毒肆无忌惮地从伤口侵入，开始了它们的吞噬。接受了多种最先进，包括实验性治疗的朴相宇还在苦苦支撑着，他身体整整瘦了一大圈。微启的眼皮无神地望着远方。

痛苦的，绝望的，悲伤如注。

"相宇。"他轻喊了一声，将戴着镣铐沉重地行进在天国路上的相宇魂魄拉了回来。

张芮不敢流露太多自己伤感的情绪，故作轻松地跟朴相宇告别，这很可能是最后一次见面。朴相宇打起精神跟他说："整个国家已处于恐慌的边缘，你们一定要小心，不要把一场抗病毒之战变成非洲种族灾难。要擦亮眼睛，有时候人比病毒还可怕。"

朴相宇艰难地伸出右手拇指击打左肩膀，张芮伸出左手拇指击打右肩膀——属于他俩的互动动作。张芮又想起了当年的队长梅映川。

转过身。

走在长廊里的张芮无比痛苦，万分沮丧，一种沉重的无力感。他知道朴相宇绕不过那道死亡之路，但他无能为力。

他不希望看到情势急转直下，不希望人们看不清病疫的本质，这不是一连串随机发生、没有关联的事件——随着病毒的蔓延，在国与国、反政府军与执政党将因为各自不同的利益而演变成不同意志、不同信仰之间的斗争。也许，最终事态将滑向无法预计的结果。

二

听说中国医疗队的驻地里有一只狗死了，谁也搞不清楚状况。有可能是埃博拉，也可能是其他病症，但它引起了驻地恐慌，不容忽视。尸体腐烂的味道从地下室传到了地面。最早知道狗死了的是钟点工安吉拉。

"你把口罩和手套戴好就行。"勃哥说道，顺便拎了一桶消毒剂，装好喷头递给安吉拉。安吉拉继续往下走，朝地下室靠墙的冰柜走去，她一眼便瞥见了有狗尸体的地方。幸好那个洞口已被纱窗挡住了。安吉拉正伸手进冰柜里取东西，突然听见身后一阵刺耳的响声。她愣住了，认定那声音是从楼梯后面传出来的。安吉拉关上冰柜的门，慢慢地转过脸来，看着光线昏暗的地窖。在她眼前，纱窗似乎移动起来，毛骨悚然。她眨眨眼，定睛看去。一瞬间，纱窗倒了下来，发出一声巨响，在地下室回荡着。安吉拉几乎被吓得魂飞魄散，连滚带爬地往回跑，又突然看见狗那似骷髅的头颅从那洞穴中露了出来。她连忙退了一步，手直接打在了满是灰尘的壁橱上，灰尘在光影中飞扬。模模糊糊觉得有个人形摇摇晃晃地从光影中走了出来。他起初仿佛迷失了方向，后来发现了安吉拉，便伸着双臂朝她走来。安吉拉从极度恐惧中清醒过来，急切地冲向楼梯口。连惊吓的声音都堵在喉咙里发不出来。

恰在此时，勃哥伸出手截住了她，并且抓住了她的手臂，说："放心，我肯定它不是传染埃博拉死的。"安吉拉颤抖地指着某处："那是什么？刚刚有个不知道是人是鬼的东西。"勃哥用手扫清前面的蜘蛛网，一套万圣节穿的衣服露了出来。"好啊，你最好把它扔出去。"安吉拉生气地说道。她一脸委屈的神情，眼里涌出了泪花。勃哥看着她，顿时收住了笑声，说："我应该跟你一起下来。"他拉过安吉拉。"我知道我有点过于敏感了。"安吉拉道，"但是我确实被吓坏了。"

狗的尸体被他俩小心翼翼地清理了出来。雪米莉远远地望着，一声不吭。勃哥淋了些汽油一点，狗身上燃起一团火，雪米莉仰天哀号。它的悲伤让官浩不解："这该不会是他的兄弟吧？"厨师勃哥皱着眉，说："不一定，说不定是相好。"雪米莉阵阵哀号，这声音人类听了也动容。

官浩："你摸摸她的肚子，会不会怀孕了？"勃哥想靠近雪米莉，但它并不想被抱，挣扎着，反抗着，眼泪从眼眶里流了下来。勃哥看着心痛，说道："这狗也会流泪？"官浩轻轻摸着雪米莉的头："别看它不会说话，也爱得深沉。"

铃！铃！手机响了。电话那头："是中国的官队长吗？"

官浩："是。"

"我母亲……是我母亲，病得很重，麻烦您来一趟。"

官浩一听，是中国进出口公司的老总毕先进。中国医疗队刚到尼罗古纳时，毕先进还专门给他接风，当时毕先进的母亲也在场。对孝顺母亲的人，官浩向来高看一眼。两人一见如故。

"老伙计，你能行吗？"杨知章打量着官浩瘦了一圈的身体问道，"这个毕先进在我眼里可是个霸道总裁，他似乎对中医学不太礼貌。""一个再霸道的人只要对母亲好,在我眼里就是个温柔善良的人。"官浩一边说,一边提起他的专用药箱,刚起身,一阵眩晕,跌坐在地。"官队!官队!"杨知章和勃哥大惊。

手机铃声催促着。杨知章说:"还是额走一趟吧。"官浩有气无力道:"看来,只有你代跑一趟,这个毕总有点保守,对中医有偏见,你治好他母亲,顺便把咱研究的中西医结合治疗方案拿出来,争取把他的企业发展成试点。"

"没问题。看,额像不像再世华佗?"杨知章背起药箱笑道。

"就这怂样!"官浩道。

尼罗古纳地区出现埃博拉病毒传播之事早已见报,不过,报道的方式轻描淡写,对此事只做了些暗示。政府贴了公告。这种公告中很难看出政府正视事态发展的态度,采取的应对措施草草列了一页纸,但不具备实操性。毕先进也让人在企业最不显眼的角落里张贴了块小小的白色布告。在公司下达的通知里宣称在尼罗古纳地区发现了几例危险的高烧症,是否会传染还不能确定,这些病例的特征尚未达到令人真正担忧的程度。

那个布告,杨知章刚进毕先进的公司大门就看见了,他还拍了一张照。

毕先进的母亲下午还在织着毛衣,晚上就出现四肢麻痹的症状,意识也模糊了。毕先进跟杨知章坐在他的私人直升机里,心急如焚道:"我一直以为可怕的病症是别人的事,就像飞来的横祸和自然灾害一样。没想到我母亲……"他望了一眼杨知章全副武装的样子又讥讽道:"有必要吗?你不是医生吗?你这样怎么治我母亲?为什么官队不来?"一连几问,杨知章并不想答话。毕先进以为遇到一个内向的医生,此时也顾不得许多,向别墅奔去。

老太太仰面躺在躺椅上。

"我们不敢扶她,怕出问题。"毕先进支开在场的其他人,"我母亲一直保持这个姿势。"

杨知章伸手把脉，从神色、脉象和一路上知晓的病况，他已初步断定大概率是脑梗。"你是中医？这人都快……你还有时间慢吞吞地把脉？这官浩怎么找个中医……"当看到杨知章打开针灸盒，毕先进几乎崩溃，"哎呀，怎么还用针？我妈这是急症！官浩队长怎么能这么应付我。"

杨知章有着20多年的从业经验，他从容地拿出银针，对准十宣穴，10个手指头逐一扎去，还有大椎穴、太阳穴部位进行放血。黑血，慢慢地溢出。过了几分钟，老太太气色从紫黑转好。寂静之下，杨知章道："能活。"两个字，舒缓了在场所有人绷紧的心。

毕先进的神情随着医术效果的进程越来越舒展。当老太太的眼睛开始眨动时，他激动了："神奇的中医！不可思议！无可争辩！"他紧紧地将杨知章抱住，说道："官浩跟我说了几次中西医结合治疗的事，好吧，我同意了。我同意从我们企业开始进行埃博拉病毒保健、预防和早期治疗。"毕先进抱住已有均匀呼吸的母亲，把此事定了下来，"你们增强免疫、有保健作用的那种中药名叫什么？"

"还没定名字。"

"要不叫八味保心药吧？"

乍一听，的确有点意思。杨知章笑笑，一个药品名，哪里是这样随便取的，他笑而不语。

尼罗古纳政府在完成总理竞选之后，开始了对埃博拉的积极应对，尤其是政府雇员中发现首例埃博拉病例之后。7月8日，政府正式推行宵禁。

2014年7月8日。阵雨。

实施宵禁是一件很严肃的事。有几个不知好歹的酒鬼最后倒在尘土飞扬的路边阴沟里，身上满是子弹窟窿。自从尼罗古纳新总理莫桑瓦拉上任以来，一系列的铁血政策果然奏效。塔方村反政府军和政府控制区的中间地带组建的医疗方舱也快速进入实施阶段,医疗方舱正式命名为"中立疫区埃博拉防控中心"。

梅红跪在草地上,整理装有密封防护服、消毒工具和照明器材的箱子。营地旁的炉子烟雾缭绕。李少枫、李艺伟在搭野营帐篷,发出叮叮当当的响声。无国界医生在方舱的另一边忙碌。张芮正用西班牙语和几名助手说话,他的西班牙语说得可真好。梅红想起见到张芮的情形:翻车现场、遇到尿潴留的老人家、酒鬼砸场子,开个会还能摔杯子……她不是没有恋爱过,但此刻的她就像个初恋的小女生,回忆着跟张芮从认识起至今的所有片段。

鉴于救援形势,为了保证病人能得到及时有效的救助,身体不断遭受疟疾反复侵害的官浩将象征中国医疗队神圣责任的 24 小时在线手机交给张芮。他郑重跟张芮说:"我们中国医疗队的人员已全部派出去了,但这 24 小时的电话还得有人接、有人理。你是无国界医生,你更是中国医生。张芮,我相信你,你要帮我把中国医疗队 24 小时的救援坚持下去,而且要做好做实,这代表我们中国的医疗形象。"

陈楚峰一阵忙乎,从背包里搜出单反,紧张地问道:"官队,这要不要搞交接仪式?要不要留个影,拍个照?"官浩摇摇手。李少枫搂着张芮的肩膀,笑道:"恭喜你,张芮,你占便宜了,咱这驻地这手机打哪都免费,中国政府报销。"贺涛悄声说:"张芮,这些都是虚的,让官浩派一个女朋友给你才实际。来,在咱官队面前说句实话,你离没离?"

张芮:"离了。都十几年前的事了。"

贺涛:"咋嘛!你离了……不是应该仪表堂堂、衣冠楚楚地接受下一轮婚前再教育吗?你怎么还搞得这么有烟火气,这胡子……这头发……很像进入婚姻高潮期的样子。"

张芮被推进了卫生间,被这几人搞了一场仪容整治。

附近有一条从沼泽地流淌出的溪流。梅红抬起头，听着鸟儿的叫声，慢慢朝鸟叫的地方走去。

"听见了吗？那些是蕉鹃，还有一只灰齿鹃。看见那条长尾巴了吗？"张芮从她身后冒出来。梅红回头一看，像是见了怪物一样，愣了好一阵子，才开心大笑起来，笑道："谁把你折腾成这样了？"张芮摸着被剪成平头的脑袋，愈发红了脸，腼腆地说："他们说，我以前像非洲疣猴。"梅红更是大笑。

为了缓解尴尬，张芮望着水面，假装认真地端详起来："不知道有没有鲑鱼，这儿很适合钓鱼。有吗？"梅红什么也没看到。这里有火山灰，所以水色呈灰色，不适合鲑鱼生活。张芮伸手将梅红一把牵了过去。"你有没有听说过飞蝇钓鳄鱼？""没有。"张芮顿时来劲了，也没了尴尬，说了起来："用这么大的一块肉，让上面爬满苍蝇，这才叫飞蝇钓鱼！鳄鱼这东西，臭烘烘的。你站在浅水里，鳄鱼会向你游来。水很浑浊，你看不见它们。要是闻不到它们的臭味，你绝对不会知道它们来了。然后……鳄鱼把你拖下水。以下省略380个字，句号。这就是大自然。从河流到海洋，大自然充满了杀手。"梅红扑闪着大眼望着他，她根本没听懂，场面似乎愈发尴尬了。

一个穿雷卡防护服的年轻人单膝跪在地上，手持美式突击步枪，带着几分兴趣望着梅红和张芮。梅红扭过头，饶有兴致地问他道："你叫什么？"

"达……达……达达西姆。"

是个结巴，梅红这才发自内心地笑了。张芮望着她出神，他不知道这一刻的美好能停留多久。他抓住梅红的手越来越紧，连他自己也没感觉到。梅红轻声道："喂，你抓痛我了。"

"哦，哦。"张芮竟然脸红了。

白天慢慢过去，李少枫正给一批当地医生培训，他们的热情也随着时间开始耗尽，尤其是本地的医生，对比学习，他们更喜欢实操。走廊尽头的几扇窗户渐渐变暗，几个医生表情漠然地倚着窗边，他在其中竟意外地发现了岳小冉。

"你怎么在这里？这里主要是培训医生的。"

岳小冉笑道："我，岳小冉，N 国哥伦比亚大学医学院 2008 届毕业生。"

岳小冉转身走了。感情来的时候，是无法看清它来的模样的。李少枫愣愣地望着她的背影，有些走神。

三

电视台的记者站在一栋倒塌的建筑面前，向全国现场直播："雨季的来临，令我国的东、西部地区遭受自然灾害。本月，总理莫桑瓦拉来到受灾严重的上白尼罗河洲视察时说，那里不少的基础设施之所以无法抵御自然灾害，与腐败猖獗不无关系。"

戴维行政院长神情严肃地站在电视机前。他一个人待在这个办公室已经两天两夜无法安睡了。

播报员的声音传来："本次雨季，建于 20 世纪 50 年代的楼房在自然灾害中完好无损，而近期建造的一些医院等基础设施却毁于洪水，部分原因是个别政府项目在招标过程中存在行贿、受贿行为，而承包商在工程期间又偷工减料……"莫桑瓦拉指出，反腐行动紧迫，势必对一些掌握权力的利益群体构成冲击，这也将继续考验国家的反腐决心。为此，莫桑瓦拉总理组织召开了多次联席会议，对反腐问题，他指出："我们必须以无畏的态度打击党内腐败和渎职。"

看来事态只会更糟糕。电视直播里的每一字每一句都像针扎一样直戳戴维行政院长的心。电视拍摄的倒塌建筑正是科特公立医院收受的国际援助款扶持承建的一所镇医院，它的倒塌让戴维和胡赛因院长狼狈不堪。他们头顶戴了多年的乌纱帽开始摇摇欲坠。虽然科特公立医院平时没少跟高层沟通,但善于黑暗里出拳的莫桑瓦拉总理不会为了他们两个浑球而把脏水往自己身上引。

姜还是老的辣,戴维尽可能将责任往胡赛因院长身上推。果然,事发没多久,善于走民众路线的戴维,暗中将民众呼声引向高潮,要求撤换深陷腐败丑闻的尼罗古纳医疗卫生健康委员会主任胡赛因。警方带走了胡赛因,并搜查了他的办公室。戴维庆幸将重要文件的行政签署权都交给了胡赛因。

可戴维还是心烦意乱,为什么偏偏是他经手的医院基础设施倒塌?

惶惶不可终日。

像有把利剑随时可穿喉。

没有人提议让他当院长。新院长是从尼罗古纳首都丹巴空降过来的诺兰卡,戴维对他毫无了解。诺兰卡,海归医学博士,一派学究风范。

连日无法安睡的戴维把车开进了被洪水侵袭过的地方。下了车,均是残屋破瓦,满目疮痍。几个男人和女人在淤泥里寻找丢失的东西,还有人从里面挖掘亲人。盛夏之中,飘来一股尸臭,他赶紧上车,关窗,后视镜里,一个女人抱着一只死猫朝他招手。他突然心生恐惧,启动车子,往城里开,气还没顺,看到手上竟薄薄地透着一层阳光,一只蛆虫停在上头,像吸毒一样地扭曲着身体,吓得他差点打错了方向盘,惊魂未定,车头七扭八拐地一头栽进了大坝下。

车祸重伤的戴维,医治无效,7日后竟病逝了。年逾60,干尽丑事却未曝光,还能风光厚葬,也算体面一生。

似乎是胡赛因被抓,戴维车祸死亡了之后,抗击埃博拉的各方面措施变得更有力起来。中立疫区埃博拉防控中心快速建立起来,电视线路、电话电线均已成功接通。一辆白色的电视采访车横在草地上,很显眼。

这一天,张芮走进办公室,看到新闻电台已经被工作人员调试成功了。

总理莫桑瓦拉正在发表讲话,借助媒体对广大民众再次承诺:打击腐败与抗击埃博拉疫情,进一步改善民众生活,保证民众生命安全。他保证,没有人可以在洪灾和疫情面前捞一笔死亡之财,腐败者在他的政府里没有容身之地。

身穿防护服的科特公立医院新任院长诺兰卡也在新闻播报专栏接受采访,他面前排着一列收音话筒和电视直播镜头。中年的他,看上去事业有成,一副胸有成竹的模样。诺兰卡说道:"最近几周内,随着埃博拉的蔓延,非洲国家的准备工作已经上了国际新闻的头条。你会说,除了尼罗古纳地区,是不是非洲的其他国家已经准备好了呢?老实说,有哪个国家真的准备好了呢?看看今日的非洲,特别是中非共和国、卢旺达、阿尔及利亚,这其中有谁准备好了面对这样一个定时炸弹?你也许还会想,在1979年至2014年期间席卷非洲的埃博拉疫情,是否会有助于该地区的国家准备得更好?之前的疫情至少使监测和协调的反应和机制得以发展。要看他们是否有效,还需要些时间。与此同时,我们也应该为下一阶段做好准备,也就是当传播链不再受控,我们要应对更多病例的时候……"

他的声音冷静而镇定:"我们要感谢 N 国,他们首先援助了第一批埃博拉试剂。这是符合 WTO 标准的埃博拉试剂,这些试剂来得很及时。"

听到这,张芮愣住了,他手中正拿着中国自主研发的试剂盒,也早已通过 WTO 标准,最重要的是,这一批为数不多的试剂盒在埃博拉疫情暴发初期比任何一个国家都更快地送达了尼罗古纳相关医院——正是得益于中国试剂盒,这些医院才不至于在埃博拉暴发之际惊慌失措。他现在还正在联系中国卫健委,希望能得到更大批量的援助。现在,电视里,这位科特公立医院的新任院长居然说是得益于 N 国。

张芮压抑着不满,他披上带有无国界标识的白大褂,按下医院四楼的电梯,四楼是重症 ICU 病房、隔离区及病理实验室。

走进病理实验室的外室,国际卫生组织驻尼罗古纳总负责人阿契尔已经等在那里,面前的电脑屏幕一张张放映着死者各个部位的图片。一位身着迷彩服的士兵模样的人正在摆弄一台立式摄像机,还有身着防护服的两位工作人员已经调试好实验室内的远程设备正走出来。无人说话,默默地各自忙碌。这是一次面向国际卫生组织的埃博拉死者的病理解剖现场直播,国际上将有28个国家的病理专家多角度观看到解剖现场。本次直播,现场全程静音,只直播、录像,不做现场分析、讲解和点评。

"芮,加克医院用的是中国的试剂盒,请问,是你批准的吗?"阿契尔在走进换衣室之前,回头问道。

张芮:"是加克医院管理层集体讨论通过的。"

阿契尔:"哼,有些思想跟病毒一样,可以通过复制再复制,形成集体思想,然后实施。"

"你是什么意思?"张芮怒道。

阿契尔:"你是中国籍。不要让我知道我们无国界组织的医院里有腐败,它会让你失去人格、尊严和你的专业。"

张芮:"我来这里已经16年……我比你更清楚!"

"我要我的医生,他的人格跟他做的手术一样干干净净!"阿契尔套上防护服,拉到腋窝处,将手臂伸进袖管,直到手指插进手套。拉上密保拉链,刚说完一句话,面罩上顿时结起雾气。他取下墙上的白色通气管,接上防护服,气流呼呼涌入,防护服开始膨胀,干燥的空气迅速吹干了面罩内部凝聚的小水珠。

张芮怒目不言。走进换装间,重复同样的动作。他们这是在准备尸体病理解剖的装备。

白炽灯下,一具裸露的尸体。他们要撰写详尽的埃博拉死亡者病理报告。阿契尔的动作很慢,用的手术刀并不锋利。

"等等!"张芮低吼道,他猛然抓住阿契尔的另一只手,不让他再下第二刀。阿契尔意外地看着他。张芮指着那只手道,"不行,你必须重新再戴一只。"阿契尔以为张芮要攻击他，他反转手臂，怒目而视。

拿着摄像机进行直播的士兵立即卡断线路。画面中断，黑屏，意外发生，观看现场画面的28个国家的专家们面面相觑。

阿契尔这才发现手套的边沿部分有极小块的缺口，不像是破损，只是比别处薄了些，这样的手套也是不合格的。

阿契尔赶忙退出验尸室，将全套换衣消毒流程又重新来了一遍。但他再次踏进验尸室时，脸上明显带着微笑，朝张芮点点头，用中国话说："谢谢你。"

直播重新开始。

不知不觉中，天空渐渐泛白，窗外射入破晓的曙光。张芮和阿契尔各自在一盆放在水槽里的消毒剂里清洗双手——清洗的液体呈浅绿色，就像中国绿茶，沾有埃博拉患者的血从清洗液里晕开。他能听见防护服里的气流声，像风儿穿行在丰满摇摆的麦穗间。阿契尔神情严肃，再次提出疑问："为什么用中国试剂盒？告诉我真实原因。"

张芮："那是中国自主研发的试剂盒，中国疾控中心病毒所在2014年就成功研制了埃博拉病毒核酸、抗原和抗体检测试剂，他们正需要完成正常人及其他疾病病人的临床研究和埃博拉出血热疑似标本的临床研究。相信我，它将会在援助抗击本次埃博拉出血热疫情中发挥重要作用的。"

阿契尔若有所思："嗯……对已研发出来的试剂，我们要分片分区进行临床研究，最后确定一种最可靠最稳定的试剂盒。"

阿契尔双手叉腰，舒展身体，继续说："试剂是第一层防护，我们要像寻找防护服里的裂缝一样去寻找它的漏洞——就像你刚才所做的。"

张芮："相信我们中国。"

"我同意了，用中国试剂，我相信你，芮。"他拍拍张芮。

张芮再回到自己的办公室，电视上诺兰卡院长的声音依然响着："大部分国家已经采取措施来遏止病毒传播，例如关闭空中边境，禁止聚集以及关闭学校,目前还没有到完全封锁的地步。即使这些措施可以让疫情减缓,它们也确实会影响各国经济,以及过一天算一天的人们。这些措施也会影响到各国一直以消极态度面对人道危机的脆弱群体……"

他睡着了,直到被新烤面包的香味唤醒。中心附近,"黑玫瑰"的移动面包车出现在那棵巨大的椰子树下,依然是5点,依然提供新鲜出炉的咖啡和羊角包。

"嗨。芮。咖啡和面包?"

"Yes(好)。谢谢你。"

"你又熬夜了,这对健康不好。""黑玫瑰"温柔地埋怨道。

"你的面包很新鲜。我,不新鲜,熬夜。"张芮指着自己的眼睛,开玩笑。似乎只有这一刻,张芮才能深刻地体会到作为一位普通非洲公民的平凡生活,他们不谈论政治、经济和医学,他们没有利益角逐,更不会野心勃勃,仅凭借一些生存技能维持基本生计。

他现在所坚持的一切,无非是让健康的人更好地活着。

关于试剂盒的试点,科特公立医院一反常态,不顾中国医疗队的反对,依然坚持用N国的试剂——在与中国建立稳定的援助医疗关系近40年的科特公立医院,这种情况极为罕见。作为本次区域疫情防控副主任的张芮不得不和中国医疗队的检验组组长卢飞宇一起去医院做进一步协调工作。

卢飞宇边走边介绍:"这个诺兰卡院长跟胡赛因有一些不同,他是一位一流的胸外科专家。除去行使行政管理的院长之职外,他平时会安排接诊。"张芮点点头,他已略有耳闻。

走进新院长办公室,张芮面前的诺兰卡院长高高瘦瘦,戴金丝框眼镜。

诺兰卡院长语气平淡地说道:"我接诊过一个男孩,进来时在发烧,他很活泼,喜欢聊天,我们给他做透视,他的肺部有绒毛——是分泌物在他的肺部聚焦,导致他呼吸困难的,我们判断是呼吸窘迫综合征,早期肺炎。好巧不巧，中国试剂在那天刚好用完了，所以用了N国的试剂，不到两小时，他的指尖变成青色，还有小块红斑，之后他就上了呼吸机，很快，他的皮肤变成黑紫色，瞳孔也在放大，脑死亡特征明显，当然，试剂结果也出来了，埃博拉。如果是中国的试剂，我想，要三个小时，对不对？我没说错吧？"

这是众所周知的一件事，这件事在当时传遍了整个科特公立医院。中国医疗队检验科的卢飞宇走上前，认真解释："这是特征已经十分明显的病例，如果是更早期的病人呢？中国试剂已经临床验证过病毒在侵入体内两小时就有显示。我们中国试剂，它的灵敏度到目前来说，是递交到法国巴斯德研究所病毒性出血热参比实验室中的试剂中最强的。"经多日的检验，超负荷的工作，卢飞宇的眼睛布满了血丝。

"我们需要快，你们出结果太慢了。"诺兰卡院长说道。

"准确才是检验的第一法则。灵敏度、时间、准确率三者的结合就目前来看，结合度最好的，是中国试剂。"张芮再次强调。

"医院已经研究讨论通过了，我们要用时间换生命。"诺兰卡轻言慢语，"简单说，我们要总结过去，并有所创新。如果应对此轮疫情大流行的解决方案来自非洲大陆，我一点也不会奇怪。相比欧洲和亚洲国家，非洲国家在管理卫生紧急情况方面通过几十年的疫情变化，积累了更多的经验，公共卫生反应更发达。我们正迅速朝着简化医疗程序和标准的方向发展，这将让我们在这种情况下反应更快。"

"但是，归根结底，如果误判，就是拿生命当儿戏！请你将医疗还给生命本身。"张芮把目光聚焦到诺兰卡新戴的一块劳力士表上。

协调无果。

张芮和贺涛气冲冲地从院长办公室走出来，迎面撞上一位肌肉男，张芮闻到一种熟悉的气息——是苦楝树的味道。

他立即判定：这人来自努桑比村，只有在那里常住的人会带着这种味道。在打开车门时，张芮猛然想起，是亚丹斯，常年驻守在努桑比村的那个反政府军首领亚丹斯，臭名昭著的亚丹斯。

远处教堂圣歌般的弥撒曲犹如从天而降，在张芮的耳中渐渐高亢。张芮神情严肃地跟卢飞宇说道："看来，我们还要跟当地政府的腐败做斗争。"他望向综合楼。他想，诺兰卡院长办公室的灯光今夜将会彻夜亮起。

边界中立地带隔离方舱的各种设备还在调试当中。刚下了一场大雨，雨势渐小，乌云消散。橄榄树的树顶向下弯曲，树根消失在阴影中。齿鹢发出笛声般的长鸣，又倏地消失，远处的山脉在流动的云层中愈发敦实，朦胧中似乎有些摇摆，轻灵的更加轻灵，笃定的更加笃定。

这是怎么回事？岳小冉调整摄影角度，怎么也无法对焦，而且静物在不断地变化着。她这才注意到是她待的整个方舱在做整体调整，第一反应便是地震，她吓得连忙跑出了方舱。

"喂！谁让你在里面的。"她一回头，又是李少枫在朝她吼，这个中国医生要跟她杠上了。"那你拉我。"岳小冉一点也不生气，笑意绵绵地。

几个士兵都在忙，只有他闲在一边，无奈只好伸出手，岳小冉的娇小身材顺势包裹进了他的身体，她早把这位年轻帅气的中国男医生放在心上了。李少枫红了脸，说话也结巴了："你，你，你有没有扭到？"岳小冉装着很不高兴的样子，哼了几声，又回眸一笑。

突然电光闪烁，轰隆一声，闪电击中了空旷处的一棵树。突如其来的闪电也将吓得大喊大叫的岳小冉重新退回给了李少枫，躲在李少枫的怀里，两人对视着，又都羞怯着，岳小冉也结巴了，指着天空说道："这雷声，有点大。"

他俩前后脚跑进了方舱。

"你们要小心啊，最近毒蛇又多了，我家里的小鸡，这一天之内就不见了几只，母鸡的蛋，也不见了。"当地医生拉非拉从外面进来，抱怨着：

"母鸡死了，小鸡不见了，蛋不见了，夜里没人来鸡舍，我们也没听到过什么响动，你们猜，会是什么东西。喂！你俩怎么了，脸都这么红？"

"嗯……你觉得是什么？"李少枫掩饰道。

"难道蛇会吃鸡？我倒是听说过蛇会吃蛋，但母鸡的蛋会不会太大了，鸟蛋差不多，又不是蟒蛇……"为了打破尴尬，岳小冉一直碎碎念。再看，拉非拉已经转进了另一个办公室，干活去了。

就这一瞬间，岳小冉以迅雷不及掩耳之势在李少枫的脸上亲了一口，"从今以后，你是我岳小冉的人了，用你们中国话说，我罩着你。"李少枫哪里遇到过这种性情的女子，愣了半天。

"小冉！小冉！"拉非拉喊道。像是被蛇咬了。听到叫声，岳小冉突然想起办公室里她的那台装着这次暗访非洲毒品交易之行的几百张摄影照片。果然，拉非拉面前摆着的正是她的电脑。她立即变脸，"拉非拉，为什么打开我的电脑？"

"哦，小冉，那是我的家乡……小冉，呶，就这里，就这里，这是我的家乡……"无意中看到岳小冉电脑中毒品交易的照片，所在地点正是她曾经的家园。拉非拉失声痛哭起来，越哭越伤心，边哭边说："我的天！那里曾是我的花园，自从反政府军占领之后，我们被迫种植海洛因，但如果没有毒品，我也没钱学习。"

岳小冉道："我们没法选择出生地，拉非拉。"

"不，不，不。曾经的我，虚掷光明，碌碌无为，如果不是我父亲，我可能还在那个地方，我好多年没有回去看他。"

"你应该去。"

"不，他死了，他们都死了，他们都死于毒品，我当医生是想让我的家人们脱离苦海。可是一切都来不及了。我的父亲……"提到父亲，她愈发哽咽，抽泣不已，"他，他……他，采摘罂粟，手上布满疤痕、老茧，指甲也破了，那双手在他年轻时，曾经也温暖地抚摸过我，抱过我……我当医生，是来赎罪的。"

"要不了多久，那里还会成为你的花园。我相信。"岳小冉搂住她，再把拉非拉抱开一段距离，仔细地端详她的面庞，特别是她的那双眼睛——那是黑种人特有的眼睛，如夜空中的明珠。

第六章

2014年7月30日　雨一直下

当地人说，撒旦堕落后，上帝清理了天堂，把撒旦和他的亲友赶到了地球上，这地球上，撒旦每天要在黑暗中寻觅吞食人，所以他制造了病毒——让人一下子就溶解的病毒。感染病毒的人，都是撒旦的吞食对象。因此，盛传是白尼罗河附近遭到了撒旦的诅咒，是撒旦放出的魔鬼在杀人。当地人放火烧毁病人居住的房屋还有停尸房，用这种办法来控制病情，而不是去医院隔离接受治疗和护理。

他们相信自我救赎，不相信医生，他们依然要自己清理甚至解剖死亡的亲人……

我终于知道在这里抗击病毒是多么艰难的一件事。当疫情来袭，我们的救援队需要快速行动。不过，在紧急形势下取得准确和最新信息尤为关键，以评估疫区的实际情况和所需的应对措施，我们的救援需要创新！！！

三D打印、无人机，甚至远程医疗等涉及科技的项目，这些都应当列入其中。

父亲，如果有这些，你是不是不会死？

梅红

一

岳小冉喜欢拍完人物和景色之后，一个人在黑屋里冲胶片的时光。这些照片也将通过远程成像技术清晰而快速地传送到 N 国。科技让时代不断地往前进步，也让区域医疗转变为世界医疗。

这一天，岳小冉正冲着胶片，李少枫无意闯了进来，借着极微弱的光，发现是岳小冉，便固执地把耳机的一头塞进了岳小冉的耳朵，不理会岳小冉想要还是不想要。一曲天籁般的《Beetle》顿时充满了整个耳郭。

黑屋里只有他俩，静得能听见皮肤的呼吸。李少枫拍了几张树叶的特写，轻轻地说："知道吗？据说，一片树叶飘落的速度是秒速 5 厘米。"岳小冉露出了浅笑，拿起一张在当地戒毒所拍的一个女人的照片说："要这么说，一个生命凋敝的速度就太慢了点。"照片里的女人瘫在地上，形容枯槁，跟一片即将枯死的败叶一样。

她叫盖兰妮，3 年前开始抽第一支白面烟，不到两年时间就开始在放学后卖淫，以此赚钱支付她每天所需的两针海洛因，去年被强制戒毒。16 岁，花一样的年龄。岳小冉转过身，用一种近乎凝重的表情继续说："她知道自己会死，但不知道自己什么时候会死，她在等待生命的最后判决，但却怕那一天过早地到来……这是盖兰妮日记里的话，她一直记录自己每天的反应，她认为日记或许会对那些未成年的吸毒者有警示作用，她坚持写到了最后一天。"

岳小冉又拿出了另一张吸毒者的图片，是一具冰冻的尸体，除去被病毒侵蚀成千疮百孔的尸身之外，被冰封的还有他试图挣扎忏悔但却未获得救赎的心。岳小冉缓慢地说："林，中国籍，12 月 18 日，他右腿大动脉爆裂，血液喷到墙上，12 月 18 日傍晚，他死在前往医院的担架上，窗台上边的那堵墙上，有他用血遗留的字迹，最后的一个'求'字，未来得及写上句号，他临死前对我说：'我都要死了，我妈还是不愿意来看我一眼……'"这是他最后时刻唯一的心愿。

李少枫若有所思地问："小冉，如果你再来世上一遭，你希望自己怎么过？"

岳小冉道："做一颗子弹，直奔目标，奋勇向前！"她推开暗室的门，一束阳光恰到好处地射了过来，岳小冉深深地吸了一口气，像要把阳光吸进肺里，猛然起身，大喝一声，对着门前的大椰树飞起一脚，大椰树一动不动。

"一个好好的女人非把自己整成女汉子，这样很不好。"李少枫戏谑道。等岳小冉走远，他自言自语道："不过，我喜欢。"

这是雨季里难得的好天气，炎热夏季突然出现在天际和屋舍上空。热风吹了一整天，把墙壁都吹干了。烈日当空，城市曝光在持续的热浪和骄阳之下。除了拱廊马路和屋子里边，全城似乎没有一处不受刺目的阳光的烤炙。中国医疗培训和组建的速度很惊人，这是中国医疗队员共同努力的结果。

中国医疗队驻地的那处白房子在炎夏的炙烤中白得发光。

这几日，官浩时常去仓房走动，有时一蹲就是十几分钟。勃哥担心他会不会因为反复发作的疟疾和日益加重的埃博拉疫情将自己搞抑郁了，对他的日常起居和饮食也格外小心，轻声走近："官队，炖了鱼汤。"

官浩："不……吃。"

勃哥："'不吃'两个字也要拖这么久吗？不是额说你，你现在说话有点拖沓，不像以前干脆，心理问题往往会从语言上体现出来。"

杨知章笑道："行啊，勃哥，回国后，你可以当医生啦……官队，你能不能有点状态？这都几天了，这天雨了晴，晴了雨，都翻番了好几次啦，你还在这仓房外转悠？"

官浩站起身，一瞪眼："我就只是便秘，吃多了，行吗？"留下他俩干瞪眼："啊？便秘？"

官浩道："快，通知李少枫，我们国家的埃博拉试剂盒到货了，让他跟张芮一起去取……让他带上枪。知章，过来，你扶我一下。"

自从得了疟疾，他的身体就没有恢复过来，这病毒像是缠绕着他的毒蛇，反复侵犯着他的身体，时好时坏。

官浩边走边说："这段时间经过中药的调理治疗，我食欲大增，本想早点增强体质，怎么又便秘？"

杨知章："没什么，在中医里，你这就是吃饱了撑的。这五脏六腑还没适应呢。我们中医，不治病毒本身，而是治患病的人，这就是'以不变应万变'。流行性出血热有两种，中国很早以前就有流行，特别是南方地区。虽然那个时候并没有搞清病毒的确切性质，但是采取了三种方式：提高病人的自身免疫力；减轻出血热当时的症状；切断病毒感染的过程。就是凭借这三条，控制住了病情。我国对此的研究一直没有停止，卫生部中医药管理局已经对我国流行性出血热的中医治疗完成了验收，也就是说，治这类病的研究已经发展到了一定层次。"

官浩这次患病，与杨知章天天相伴，也算对中医有了彻底的了解，"嗯，简单总结一下——中医是治人，不是治病毒。跟毕先进的预防治疗合作怎么样了？"

杨知章："很配合，从中国运送过来的药剂已经在他们公司推广应用了。"

官浩："效果如何？"

杨知章："主要是预防作用。中药不是'包治'是'能治'！哪个中医专家也不会说保证治好。因为医生能不能治好，要看到病人之后再说，中医是根据不同的病人对症下药的。比如现在的流感，一直是世界棘手的问题。中医研究院中药所治疗病毒性流感的正饮柴胡，是明代一个著名古方，研究者根据现代研究，变成了针对北方地区的流感的药方，它的效果在几次流感中都得到了验证。病毒是现代医学还不能治疗的顽疾，中医能够治疗的意思不是消灭病毒，而是治疗被病毒感染的人，流感炎等都是这样，我们中国的中医团队觉得埃博拉出血热的治疗也应该是同样的路子。"

勃哥最喜欢听他们聊这些，听得张大了嘴巴："喂，中午两位神仙吃点什么？"

"仙桃。"杨知章道。

"行，额上王母娘娘那给你俩偷点。"勃哥眨巴着眼睛。

"哦，仙桃？我也要。"安吉拉放下手中的吸尘器，接话道。"仙桃"两个中国字，她已经讲得很纯正。

勃哥有板有眼地回她："哦，不行，安吉拉，王母娘娘说了，要认真干活的人才可以奖励仙桃。"

安吉拉用中国话问："王母娘娘是哪路神仙？"

勃哥一本正经地回答："是公交车第7路神仙……就是从中国驻地到你们家。"

安吉拉大叫："哦，我的天！那车上有神仙？"

科特公立医院。

唯一一位在弗朗西斯的女儿生日宴上感染上的病患便是厄老头子。也许是因为长期的训练，体格健壮的他病毒潜伏期比普通人长了许多。

听说厄老头子的埃博拉检测呈阳性，诺兰卡院长同医生晤谈后特意去看这个VIP病人。"老厄，你还好吗？"

老头儿以嘲弄的口吻搓着手，他坐在床上，背靠着枕头，面前放着两只盛着鹰嘴豆的碗，他看到了诺兰卡就说："啊，你看，你看，现在是颠倒的世界，医生比病人多。那是因为人死得太快了，对吗？神父的话没错，这是罪有应得哪！你看电视……送来的药都被炮击……"

电台正在直播："……当地时间下午3时50分回程途中，他们乘坐的车辆遭身份不明的枪手射击，动机不明……两辆医院载重货车在机场受到袭击，初步判断是反政府军。据了解，车上货物是刚从机场运送到尼罗古纳地区的重要医疗物资。两名受伤的同事已接受治疗，目前情况稳定。"

电视上，国际卫生组织驻尼罗古纳地区的防疫组组长阿契尔正在接受国际媒体的采访，看到此景异常愤怒，通过电视向全世界控诉："我们感到震惊，并且对省内猖獗的暴力行为感到忧心。这已是本月来第二次发生严重事件，而这次更涉及明确标示为提供医疗和人道援助的车辆。这是不可接受的！我们谴责向医疗物资、病人和员工施行任何形式的暴力。"

同样的新闻也在梅红的医院里播放着。她知道，前往机场领取这批医疗物资的人员是张芮和李少枫。

梅红的内心波澜四起，焦躁不安。但今天她必须在科特公立医院值班。

她的心已飞往埃博拉隔离区的中立疫区防控中心。无暇顾及更多的事，心里牵挂着张芮。连拨几次电话给张芮，无人接听，一种从未有过的焦虑和担心袭上心头。忙完日常事务，梅红便匆匆赶往中立疫区防控中心。

到处是人，到处是穿雷卡防护服的士兵和穿白蓝防护服的医生护士。电话依然不通，人也见不到。"你见到张芮了吗？""张芮有没有来？""张芮呢？""请问，你今天见到张芮医生了吗？"给到她的都是否定答案，她顿时失了魂。

时值正午，这片中立地域逐渐变得空荡荡的，这是宁静、尘埃、阳光和病毒在上空会集的时刻。沿着一个个新建的方舱，热浪还是不断地涌来，一列又一列漫长的排队打饭的人群沉浸在压抑的焦躁中，这种焦躁起码要等到略显清凉的夜晚覆盖住这片人群熙攘、声音嘈杂的地带才会宣告结束。

梅红端着饭一个人坐在石头上，毫无心情地拨弄着饭菜。突然一根筷子伸了过来，有个声音在身后："哎呀，你怎么能有这么多肉，太优待你们女性了。"她回头一看，李少枫！接着，张芮从他身后笑盈盈地露了个头。看到张芮，她整个人便像进行了光合作用的绿叶一样舒展了开来。

"芮！有急症！快！"远处传来拉非拉急促的喊声。

李少枫随着张芮同去，梅红抓住他的手问："情况到底怎么样？我想进隔离区，带上我！"

"不行，很糟糕。你不能去，要严格遵循值班制度，医护人员都像你这样，乱套了。"张芮抢答道。梅红紧跟着他俩的步伐问道："2014年N国国家卫生研究院就宣布，首个埃博拉疫苗已成功通过临床试验，接受疫苗的志愿者均产生了抗体，且未出现严重副作用，为什么还没临床呢？"

疫苗从研发到临床是个漫长的过程，"你是医生，还问这么粗浅的问题。"张芮语气有些重了。其实梅红想说的意思是，在目前这种非常情况下，完全可以先试着推广应用，张芮这么一说，她只好闭了嘴，也停了脚步。

隔离区的安保人员将她挡在了门外。

半小时后，在她看不到的隔离区，几个重重包裹着防护服的医生正围着一位将死的埃博拉患者，只见病人一口血喷了出来，溅在医生的眼罩上，眼罩里的眼睛里是足以对抗恐惧的充满自信的镇静——那个医生正是张芮。

没多久，又一个满身是血的人被抬了进来。张芮半举双手，目光无比凝重。

情况比料想的要糟糕。

轻症方舱。厄老头子用他灰色的眼睛望着正给他打针的护士说："吉达吉姆说，这是黑暗之神对我们人类的集体惩罚，您对吉达吉姆的这套说辞有什么想法，护士？"

护士："哼，我可不相信什么集体惩罚，您要知道，吉达吉姆有时就是这么一说而已，但从来也不真的这样想。"

厄老头子："那么您也同诺兰卡院长一样认为埃博拉也有它好的一面，它能叫人睁开眼睛，它能迫使人们思考！"

护士不耐烦地摇摇头:"它也许可以使有些人思想得到提高,然而,看到它给我们带来的苦难,只有疯子、瞎子或懦夫才会向埃博拉屈膝。我可不是疯子、瞎子或懦夫。"她瞪了厄老头子一眼。

晚上天空中传来雨燕的唧啾声让城市变得清亮起来。被太阳炙烧了一天的街道在尘埃和沮丧情绪之下变成了灰白色。每天有成百的感染者冒出来,死亡数量也在急增。全城的人被死亡阴影压得喘不过气来。

形势不容乐观。

驻地人员严阵以待。

晚上9点的中国医疗队驻地只亮了一间房,房间里陈列着几位在非洲这片土地上因工因病离世的中国医护人员照片,梅映川也在其中。在一面五星红旗前,医疗队员神色肃穆,列队而站。

官浩:"同志们,朋友们!上级要求我们整个队伍要做到零感染。零感染很难,但我希望大家在这场战斗中不要倒下,我们中国医疗队要在异国他乡筑起抗击埃博拉的钢铁长城。让我们面对在这片土地上逝去的前辈们和这面五星红旗宣誓。我宣誓!"

队员们举起了右手:"我宣誓!"

官浩:"国虽有界,医者无疆。我们将牢记援外医疗的光荣使命,不负祖国人民重托,携手非洲人民,抗击埃博拉!"

队员们:"我们将牢记援外医疗的光荣使命,不负祖国人民重托,携手非洲人民,抗击埃博拉!"

照片里的梅映川还很年轻,有种学究型医生少有的英气。梅红望着照片没有流一滴泪。她突然想起有个名词,叫"舍得"。舍得、舍不得,有时都要统统放下。想想跟父亲在雪地里打滚,骑自行车时摔跤,一前一后走泥路,听父亲讲医学上的故事,那时,似乎觉得父亲很高大很遥远,却是最接近他的时候,那是她难得的幸福时光。

岳小冉按下相机,连拍了几张照片,热泪盈眶。

贺涛用胳膊肘顶顶，提醒李少枫："喂，小心肝。"

李少枫脸唰地红了。

贺涛："你脸红什么？额说，你小心你的肝。"

李少枫低下头，一看，一把亮澄澄的手术剪夹着他的口袋正抵住肝的位置。

气氛又开始变得活跃起来。

二

无国界医生朴相宇在与死神搏斗了一个月零四天之后，闭上了眼睛。

张芮一直在凭窗眺望。窗外春光明媚，这座暗黑色的岛，这时还不太热闹，也算不上喧哗，只能说有些嘈杂；它的气氛既欢乐，又忧郁。而岛内还回荡着埃博拉魔鬼般的声音，它们和岛上的情调很不谐调。

视频里传出朴相宇的香港话："做人就是要开心嘛。"

朴相宇扭着屁股萌萌地唱道："小鸡小鸡萌萌哒，母鸡母鸡咯咯哒，公鸡公鸡喔喔喔，金鸡金鸡要独立……"张芮笑了。关了视频，心一阵地绞痛。他的办公室一遍又一遍地播放着黄家驹的《海阔天空》："原谅我这一生不羁/放纵爱自由/也会怕有一天会跌倒/背弃了理想谁人都可以/哪会怕有一天只你共我……"

从窗外往左望，那里是加克医院另外设立的埃博拉死亡患者焚烧区域。朴相宇的尸体就在那里焚烧。他们给朴相宇的遗体上覆盖了一面韩国的国旗。燃烧着的柴堆在死气沉沉的水边闪耀着熊熊的火光，火星四溅，充斥着病毒的浓烟冉冉升向白色长空。

埃博拉疫情不允许张芮过多停留，他做好失去最好伙伴的准备，出现在埃博拉国际视频会议现场。

台上，官浩的发言郑重其事，颇有一种专家风范："以往中国医生应对的埃博拉疫情规模较小,地理集中,位置偏远。这是我们首次在中等城市面对埃博拉,首次在中心城市设立超过100张病床的治疗中心。我们并非毫无准备,并非对埃博拉一无所知。然而,过去的疫情规模,不足以让我们掌握更多病毒数据。这场疫症的唯一好处,是让我们更了解埃博拉,以应对下一次疫症的再暴发。所以,我们除去建立中立方舱医院之外,还必须设立一个大的分流站……"

诺兰卡院长打断了他,说道:"尼罗古纳地区医护人员目前只能为病人提供支援性护理,病人增强其免疫能力对抗病毒尤为重要。建立分流站从哪里出经费?从哪里组织医护?疫苗!疫苗!我们需要疫苗!"

阿契尔跟官浩的意见不谋而合,他站起来插话:"其他方法如为病人输入康复者血清等,虽进行了系列研究,但尚未有确切证据显示可以杀死病毒。不过,无国界医生正参与药物临床测试,希望有助于找出新疗法。我十分同意中国医疗队的提议,设立分流站。"

张芮已经多日睡眠不足4小时,低沉的声音稍显沙哑:"我们不确定的还有疫情的发展。即使疫情趋缓,追踪曾接触感染者的工作依然严重不足,一个新病例就足以令疫情死灰复燃。我们要主动出击,派驻热点应对小组到尼罗古纳外围、没有其他救援组织前往的地区应对埃博拉。"

对这一议题,大家议论纷纷。有人点头赞许:"如果有热点应对小组,可以很好地在疫情初期筛选病例,而不至于在几个大医院造成医疗阻塞,也可以减少医护人员的感染。"

张芮:"无国界医疗点相对分散,设点多,可以一行15人先开车两天到达某个热点,并在两天内建好一所小型治疗中心。分流站医护人员必须根据求诊者的病征、居住地、职业与接触史,尤其是否参加过葬礼或接触过尸体,决定他们是否需要进入高风险区接受抽血化验。当然,分流最困难之处,在于一些似是而非的个案,譬如说埃博拉与疟疾的病征非常相似,而疟疾在这里是很普遍的。我们不能把所有人都收进疑似个案区,但热点应对小组的全部布控，将对病患分流、早期识别、诊断和收治有积极的作用，这一点毋庸置疑。"

诺兰卡院长："我们都知道这里的人们并不喜欢医院，不喜欢医生，他们更喜欢森林、泥土、野兽和顺其自然。他们认为被死神看上的人，都是因为他们做了错事，活该痛苦——这样的观念，我们怎么能做到让轻症的人愿意进入分流站？"

张芮："格林说过，在这个世界上，没有人真正可以对另一个人的伤痛感同身受。你万箭穿心，你痛不欲生，也仅仅是你一个人的事，别人也许会同情，也许会嗟叹，但永远不会清楚你伤口究竟溃烂到何种境地。我们医生要做的，就是用感同身受的语言，去解析他们的痛苦！并且以毫不动摇的决心，去减轻他们的痛苦！"

发言结束，全场热烈鼓掌。

会后，被国际卫生组织称为黄金三角的组合——官浩、阿契尔、张芮兴奋地走在了一起。阿契尔亲热地搂住官浩，又拍拍张芮："分流站、热点应对小组，这些建议都非常棒！我相信此次会议将扭转整个疫情局面。"

埃博拉疑似病例暴发式增长，科特公立医院检验室的工作异常艰巨。

在正常情况下，医护人员经常要为病人吊盐水，替他们开静脉输液口，俗称打点滴，而在埃博拉疫情暴发之际，医院进行这个简单的程序都变得加倍困难：手指的敏感度因戴上两层手套大大降低，护目镜起雾令视野不清，局促的保护装备容易让人烦躁，降低专注力，此时此刻，保持精准并非易事；整个程序必须缓慢进行，防止出现针刺意外。一个原本只需两至三分钟的程序，现在最少要 10 分钟才能完成。一名抽血人员就因操作不规范，出现感染；科特公立医院实验室一位当地检测员被针头刺伤，他的所有检测工作全部中止。

经历此事之后，连生活小细节如剪指甲，卢飞宇都要左思右想。贺涛还笑他跟个女人一样。卢飞宇也不生气，回道："你不懂，我们检测员的手套比你们的薄太多了，指甲太长，可能会弄薄甚至弄穿手套，但剪指甲又有机会造成伤口，尤其是看不见的伤口，让病毒有机会入侵。拿着指甲刀的那一刻，我真的在衡量弄穿手套的机会大，还是剪伤的机会大？想好了，才剪下去。"

卢飞宇连续几日独自一个扛起实验室的全部检测工作，吃住在实验室，通宵达旦。

傍晚，梅红看到卢飞宇坐在饭厅的桌子前——这是她这周以来，第一次在正常饭点见到卢飞宇。他桌上还放着一本翻开的侦探小说。天色已暗，很明显，卢飞宇并没有看书，他只是坐在昏暗中沉思。在饭厅的角落里，平素沉默少言的卢飞宇疲惫地开口了："妹仔，我要回实验室了……埃博拉就是个锤锤儿，给我摆起了龙门阵，一点儿也不够意思。"他用四川话说。

梅红："注意休息。小心，别出意外。"

卢飞宇："不出意外的话，就意外了。"

卢飞宇整了整他两只大耳朵上的圆帽，又拉着她说了一番话，不清不楚，絮絮叨叨。梅红模模糊糊地听出似乎是有关什么人类命运共同体方面的事——卢飞宇式的忧国忧民又来了。等她好不容易能听明白，想插上一嘴的时候，卢飞宇却已离开，细瘦的身体，背着手，慢慢地离开了饭厅。她再看时，卢飞宇已踱过了无花果树，顺着走廊向新改建的四级实验室走去了。

诺兰卡院长也看到了这一幕，动容地对梅红说："嗯，了不起，中国检测员！红，我家里有顶级香槟，等忙完这阵子，我请所有的中国医疗队队员来家里喝。"

"不如等这一波埃博拉疫情控制住，一起喝。"梅红微笑道。

不远处传来阵阵喧闹。俩人望去，一群工人模样的当地人情绪激愤地要往里闯，安保人员拿出了警棍，拼命吹口哨。梅红听到诺兰卡的秘书向他汇报：那些是建设埃博拉防治中心（中立方舱医院）的建筑工人。"院长，他们都是替我们兴建治疗中心的临时工，建完之后，根本找不到工作，都怕他们感染了埃博拉，这才来闹事。

"我们还要建分流站，事情只会多，不会少，让他们少安毋躁，很快就有活派给他们。他们要做的，只是等……"诺兰卡在离开之前，又丢下一句，"这些人全部要做身体检查，哪怕是其他病症，也不得进入中心。"

秘书："那得了病的工人安排去哪？他们怎么工作，怎么生活？"

诺兰卡想了想，望了望天，沉默片刻，望向班巴拉山，回道："……也许该问问住在山里的蓝色羚。"

诺兰卡的话让梅红长叹一口气，人们对埃博拉的恐惧比死亡还更难以接受，而被埃博拉影响的社区，将需要长时间才能复原。

这几天的天气相对稳定下来。最近几次大雨后的积水逐渐被太阳晒干，蔚蓝的天际迸射出一道金黄色的阳光。尼罗古纳丹巴机场地面升起的热浪中传来了隆隆的运载医疗物资的飞机声，将一切引入良性循环。中国试剂即将大规模投入使用。

张芮拿着五份样品急匆匆赶往实验室。当地天气跟中国南方的夏天一样，酷热潮湿，就算没有穿着保护装备也大汗淋漓。卢飞宇脱手套时，发现汗水积聚于十只指尖位置，形成小水塘，自乐道："看，可以养金鱼了。"

张芮紧张地问："结果是不是五阳？"

"不对，是四阳一阴。"检测组组长卢飞宇对自己的检测结果很肯定地说道。

"应该是五阳。"张芮很着急，"这事关科特公立医院是否使用中国试剂。"

"不可能，我用我的人格担保就是四阳一阴。"

这与张芮知晓的情况有出入，难道中国试剂真的有误？

卢飞宇又进行了二次检测，结果完全一致。张芮没有犹豫，拨通了诺兰卡院长的电话："中国试测检测结果为四阳一阴。"

诺兰卡院长摘下手表，往桌上一扔："OK（好），中国试剂测试通过了。我相信中国！"

关于埃博拉试剂之事一直困扰着诺兰卡。手腕上的劳力士手表在灯光下闪着微光，刺激他的心脏。N国试剂测试时间短，准确度相对中国试剂要低，有时要进行二次测试。而从医学角度来说，中国试剂从实验推广到现在，用事实证明了它的稳定性和灵敏度几乎堪称完美。但如果在科特公立医院推广使用中国试剂，就意味着N国医疗公司与整个尼罗古纳地区的公立医院的合作全部终结，N国医疗公司失去尼罗古纳地区的埃博拉试剂市场。

"请那位N国医药代表过来一趟……哦，不，你来一趟。"诺兰卡打电话给助手。职业生涯的诡谲多变让他早就学会了厘清时局、当机立断。他知道这时候不能出一丁点差错，尤其是新总理莫桑瓦拉上任以来，他对腐败的铁腕政策，已经超出了尼罗古纳政客们的想象。诺兰卡院长知道，他需要快速把之前与N国医疗公司的利益牵扯尽快撇清。

剩下的就是一片空白。那些空白像个巨大的球压在他身上，挥不走，赶不掉，他无法乐观，也不能悲观。诺兰卡重新点燃一根烟，眼神瞟向桌上的劳力士，吐出一个完整的烟圈。烟圈中央是空白，他担心总有一天这些空白会变成一团糨糊，把他埋了。

在科特公立医院发布推广使用埃博拉中国试剂之后，埃博拉中立疫区防控中心也马上签发声明，公布中国检测队已经具备了检测埃博拉病毒的水平，向尼罗古纳整个地区推广该试剂。

第一批接诊病人被送达防控中心。防控中心在国际因特网发出征集，招募一支拥有出血热个案管理经验的医务人员、流行病学家和后勤人员团队，期望他们可以在下星期开始工作。各项后勤制度也在建立，兴建治疗中心时，考虑到在高风险区，除了必要的人员，任何物品有进无出，譬如内里设有扫描仪,以电脑传送病人记录,一旦有医疗设备或其他器材失灵,维修员都要穿上全套防护衣物入内维修等。

阿契尔在电视台发表讲话:"当地治安虽然不错,然而我们要将治疗中心当成高度设防监狱,设置围栏,闲人免进。"

官浩代表中方讲话,他的话铿锵有力:"在埃博拉的防控和医疗援助上,中国医疗队将不遗余力、全力以赴!"

这一天,作为有护理经验的志愿者,提前被招募、身着防护服的岳小冉在治疗中心待了一个多小时,感觉异常难受,走到隔离区外面透口气。一位刚走出医院的病人晃向岳小冉,像个醉鬼一样,走到岳小冉面前,神情恍惚地望着她,岳小冉正想开口问他怎么了,他突然喷出一口血,恰好喷在她隔离面罩上,她惊恐大叫。

"小冉!怎么了!"张芮拎着一台笔记本电脑刚下车。病人已经倒地,岳小冉吓得只知道站在原地挥手大叫。

"你不要动!"张芮喊道,"达西姆!达西姆!"

"报告,我,我,我在在在……"士兵达西姆快速跑来。

"拿消毒喷雾,快!……好,对准她,还有那病人,还有我。OK,你做得很好。"

"冉!每日两次进出高风险区,每次逗留最多一小时,这已经是极限。我从里面出来的时候是三时,现在返回是五时,你怎么还在?"

"我只是想把那些器械消毒完。"

"不行!一小时就是一小时,多一分钟都可能出现问题。"

"那爱莎为什么可以待更久?难道就因为她是当地护士?是无国界组织的?"

"爱莎曾感染过埃博拉病毒,是埃博拉的治愈者。由于医学界至今未有康复者再度感染的报告,他们只需穿着简单的防护衣物,便可以逗留在高风险区较长时间。像爱莎、纳莱、卡迈勒，他们都是埃博拉护理中的中坚分子。"张芮非常生气，声音越说越响，"像你……甚至会成为引发疫情更大范围暴发的始作俑者，你犯错的代价，是无数的生命。抗疫不是单打独斗，是集体作战，所有人员必须执行工作手册，否则退出这场……死亡游戏！"

最后四个字，沉重地敲打着岳小冉的心。

三

窗外的雨声没有打扰到卢飞宇，他的心神不定来自刚才那一通检测操作，他总觉得有些地方不对劲，他倒了一杯水，反复回忆过去这10分钟里自己的每一个步骤。在科特公立医院因检测人员有限，他已经连续一周加班加点。闹钟响起，似乎是同时，他突然感到手掌的冰冷，他仔细检查手套，果然看到里面竟然有血液，他压根不知道这股血是自己的，还是检测的血。

检测结果24小时之内才能出。是埃博拉？还是其他病，他现在不能马上知道，但不能等，他抬起沾血的手掌，拔掉通气管，沿着走廊跑向气密室，手臂僵硬笔直地伸展着。气密室透着令人窒息的空气，消毒淋浴必不可少。喷嘴吐出的雾气在这一刻犹如四面八方涌来的魔鬼，他必须从外侧净化整个身体，包括流出血液的手掌。

"我不能暴露。"他一直这么想。但他依然会想到埃博拉，想到死亡。如果职业暴露在高危病原体之下，就会被送往尼罗古纳疫区的四级隔离区——它被铁门重重把守。血不是直接流在手掌皮肤表面的，还有一层薄手套，检测人员一般戴两层手套，只在非常需要手部细节操作时，才需要脱掉一层，最后一层手套是最后一层防护门。但那只手掌有过伤口。"不一定会感染，或者一定不会感染。要不要说出来？也许是，也许不是。"他激烈地做着思想斗争。

从气密室出来后，他软绵绵地从墙角滑落在地上。当地医生图库诺迎面向他走来。他下意识地喊道："别过来。"当他说这句话时，已经证明他的选择就是把职业暴露的事公布于众了。一切都来源于他的职业习惯和本能。

"你别动，也别急。一切都还来得及。"图库诺有很强的职业敏感。10分钟不到，卢飞宇被迅速执行隔离，血样拿去检测。

越洋视频电话里，卢飞宇的妻子哭出了声："官队长，飞宇不会有事吧？"

没等官浩回答，跟卢飞宇感情很好的李少枫从座位上一跃而起，转向视频里的那个声音说道："嫂子，我保证把飞宇完完整整地带回国。"

卢飞宇的妻子："儿子明年中考，还等着中考完爸爸带他去北京登长城。"

官浩："知道，我们都知道，他经常跟我们念叨自己有个争气的儿子，成绩一直名列前茅。"

有人在敲窗，是李艺伟，官浩借着星光看到李艺伟打着的十字手势。最近安冬情绪波动大，李艺伟在负责安冬的精神治疗。官浩一路小跑，见到李艺伟抬头便问："说吧，几个意思？"

李艺伟："刚刚杨秘书打电话过来，他们已查到安冬女友在努桑比村被反政府军劫持，现在在那里当翻译。"

官浩："消息可靠吗？"

李艺伟："努桑比村最近在搞4G工程，是跟中方投资一起建设，他们公司有人派去工作。他们经常看到一个亚裔模样的女子，那女子有穿一件跟安冬一模一样的T恤，安冬一来这里，见人就问这事，他们早就记住了。额说，八九成是。"

官浩："唉，就是不知道生没生孩子。如果生了孩子，政府解救都难。

先瞒着，了解清楚情况再解救也不迟。"

李艺伟笑了："又不是拐卖妇女去生孩子，人家是个翻译。"

官浩背着手，踱着步，若有所思："兴许就用来当当翻译……我说生孩子，那不是为安冬着想嘛……你想想，要真有了孩子，安冬见还是不见？还不如不见。"两人步调一致地走向安冬的房间，安冬等待这个消息太久太久了。安冬听到消息后，长期昏秽又困惑的眼睛里露出了一线光明。

"你现在该配合吃药了，只有治好自己的病，你才能见她，用一个正常人的模样，对不对？"官浩道。

"我……我，我，我要回国治疗。我要治疗，我要治好了，再见她。"安冬泣不成声，"你看，我就知道，我就知道！只要她还活着，我就一定可以找到她。我要吃米饭。"

这是他患病以来，第一次主动要吃饭。后面是一系列含糊不清的唠唠叨叨。近一个多月无法好好入睡，被噩梦折磨，抑郁加狂想侵占了他脆弱的神经，加上吃得少，好好的一个大男人几个月时间变得形销骨立，看着安冬，官浩和李艺伟都红了眼。

好大一栋建筑。这是梅红第一次走进总统府邸，她被请来给难产的总统侄女接生。

梅红见过许多豪华的房子，但几乎都无法与神秘的总统府邸相比。在她眼前是好多认不出的物种标本，它们被不规则摆放和悬挂在房间的各个地方。某些房间的灯光设置更像照片冲洗房，她不敢往那里面看，怕看见神怪或不明生物。

"不瞒你说，整栋楼里有一万多个物种。"保姆拉几姆带着做完手术的梅红去休息室时得意地说，"还不包括这几年有人从神秘百慕大三角捕获捐赠给总统的。"

拉几姆把她引进一个房间，入口处设着一个安保摄像头。"您请，需要什么,请按这个铃,我就会过来,不过,如果我迟了,那一定是有什么事耽搁了,你别怪我,我是个认真的人。"

"可以把这个拿走吗?"梅红指着入门处一个大大的标本箱,里面有一只巨大的蜥蜴盘踞在树枝的顶端,占据整个房间的最高处,虽然是标本,但它的眼睛在黑暗中也能反射荧光般的光亮,似乎能穿透人的心灵。

开着灯就行了,没有人能搬走总统设计好的所有物件。

"那送我回塔方村,我不需要在这过夜。"

似乎是听到塔方村这个词,保姆拉几姆身上打了个激灵,掠过一阵寒意,她双手抱着自己的胸膛,神情变得哀伤,"哦,天啊,你从那地方过来?虽然我发誓再也不回那里去,但我无法不去想他们,海洛因、可卡因、罂粟花,天啊,那里本是天堂一般的地方,阳光、海水和我的安多拉斯。我的安多拉斯,他后脑勺有块橡皮擦大小的大黑痣,哦,他还活着吗?"

梅红:"塔方村现在是埃博拉重疫区。"

一阵冰冷的沉默持续了片刻。拉几姆的怒火在慢慢积累,她低吼道:"20年前,那里也是重疫区,但他们不是被病毒杀死的,是被那些穿雷卡的人杀死的!那些该死的穿雷卡的人甚至阻止我看我的父亲、母亲、哥哥还有奶奶,他们的尸体蜷曲着堆在一起……"

"为什么塔方村现在会被反政府军控制?"

"因为没人愿意去管理那里,所以它从什么也种不出的废墟地变成了成片的罂粟花。我讨厌说起那个地方。"拉几姆将门砰的一声关了。

"等等。"梅红叫道,又打开了门,冲拉几姆喊道,"请等等,向你打听一个人。"拉几姆停下了脚步。梅红咬了咬嘴唇,沉思片刻,还是张口问了:"请问,你知道塔方村曾经有个中国医生梅映川吗?"

拉几姆眉头一皱。接下来,讲了一个连她自己也不相信的故事:"魔鬼医生梅映川与老中医卢义密谋研制病毒,谁知道病毒泄露,卢义感染死亡,梅映川在塔方村遭到过村民袭击,他恨塔方村,他把病毒带到了塔方村，把灭顶之灾带到塔方村。"

"这是20年的噩梦，白色恐怖席卷我们的村庄，谁也不知道今天会不会带走，明天会不会死去，或者以什么方式去死。"拉几姆垂泪道，"……他们好多人甚至都还没有好好活过，就孤独地死了。"

"你是怎么活下来的？"

"从悬崖上跳下来，满是泡沫的溪谷，不知道游了多久。"

梅红从边述说边哭泣的拉几姆那里终于知道了父亲梅映川被塔方村人仇恨的原因。这个晚上，她眼睁睁地躺在床上无法入眠。当年跟拉几姆跳下悬崖的还有她年纪最小的一个弟弟安多拉斯，拉几姆拜托梅红打听弟弟的下落，自从她一年前带着500镑回到班巴拉岛上，塔方村就没让她进入过。塔方村那曾经美得令人目眩的落日早已不属于她——作为一位塔方村的原始村民。

一夜未眠，梅红开门走到阳台上，让开始蒸发热气的空气慢慢侵入自己的头脑，现在，至少关于父亲的有关细节更多了。这个传奇故事越怪诞便让她越有揭开真相的冲动和欲望。当真相打开之时，她期待可以揉碎人们记忆中所有的错误和过失，这将是一场医道的救赎。

根据计划，梅红完成接生任务3天后从总统府返回驻地。

路上，似乎飘来一些音乐，时远时近。车窗外是广漠的沙，零星的枯木和死骨。再细细一听竟是中国音乐，听不真切，民乐？或摇滚？慢慢地，她开始依赖这流动飘然的音乐，偶尔中断，更有一种成倍的孤独感。渐渐入梦，头不时地叩向椅背，像只猫。

没有任何预兆，几乎只是喝一杯咖啡的时间，她突然被几个蒙面武装分子从车上拉下来，拖进了另一辆密封的装甲车。一路上，她听到身旁的几个人正在笑着聊天——跟她来非洲之前做的一个梦极为相像。这回，是真的被劫持了。

兴许是久待在充斥着血腥和炙热空气的缘故，她没有丝毫反抗，甚至在拉下黑色蒙面罩之后,她竟然睡着了,一宿没睡的她,太困了。

"这女人,不会是吸了可卡因吧?"有个武装分子笑道。

"哈哈,也许吧。"

梅红听到瀑布哗哗的水声,像是从很远的地方传上来的。转过了几条灌木夹道,因为有树林划过车窗的声响,车是按了空档,滑行着停下来的,有点类似跑道。

被人拖来拉去,弯来绕去——是蜿蜒的,是狭窄的。潜意识还在梦里游走,嗯,走投无路了。黑色蒙面罩还没拉下来,就听到从身后传来急促而惊恐的声音:"她的肚子要炸开了,她在出血!像流水一样!"

蒙面罩被快速拉下,一柄枪正指着她的胸膛,一屋子的武装分子,只有窗边倚着一位安静的女子。她依然很困很困,内心一个劲地在告诉自己:"不是梦,不是梦,我被劫持了,打起精神来。"一阵香味绕了远道飘过来,刺激着她的味蕾。

这味道她熟悉。很小的时候,有个下雪的天,她们一家回父亲的江苏农村老家,那里,院墙内外始终堆放着煤球和干柴,家家户户都挂着一串串的腊肉,关于气味的感知似乎就是从那时候开始,至今难忘。她奶声奶气地跟父亲说:"爸爸,我喜欢这味道。"于是,父亲的老家年年都会寄来腊肉,哪怕父亲离去,也从未断过。只是不知道从什么时候起,妈妈转手就把这些腊肉送人了,说腐肉不新鲜,少吃。十几年来,她再没吃过腊肉。

此刻,这味道十分分明,如果没猜错,正是腊肉的烟火味。

要么他们购买了中国腊肉,要么他们抢劫了中国商人,非洲人不至于会做腊肉吧?梅红瞬间从无边遐想中回到现实,开口提条件:"我只有一个要求,我需要防护服,一级防护服。要不然,你们可以打死我。"

一个像是武装分子的头目跟旁边的士兵示意:"给她穿上。"

穿上防护服,护目镜里的一切都透着绿荧荧的光。明亮刺眼的无影灯蓦地出现在她眼前。那些光打在空旷的地板上与孕妇下身流下的血形成鲜明的对照。冷的是灯，是那孤零零地摆放在中央的手术台和手术刀、剪刀、止血钳。她也不喜欢这种冷，她伸手先握住孕妇的手，抚摸她的额头，把脸也贴了上去，这时候让孕妇产生安全感和信任感比什么都重要。

孕妇从濒死的状态中睁开了眼。

梅红："你好吗？有我在，放心。"

孕妇的眼神中既带疑惑又有期待。

负责麻醉的医师一边测量病患的呼吸及脉搏，一边帮她做全身麻醉，助手则为她盖上手术用的盖布。两名助手用筋钩将她切开的筋肉固定住，用止血钳止住出血，协助手术刀的操作顺利进行。她镇定地操作完整台手术。一声婴儿的啼哭打破黑寂寂的夜，手术室瞬间生动起来。

孕妇的眼里飘着一种埃博拉患者特有的红血丝，那是体内出血症的症状。这对母子待在塔方村，很有可能会被反政府军秘密消杀，像其他被传染的村民一样，在炙热之地死得无声无息。

她仔细而认真地对自己进行消毒。室外有个女声轻轻传来："喂。你是中国人还是日本人？"梅红抬起头。说话的，是倚在窗边那个安静的女人。

被武装押送的场景仿佛如昨。

屋子里的人影闪动都不见了。

一个飘然而至的女人。

又一阵婴儿的啼哭唤回了恍惚的她，她拉下护目镜，回道："中国。"

"你逃跑吧……"

女人跟她说的是中国话。她以为自己听错了。女人又用不太地道的中国话重复地说："你逃跑吧，逃……跑。我……，我会帮……帮你。"梅红下意识地想到这女人会不会是安冬日本籍的女友秋田玲美。她试探性地问了问："你是日本人？"女人点点头。

梅红："秋田玲美，认不认识？她失踪了3年。"

女人像被激活开关的灯一样，整个人都亮了起来："我……，我就是秋田玲美。"

沉重的脚步声由远及近传了过来，那是训练有素的步伐。她俩不能多说。到晚饭时分，孕妇在她的调理下，已能进食。趁武装分子谈笑之际，秋田玲美送来一盒饼干："中国产的……"她指指产妇说："这里的女人生产不送医院，自己生，她是村长的儿媳。"中国话不流利，秋田玲美用英语对话。

最近的武装分子离她们有一段距离，应该听不见她俩的对话。梅红咬着中国饼干，细细品，"婴儿胎位不正，难产，不手术的话，就是两条人命。"

"我刚刚问了，他们会送你回去。你不用逃跑。"

"这里是什么地方？"梅红问，"你呢？要一直在这里吗？"

"努桑比……我，我是亚丹斯的翻译，我也逃过几次，不行。这里是反政府军的总部。有一次我逃跑，被'失能剂'射中……他们有很多奇奇怪怪的武器。"

不用过多解释，梅红知道那是什么东西，那种装了"失能剂"子弹的武器一旦命中目标，跑动的人就像被葵花点穴手封住了命门一样，马上会扑倒在地，引发瘫痪的反应。

梅红轻轻抱住这位身体孱弱的日本女子，身处密林基地3年，她能活下来就是个奇迹了。梅红低沉地说道："我必须想办法把你们都带走，我的病人疑似感染了埃博拉，她必须接受诊断和救治。能帮我联系上产妇的父亲，就是那位村长吗？"

"可以。"

"我们要离开这里。"她望向星星布满的天空。

同一片星星布满的天空。张芮仰面躺着，双臂抱在胸前——这是他到非洲之后养成的睡觉姿势。方舱的值班宿舍一间房睡3个人，不分男女，弗朗西斯、琳娜就躺在靠近他头部的另一侧。梅红被劫持的事让他难以入睡。陷入深深的牵挂中。

下午刚完成中立疫区防控中心远程医疗设备的调试工作，医用显示终端、会诊系统软件、胶片扫描仪、实物投影仪等均由中国援助。当他把在患者身上提取的标本做成病理切片，用数字扫描切片机直接将图像传回了9000公里外的中国时，他无法抑制住自己激动的泪水，这意味着远程会诊的实现。胳膊在搬运物资的时候摔破了，伤口的痛感到休息时才感觉到，白衬衣上还沾着血。

通过远程视频，他见到多年未见的当年跟他一起参与过援非建设工作的老领导，现任国家卫健委主任的陆鸣。

陆鸣："小张，现在是老张了。你在那边还好吗？我们终于实现了你的远程会诊的梦想，治疗方案、同步教学，包括我们的讲课，包括跟你的现场讨论，你都可以通过这个平台去完成，嗯，还有你的手术转播……老张，我们实现了。实现了！梅映川说过，医生，当以救死扶伤为己任……"

张芮激动地接上话："……衣带渐宽终不悔。"

20年没见了，山川异域，明月他乡。一时顾不得众多人员在场，两人相对而泣。

回想起上午的那一幕，他眉头紧锁，紧闭双眼，不由又想起一直致力于电脑系统开发的梅映川，他说过，总有一天，远程医疗会在这个世界实现，全面改善医疗落后地区的面貌，拯救生命……医生，当以救死扶伤为己任，衣带渐宽终不悔……

依然无法入睡，眼角渗出些许泪花。裤子里的手机发动振动，隐约感觉眼里所见的东西都在振动，自己也摇晃了一下，天花板似乎也动了起来，桌上的茶杯很明显在飘移。

他猛然意识到，地震了！

手机还在响。匆匆踢起弗朗西斯和呼噜连天的肥胖护士琳娜,急促低吼道:"快起来,地震!拿起手机,赶往方舱会议室,那里有刚安装调试成功的全套远程系统。喂,我是张芮……"突然想起什么,又折返回到宿舍,单手裹了一床被子,直冲会议室。

电话那头,是他牵挂的梅红的声音:"我们在努桑比村公路最近的加油站,我和秋田玲美、产妇和她刚出生的孩子,疑似埃博拉病患,我们需要紧急救援。要快!"

"你们怎么出来的?"

"村长!是村长将我们运送出来的……产妇是他的儿媳,她们待在村子会被打死,努桑比村只要是患病者就会被反政府军直接射杀。"

这时候没有什么比报警更快。张芮一边联系报警接线台,一边将电话直接打到总统府办公厅。地震还在继续。房间在晃动,到达办公室,他将被子覆盖住远程设备,快速按下电闸开关,切断电源。

就短短一瞬间,一台报废的仪器砸了下来……

第七章

2014年9月8日　地震第二日

　　我以为会看不到明天的太阳，虽然它炙热无比。

　　一些国家看到了非洲丰富的资源，在强大的资本倾灌下，非洲原有的经济秩序像一叶小小的孤舟在摇曳，最终被分裂，原本的生态被破坏。畸形发展，非洲成为一些冒险家的乐园，野心家、战争狂、亡命之徒、毒贩，带着他们的罪恶行当，争先恐后地朝着这片黑土地云集。

　　只有漆黑如墨的钱才能不加节制、肆无忌惮地被挥霍。而更多的人，则是被命运追逐着，驱赶着，为了活着而活着，仿佛一双手拉着他们顺水而逃，依岸而居。偏远、贫穷、落后，不可怕，因为他们是一群有爱的族群，他们亲吻尸体，只是因为尊重、思念和不想分离……

　　父亲说得对，援非，在某个阶段，不只是一次医生的海外人生经历、一场叹为观止的医疗手术，还是需要直面的一场战争，是与大自然的搏杀，甚至是逆行者的从容赴死。

　　所以我只有向前走。

梅红

一

天很黑，幸好雨云已经消散。

一架盘旋在低空的黑色直升机正逼近中立疫区防控中心。机舱里梅红的神色越来越凝重，这次地震受伤人数不会少，额外加重了疫区的救援任务。还好，中国增派了30人的医疗队，即将出征尼罗古纳。

"张芮，快醒醒，你的女神到了。"琳娜抱着晕倒的张芮呼唤道，再不睁开眼，她就要跟别人走了，"芮，你的梅红。"

直升机轰鸣，让攒动的人群有了暂时的安静。梅红和秋田玲美相互搀扶着走下飞机。不知道梅红跟赶来的武装人员说了什么，武装人员深吸一口气，神色紧张起来，用对讲机说了一通。琳娜用很肯定的语气跟张芮说："看吧，你的女神有可能给我们带来了病毒。如果我错了，我输你20镑。"

秋田玲美腿部受伤严重，被随后而来的担架抬走了。

然后是产妇，一位护士抱着她的孩子。直升机又嗡嗡地飞向了黑夜，给地震现场带来几秒钟的死寂。

"哦，琳娜，谢谢你。"地震中受了轻伤的张芮睁开眼。

"你的女神就要跑啦。"琳娜轻轻拍了一下张芮的额头。

张芮已经看到正四处张望的梅红。仿佛梅红成了他的强心剂，猛然挺起身体，拍拍灰尘，扭动几下脖子，快速跑动起来。但他并没有跑往梅红的方向，而是将她丢一边，径直去了受伤人群最集中的地方。

担架不够用，一个受伤者拖着滴血的脚往救助站挪，嘴里喊着："救救我！快，我的脚断了。"还有奔跑着冲向疫区救助站的人，脸孔煞白。张芮推开临时救助站的门，里面已经哀声一片，只听到图库诺喊："芮！你去那边，他需要心肺复苏。"

光靠张芮和图库诺，人手根本不够。

张芮马上召集新招募的当地医生进行现场培训。"兰登、罗伯特、齐亚,叫上你们的同事,马上过来……"很快,在非常时期的一场震后急救课被临时安排。

"大家看……心肺复苏和液体复苏。我们要密切注意这些患者,如:喉部骨折、气道烧死、头颈创伤的患者,窒息、有肺吸入危险的患者,饱胃和继发于创伤的胃排空延迟,以及危及呼吸的患者,严重的胸部创伤、肺挫伤、窒息和严重休克的患者。对他们我们要重点关注呼吸功能的维护,如开放呼吸道,吸氧,以及气管插管、呼吸支持。特别要注意埋压人员呼吸道的开放和呼吸功能的维护,建筑物倒塌引起的胸部创伤、颈椎骨折、颅脑伤,因大量粉末吸入,胃排空延迟、误吸等都可能造成窒息。来,兰登,扶正这位病人的头部……"

梅红匆匆推门而入,喊道:"张芮!"

几十双眼睛看着她。凝固的画面,透着一丝尴尬。

梅红望见张芮,脸色舒展开来。张芮不顾众人目光,紧紧抱住了她,不顾一切地热烈而急切地吻着。

众人像观摩一场手术一样,都愣在原地。张芮吻毕,举手示意:"不好意思,我们继续。"梅红也像什么事都没发生一样,自然而然地加入急救的队伍。

这一忙又是一宿。

天色微亮,梅红不知道什么时候靠着张芮睡着了,若不是被几只鸽子扇翅膀的声音惊醒,她还能继续睡上几小时。她淡淡地说:"真麻烦。"张芮问道:"什么麻烦?鸽子?糖醋鱼都做好了,正准备夹上一筷子……"梅红:"我……我,我想吃腊肉,想吃我父亲农村老家的那种腊肉,你能弄到吗?"

张芮信誓旦旦:"不是经常说这句话吗,没有条件,创造条件也要上。"

目光交汇。两人半跪着。

两片热唇沐浴着微光,舌与舌绵缠在一起。

地平线升起了半个太阳。

张芮拉着梅红的手沉着地迈着大步,走向蓝色的海岸线。身后,沉睡了一夜的蒸汽开始摇曳……

地震之后,中立地带周遭的枪声也比以往更加密集。中立疫区防疫中心除去重点治疗埃博拉患者外,不得不收治一些枪伤和震伤的病人,尼罗古纳地区的所有医院均已饱和。张芮和官浩电话连线,他们已经针对远程体系解决医院承载方案进行了多次讨论。官浩说道:"我们必须在医院之外,到当地民众当中推行外展工作,和全科医生、家庭医生一起,帮助治疗居家以及在养老院内的病人。"

"对,与当地卫生部门合作,利用远程医疗和远程监控服务来监测病人的血氧饱和度情况,一旦恶化,我们也能迅速反应。"拿着电话,张芮推开窗户,一股新出炉的面包香味随着微风钻了进来,刺激着他疲劳的味蕾。他看到那辆早餐车,喊道:"喂,咖啡加两个羊角。"

"黑玫瑰"快乐地朝他打了个手势。就在张芮几乎要把面包拿到手的那一刻,一阵密集的枪声响起。虽然这里不时会听到零星的枪声,但张芮从未在早晨听到过如此密集的枪声。又是一梭,是机关枪。

"啊!天啊,我中弹了,哦,上帝啊,给你……面包,我……医生,我……要死了。""黑玫瑰"挣扎着,扭曲着,在他眼前滑下身体,她的手被张芮死死地抓住,她的眼睛睁得老大。张芮大叫:"请你一定坚持。官队……疫区遭遇枪射,不清楚状况,挂了。"

这正是值班医生与当班医生交接班的时候。很多人倒在血泊中,有警察也有医生,一片惊慌和混乱。张芮没法出去,死死地抓住"黑玫瑰"的手。他正对"黑玫瑰"的脸,她的瞳孔没有放大,腰间出血,应该是腰部受了枪伤。"坚持,请坚持,我的天!""黑玫瑰"的手在慢慢地往下滑,他有种彻底的绝望。

武装分子叫嚣着，疯狂扫射。她失血严重，脸部变得苍白。

正当他想到抱起"黑玫瑰"时，一只手掌搭在他的肩膀上，"我们一起"。他回头一看，是跟他一起值夜班的图库诺。没有丝毫犹豫，他俩抬起"黑玫瑰"往手术室冲。

"我……我，我来掩护你们。你……你们先……先走。我穿了防，防，防弹衣。"是达西姆。

张芮："达西姆，谢谢你。"

"还有我。""我们。""我！"

又来了几个士兵。几个士兵用身体作盾牌挡在他们仁的前面，组成方阵，掩护他们一路小跑往手术室方向冲去。手术室已集聚了好几个外科医生，手术台、地上、桌子上和平台的仪器上都躺着受枪伤的人员。叫喊、呻吟、紧急救援的铃声四起。医护人员和实习医护人员不断加入进来，士兵们也不约而同地守在了手术室的外面。张芮、李少枫、贺涛、杨知章各救护一位病人。李少枫的病人，肚子被打穿了，一股肠子从肚子里翻了出来，血腥味直逼李少枫的脸，李少枫的胃猛然如翻江倒海一般，忍不住呕吐了一番，再回去，此人已无生命体征。他一动不动地呆呆望着刚刚还拉着他的手喊救命的病人，耳畔的声音此时已消失，只剩下几近疯狂的心跳。

当中立疫区防疫中心在遭受武装袭击时，只有远离人群的埃博拉重症监护区是安全的。拉非拉坐在监控室里半梦半醒地看着显示屏。远处的枪声在拉非拉的耳朵听来，只是类似汽艇从海面驶过的声音。这里的平静透着一种来自深渊的冰冷气息。

一个显示屏里，男孩呼吸困难。他在挣扎，在抽搐，把头极端地扭向一侧。一条血带从他喉管里溢出。

拉非拉惊恐地看到这一幕。"保罗！"她赶到时，男孩已意识不清。微光中，他看见了拉非拉的轮廓，他似乎在寻找更重要的东西，双手伸展着、摸索着。拉非拉知道他要死了，她无法放下这个男孩。她流着泪地抓住了男孩的双手，将他抱住。

"你是善良的人吗？"

"哦，我……是。"

"你是妈妈吗？"

"哦，宝贝，我……是。"

"妈妈已经死了。"

"我是妈妈，是妈妈。"

"我的宝贝，到妈妈这里来。"

"妈妈……从来不叫我宝贝……我是不是会像妈妈一样的死去？你怕吗？"

"不怕，我的妈妈爸爸都上了天堂……我可不可以死得快一点。"

"为什么？"

"我想快点去妈妈爸爸那里……他们说会带我去北京看天安门。"

"是的，宝贝，中国有好多美丽的地方。"

男孩吐出舌头，双脚往外蹬，身体痛苦地弯曲着。一分钟后，他死了。拉非拉沉默着，哭泣着，不知所措，然后将双手举过头顶，面朝东方，开始祈祷："伟大的神，伟大的神啊。"

"请给这块土地治愈的良方吧！以摩尔人之名。"日复一日地面对死亡、恐惧、愤怒，她也觉得自己将崩溃，她想咆哮、想诅咒、想疯狂……

一个声音响起："拉非拉，让我抱抱你。"

李少枫从身后拥住了她，岳小冉轻轻地亲吻她布满泪水的脸颊。

此时已踏上返程飞机的安冬，在高耸入云的天空中，似乎也感受到了地震的异动，他的梦跟随着大地晃动。梦里从很遥远的地方含含糊糊响起了一个声音："安冬，安冬。"伸手不见五指的黑夜，他迷路了。他屏息倾听，打算顺着声音方向走去，但声音仿佛来自四面八方，他深吸一口气，想铆足劲吼出秋田玲美的名字，却怎么使劲也喊不出来，随即便有一股细微如丝的冷风从他的耳边灌入，像是秋田玲美温柔的抚摸……

安冬从梦里醒来，一剂镇静剂让他睡足了整个航程。

"女士们、先生们：飞机已经开始滑行，请您系好安全带，收起小桌板，调直椅背，打开遮光板，关闭电子设备的电源，包括带有飞行模式功能的手机。本次航班是禁烟航班。谢谢您的合作！Ladies and Gentlemen（女士们，先生们）……"

轻柔而美好的风是从冷气扇缓缓排出来的。为了保险起见，他上航班前身穿束缚衣。当飞机起飞时，他惊惶地望着机舱外，但他并没有喊叫和挣扎，安静得让人怜惜，只有那不断流淌下来的眼泪触动心灵，带着更深更急的绝望。那一眼离开非洲这炙热之地的远眺又充满了重生的欲望，仿佛预示着再次到来时的脱胎换骨和精神重塑。他心里喊着："玲美，我还会再来的。"

他离开时，秋田玲美的腿伤未愈。秋田玲美赶到中国医疗队驻地已是半月之后。

"你知道什么叫精神溺毙吗？"李艺伟问她。秋田玲美小心地抚摸着墙上安冬捶打墙壁留下的印记，默默无语。"不知道？就是用思想将自己摁在水里苦苦地迎接液体汩汩而来，冲击大脑，然后窒息、死亡。那是比身体的死，还要更加痛苦的死法……也可以叫重度抑郁。他工作起来像个苦行僧，恋爱起来也像个苦行僧。离开故乡，身处异域，又找不到情感排解方式的人容易患这种精神上的疾病。"

墙壁上有许许多多凹凸不平的点。

秋田玲美："你们应该放他出来。"

李艺伟:"放他出来,他就成了一头狂躁的大狮子,这头大狮子是会冲向人群,跌落悬崖,燃烧自己的。"

秋田玲美流着泪,说:"我知道他在找我,所以我经常穿我们的T恤。"

窗帘放下,黄昏最后一丝光线穿过帘缝,落在安冬的床上,变成一道刺目的细线,它碰到绛紫的野花,拐上了毕加索的装饰画,再往上便是这个房间最亮眼的放着秋田玲美照片的金边相框。房间的主人安冬已经踏上归国之途。

李艺伟走出了房间,身后传来声声抽泣。

二

突如其来的地震让当地政府执行的宵禁政策愈发严格,偶尔会暴发大面积停电。当黑暗向远处的城市及社区袭来的时候,勃哥的雪米莉总是比人更加敏锐地看到。它的叫声明显狂躁起来,像见到了扑面而来的黑色魔鬼。

毕先进的电话比黑暗来得还快:"官队,今晚停电有什么需求,打声招呼。"他主要是指用车。黑色之夜似乎更容易发生一些意外的疾病。"行。有事会找你的。"官浩答应着。

"你……你,你来鉴定一下。"勃哥神情紧张,说话都带点结巴。勃哥扭亮了手电筒。"怎么了?"官浩跟着这束光走进一楼的餐室。

"你先转一圈,看没看出什么不同?"

官浩慢慢踱了一周,黑暗之下,似乎没有看出异样。"怎么了?你上午不是去海钓了吗?又钓到啥好东西了,神神秘秘的?"

"哎呀,这是国际大事,来,来,你用你黑色的眼睛寻找一下光明。"勃哥拉着官浩退了几步,"你退几步试试,肯定能发现它。额也是才,才,才……发现的。"

手电筒关了，手机暗了，夜色寂静，一切光源都没有。

"你眯眼，快。"勃哥怂恿着。

官浩半眯着眼。灯罩上有一个物体比任何部分都要亮一度，这种光亮晦暗不明，但凡房间里有一丝光，它便会混杂在其中，躲藏得很好，可是，此时它藏无可藏，虽然光亮极微弱，但根据闪烁的规律和连续性，它的形状在此刻都暴露无遗。

"像不像个……窃听器？"勃哥轻声问。

"该死的，咱驻地咋有这么个东西嘛。"官浩怒道。"不可能吧？"他还在质疑。

"这形状……这地方……这个点。不可能是巧合。"

"去，拿个凳子。"

过道里一阵微弱的动静，勃哥迅速把手电筒打向餐厅入口处。空无一人，只有一溜关闭的功能室的门。雪米莉摇着尾巴慢慢走了过来。"站着，不许过来。"勃哥低声命令，雪米莉用有着双眼皮的眼睛可怜巴巴地望着。

勃哥去搬凳子。似乎依然有人在身后，"谁？"官浩喊。

无声，黑暗，寂静。

这种感觉很奇怪。准备爬上折叠椅的勃哥望着神情奇怪的官浩，"上，还是不上？"

"不上。接通大使馆，让他们派人来查……现在、马上、立刻叫林雷过来。"

官浩独自站在点着烛光的房间里，手指摸索着餐椅的边缘，虽然在国内做过防泄密的训练，但当餐厅的灯罩里发现窃听装备的事实呈现在他面前时，他才感觉到被某种势力监听下的巨大心理压力。到底是哪股力量在监控监听中国医疗队？他很震惊。但他不能深想，他还不具备对这种事件深挖的专业能力，他想更多的是所背负的责任和职业敏感。

最近,他和杨知章讨论最多的是中西医结合运用到埃博拉治疗的方案。非洲湿热气候和云贵湿热产生的毒虫有相似性。作为病理学家的他,一直在跟国内专业学者研讨针对埃博拉早期治疗的中药配方。从杨知章在毕先进的中非进出口贸易公司大规模推广运用的八味保心剂的基础上,又增加了两味药:金银花和生地黄。"若不是来盗取治疗秘方,那就是政治事件了。我受够哩。"

"大使馆回复,会有人来处理,让咱安心工作和生活。大使馆可真是个好地方,平时不疼不痒,看不见摸不着,但凡有任何事,它就站在身后,像个神行使者。"勃哥的声音在他身后响起。

勃哥发现官浩在整理医药箱:"怎么?你又有新工作了?"

官浩:"刚接了驻地电话,有急症……咱们的医生都派出去了,你,说的就是你,帮我打下手……拎箱子。"

"好好,行,行,额去嘛。"勃哥嘻嘻笑笑,道:"叫毕先进的车,还是让那个村的救助站派车?"

"等村里派车来,还叫急症吗?叫老毕吧。"

不到10分钟,毕先进的车就到了,直按喇叭。打开门,没有了屋外的冷气,一股热浪扑面而来。他们走的是相对平坦的沙丘。车窗外,沿路的骆驼刺和仙人掌在夜里不时闪现,远看,像一个个张牙舞爪的鬼魂。

30多岁的男人。腹痛3天,不排气,不通便,还恶心犯呕。因为疼痛,他面目扭曲得可怕。"血压10060毫米汞柱、心率106次/分,已经量过。"当地医生道。

官浩一检查,这个病人腹部肌肉紧张,全腹部压痛及反跳痛都有,肠鸣音较弱,还能听到金属一样的声音,X光片上面有明显的肠管扩张影和气液平面。他判断:"急性肠梗阻。肠管可能坏死,要手术。"当地医生犹豫着:"要马上手术……"

"怎么?有难度?"

"喝杯咖啡吧。让他们打电话叫科特公立医院的救护车送走就行。"医生随意说道。一位护士推开门,"一起吧,刚煮好的。"一阵浓香咖啡味飘了进来,在这夜里分外诱人。

勃哥忍住怒火,一把抓住医生的手,说道:"他很痛,你没看见吗?"医生道:"救护车很快就能来,这手术很臭。"

勃哥怒了:"那你为什么要打中国医疗队急症电话?"

医生解释道:"有中国医疗队的确诊证明,我们好送科特公立医院,省了很多麻烦……"

官浩忿而起身,指着 X 光片:"这是什么?这可能导致坏死,肠管坏死就要切除,如果早点打开腹腔,也许不一定坏死,患者就可以保住肠管……你们诊所没有手术器械?没有麻醉师?还是没有当班护士?"

医生愣住:"有……有,都有。"

勃哥不懂医术,他只知道这病人很痛苦,吼着:"面对病人能救而不救,这在中国就是玩忽职守,就是见死不救,就是故意杀人!"

几句话,简单、直接、纯粹,醍醐灌顶。

许是被中国医生的阵势吓到了,当地医生马上叫上麻醉师和护士。打开病人腹腔,肠管扩张得非常巨大,像汽车轮胎一样!官浩从来没有见过如此巨大的肠管。他将手慢慢探入,果然是乙状结肠扭转导致的肠梗阻,肠管扭转 720 度,颜色已经呈紫黑色。他喊道:"热盐水!"

护士送上。用热盐水纱垫热敷了 10 分钟,肠管颜色仍然没有好转的迹象——肠管已经坏死,必须立即做乙状结肠切除。

官浩道:"准备右切!"

"No! No,No!(不!不!不!)"当地医生突然激动地发声,"我们通常是做腹部正中左绕脐切口!"他态度十分坚决。一向坚持而果敢的官浩一时犹豫了:"如果左切,造成左半结肠损伤,按原则不能做一期修补或吻合,要做结肠造瘘,否则会出现肠瘘。"

"对，对对。所以我们做乙状结肠造瘘。"

"别听他的。按你们国内经常做的去做就行了，我保护你。他们不敢对你怎么样。"生平第一次穿上手术服的勃哥在一旁看上去像个僵硬的道具，保镖一样地维护着官浩。

"不。听他的，他们有经验。"官浩按当地医生的做法在腹部正中左绕脐切口，把直肠残端缝合关闭，将乙状结肠残端在左下腹开口拉出，腹腔内放置引流后关闭腹腔。缝合熟练，手术完美。

当地医生将一块新手绢塞给不断冒汗的官浩，说道："你是我见过的最棒的手术医生。"

官浩："现在能不能告诉我为什么不能右切？"

当地医生："我们非洲人，乙状结肠比较长，如果做右侧腹部探查切口，显露不好，手术操作会变得很困难。"

官浩获得一个新的顿悟。

"这是我们的经验。"当地医生在中国医疗队队长、中国外科手术专家的面前露出了自信的微笑。

毕先进显然是等得不耐烦了："说好的夜宵没了。要不是等着跟你喝一壶老酒，还犯得着在车上睡觉？"

"你的一壶酒换了一条肠子，值不值？"勃哥抢着说。

毕先进："那……值！"

"喂，中国神医，手绢……送给你，这是非洲牌手绢，耐磨，还防臭。"当地医生赶上来，送上手绢，这才挥手离开。

回到驻地。半夜，官浩睡不着，在办公室写笔记。一楼依然传来一阵窸窸窣窣的响动。

一条短信从手机闪出：官队，不要下一楼。驻地安保林雷发的。

好奇心驱使官浩往楼下走去。刚下一个台阶，一个黑色的人影迅速冲向官浩背后。眨眼间，那个陌生人低下肩膀，从背后把官浩往前一顶。林雷向前扑了过去，黑影的脑袋撞到转角楼梯的边缘，重重地反弹在地，林雷用力一踹，黑影哪里是这种训练有素的特种兵的对手，直直朝储物室摔去。重重的防护装备砸在他身上，从地板上散落开来。黑影手里拿着的照亮工具也倒在地板上，亮着，晃着。

混乱中，林雷举起了枪，"起来。"转身跟官浩怨道，"叫你别下来。"

勃哥赶来时，官浩正在给黑影包扎，旁边放着打开的药箱。摸着头笑道："他偷……偷……喂，总不会是偷我今晚吃剩下的臊子面吧？官队，我申明，我就今晚太饿了，做了碗夜宵，平时我从不吃独食。"

林雷道："来偷八味保心剂的。"

官浩："啊？那说明，知章这药很管用啊。"

林雷："外面早就传说，这是中国神药，可以治埃博拉。吃下去，发烧好得快，头也不那么痛。"

官浩："啊？好像……好像也没这么神奇。"

林雷："说明这药在当地人群里已流传开来。"

这是件好事。但官浩知道，中西药结合风险极大，万一出问题也很可能会影响中国医疗队几十年在非洲建立的良好声誉。官浩陷入思索，中药在提高病人的自身免疫力、减轻出血热的症状、切断病毒感染的过程三方面有真实而显著的疗效，针对埃博拉的高热、头痛、关节痛也可以应对，但一旦出血，尤其是多发性出血，必须注射 NPC1 阻碍剂才能阻止埃博拉病毒的复制。当然，在推广应用方面也会遇到不少问题。虽然夜已深，他依然拨通了杨知章的电话。

"你那边临床试用保心剂，效果怎么样？"

"可以，没问题，已经有临床效果。"

"老伙计，这就好嘛。"

官浩这才安睡。

加克医院。张芮刚刚挂掉阿契尔的电话，杨知章就进来了。因为激动，杨知章的脸涨得通红："我们的'克毒方'已经在我方收治的埃博拉病毒阳性患者里取得了临床效果。希望你这个防疫小组副组长在防疫大会时，可以向国际防疫驻地的所有代表提出来，推广使用，尤其是埃博拉治疗前期。你看，我们对 20 例患者进行中医症状信息采集，总结了他们的中医症候特点及演变规律……"杨知章将与官浩及国内中西药专家们共同研究讨论、修改制定的心血——《中医药防治埃博拉病毒治疗方案》拿了出来。

张芮来精神了。

"我们在治疗中发现，埃博拉病毒患者常伴有全身炎症反应导致的疲乏、呕吐、腹泻、脱水、低钾、疼痛等症状，严重者导致多脏器功能衰竭，及早使用中药，及早开始中西医结合治疗可以有效减轻患者症状，阻断疾病进一步恶化发展，从而降低病死率，为患者赢得康复的可能。"

张芮："想不到，中医方面已经做了这么多工作……还需要我做啥？说嘛。"

"我们需要采集更多阳性患者中医诊治信息，为中药治疗提供更有力的理论依据。"

张芮不假思索，果断拿起电话，拨通阿契尔办公室电话："教授，中西医结合治疗方案已在我这里……我们需要支持。"

他无法预知阿契尔对此事的态度，但有一点可以确定，阿契尔比谁都更希望埃博拉以更快的速度从这个世界消失，这次大暴发无疑将被载入医学史册，而所有针对此事件的方案都将被历史所记录。

张芮可以感觉到电话那头的沉默，甚至能听到阿契尔心脏跳动的声响——他们都是经历过埃博拉病毒席卷生灵的医生，脑海里一幕幕血溅尸体的画面足以让他们摒弃国度、学术、利益之争，携手共渡难关。

"OK（好）。"阿契尔的声音缓缓吐出，但异常坚决。

三

中立疫区的重症方舱。

沉重如石的压迫感。

视线模糊、晦暗、夹杂着狰狞的面目。

无法呼吸，如临深渊。

疼痛猛冲进他的胸腔，像火山撕裂般，他狂吐一口血。这一刻肺部如同灌满了恶魔的潘多拉盒子，疯狂地在找出口，一口又一口，来不及酝酿，就喷涌而出；一遍又一遍，痛苦至极，但无力压制。布朗多——这个曾经的运毒贩，终于感受到自己命将呜呼的时刻。

塔方村本来有条绕村的小溪，由东南向西北方向流去。历年来因为部落战争，因为脑炎、疟疾、艾滋病等病魔的长期磨砺，因为1994年成为埃博拉重疫区，这里的村民飘零如稻草一样的身体被疾病和枪弹齐刷刷地夺了命去，躺卧在这条小溪中。许多年过去，村民们总能从这条溪里喝出血肉的腥味。他们便填了溪，将垃圾堆放在这里，年复一年之后，清澈的小溪不见了，这里形成了一个巨大的垃圾山。塔方村村民贩毒、吸毒、戒毒，许多家庭家破人亡，失学儿童很多，有些孩子就这样流落街头，到处捡拾；他们在垃圾山挖土堆，经常挖出新鲜的东西，比如套子，就有针织手套、塑胶手套、皮手套、避孕套……有用的，拿回家用水洗干净、晾干，继续用。避孕套在他们手里，可以抛着、丢着，放在嘴里吮着，用嘴巴吮出一大堆的小泡泡，在手心里刮出尖厉的声音，吓唬偶尔从旁边走过的大人。有时还拿着一堆的针头，玩打针游戏。布朗多就是这么长大的。

反政府军占领了塔方村后，像他这样的原住民已经不多了，更多的是因为不稳定的政局四处流浪而来的难民，反政府军训练他们成为庞大利益集团里的一根稻草。布朗多跟村里很多人一样，小的时候跟父母种植毒品，长大了运毒、贩毒、吸毒，毒品占据了村子生活的主要内容。

如今的他，身下是病床的硬木板。一张陌生的女人面孔正俯视着他……一束光消失了，只有或近或远的呻吟在他的周围似有似无地存在着。

"你知道你是谁吗？你知道这是什么地方吗？"岳小冉轻轻唤他。自从布朗多被送来中心医院隔离区，岳小冉就注意到他，她在调查尼罗古纳毒品基地时拍到过这张脸——标准的非洲浓眉大眼厚嘴唇的阳光大男孩，属于他的特色是有两颗虎牙。22岁的布朗多已经是亚丹斯贩毒集团里的一个小头目。如果能采访到这位运送者，并且将他的临终片段做成口述非洲毒品产—供—销链条的视频，配上解说，再制成纪录片，播出后必将成为轰动世界的重磅报道，这无疑可以让她的记者生涯声誉斐然。

"上帝，我要死了。"他眼皮微张，视线模糊，看不清上面的这张脸。

"他们没射杀你只是不想浪费子弹，由你自生自灭，然后一把火烧掉。"浸透鲜血的毛巾掉落在地板上，拉非拉嘟哝着用医用夹夹了起来，她对布朗多没有一点好印象，她抬头问小冉："你还有要问的就赶紧问。"

拉非拉高举着一只输液袋，挂在输液架上，又在他的手臂上扎了一针，这一针只是不让他太痛。拉非拉自言自语道："这个世界太折磨人了，重生也许是他最好的归宿。"

"你睡得很沉。"看到布朗多睁开眼，岳小冉将胸前的隐形摄像头暗暗摆正了方向。"我有没有错过什么？"布朗多问道。他的眼睛闪闪发亮。"是不是天亮了？"他呻吟起来。岳小冉问道："你梦到了他们用枪指着你，对吗？"

他深褐色的眸子变得异常恐惧。"你是警察？还是亚丹斯？"

"我是……爱你的人，没有人在这一刻像我这般爱你。"岳小冉抚弄着他。布朗多看不清身着防护服里的那张脸，他不由得垂下了头，把脸埋在岳小冉的肩膀上，像依偎在恋人身旁。"哦，妈妈，我爱你。"他耳语着。

布朗多在天堂和地狱间徘徊。

房间开始变亮了。

李少枫从亮光处走来。紧张、惊讶、压抑。他按捺着怒气。

岳小冉作为轻症区的护士，不能进入重症区。自从发现岳小冉偷偷穿上重症区防护服之后，李少枫就一直跟踪她。

他紧紧盯着岳小冉，岳小冉只是对他摇摇头。

"你们那里很多人病了吗？他们对你做了什么？"她在竭尽所能地打开布朗多的记忆空间，希望借此机会向世界揭露反政府军在当地所犯下滔天罪行。

"没有吃的，把我们丢在森林里，饿死……他们什么也不会为我们做，哪怕浪费一颗子弹。"

"你怎么逃出来的？"

"我……我是看着他们，不让他们逃出来的人……哦，妈妈，我，我也传染上了，是因为，是因为朱丽叶，哦，朱丽叶，我爱她，她就是我的生命。她也被赶进了死人区，我想见她，我们……我们一起逃的……哦，妈妈，她怎么样了？"布朗多情绪激动起来，似乎有什么东西在压迫他的胸，一遍又一遍，用力地束缚着他。

他说的是前一天刚死亡的朱丽叶。

拉非拉硬邦邦丢一句："她死了，朱丽叶……她是多么的美，你们把所有的美好都糟蹋了。"

在拉非拉的语言刺激下，又是一阵吐血，咳得布朗多都痉挛了，身体如遭受酷刑般的疼，嗓子眼里火烧般灼痛。

岳小冉继续问："死亡区在哪？是努桑比村吗？"

"对。努桑比村，那里比塔方村还严重，每天都在死人，他们懒得射杀，有时候一发炮弹打进去，灰飞烟灭，没有尸体，没有任何声音，活着的，死了的，都消失了。"

布朗多突然眼睛一瞪，怒视着："朱丽叶没死！没死！带我去见她。"他五只手指直插岳小冉的喉咙，死死地锁住。突如其来的举动，吓坏了众人。还好岳小冉穿着防护服。

"拿开你的手！"李少枫一声顿喝。"你别激怒他。如果指甲刺破了防护，小冉会被传染。"拉非拉阻止道。布朗多缓缓抬起针刺的那只手臂，用嘴咬住针管，往后一抬，拔出针头，他凝视着从针管滴漏出来的血，不在乎，完全麻木。

"啊！……他要扎……"拉非拉吓得魂飞魄散，李少枫快速捂住了她的嘴。布朗多拿着针的手往下，向岳小冉的脖子探去，动作迅速得让她来不及反应，岳小冉木头似的任人摆布，只有在布朗多稍稍放松锁喉的手指时，才能发出微弱地嘶鸣，像从千斤顶里挤压出来的一样。

现场的人中，只有李少枫是清醒的。

千钧一发之际，门被推开，一束阳光反射着一个身影走了进来，李少枫快速朝光影处的那个人叫了一声："看，朱丽叶来了。"布朗多惊觉般猛然往光亮处瞅，瞬间的分神，李少枫找准机会抬手一拍，将布朗多击倒在床。

"不是我的朱丽叶。"

冷风灌入肺腑，布朗多呼出这世界最后一口空气。

炙热的阳光倾泻在这白尼罗河上空。一群人聚集在河岸，在一棵树下等待。烈日烘烤，一条大轮船经过，传来呜呜的汽笛声，河水一下泛开好几米，打在他们的身上，一阵骚动，几个男人不满地吹着口哨，声音尖锐刺耳，"看，我们船来了，中国船！"一个苍老的声音在人群中喊道，人群安静了。

一艘船行驶在河上，船侧飘扬着一面中国的旗子。

在张芮的策划和推动下，热点应对小组分成20个小组，由各个国家援助医疗队组成，去往偏僻，甚至与世隔绝的地带。这一天，张芮带领中国队驶往延绵百里的漠百大湿地。漠百大湿地的名字延伸自阿拉伯文的"荒原"。

自从热点应对小组成立以来，医护人员为因缺少交通工具无法正常抵达医院的患者提供前端简单的医疗服务，化零为整式的，将重病患者包括疟疾、毒虫侵害、胃肠道、艾滋病及埃博拉疑似病例从各地聚集到中国建设的救助站，那里至少有一间急诊室、门诊与住院病房，也有针对产妇的产前护理，以及给营养不良儿童的深切营养治疗中心。

"芮！这是芮。"有人在岸上跟张芮打招呼，张芮用长长的口哨回应他。中国救助船已是第三次到达这里，每次都会从这里将一些重症人员送往救助站。张芮牵着梅红首先上了岸。岸边人员上下挥动手臂，发出一阵呼噜噜的声音，这是当地人一种独特的欢迎仪式。

最近的一次地区冲突在方圆数里之内再次爆发，至今不到半年，迫使数以十万计的村民为逃离暴力与针对平民的攻击而流离失所达数月之久，他们一直处在辗转逃亡中，居无定所，难以取得医疗援助，极少有人带药品。这是漫长又艰巨的旅程，很多人魂归，或者死于子弹穿梭，或者死于深潭沼泽，身边的世界不断变换，身边的人也在不断变换，失去朋友、家人，麻木的灵魂和身体一起被遗弃在非洲远离城市的原始地带，虽然与世隔绝，但也是世道纷争难以到达的地方。

救助船对这些人来说，就像是一条生命线。

张芮和贺涛做人群分流，能行走的在左侧，自认为重症的在右侧。梅红走向一位老者，他怀里抱着一个嗷嗷待哺的婴儿。婴儿啼哭不止，像被人不停击打一般，撕扯着地叫。她将他抱入怀，轻轻哼着曲，婴儿皮肤干裂，红肿，四肢瘦小，眼睛无光，这是营养不良的典型症状，身上有触痛感，尤其是下腹部，一个明显的巨大突起，将手探向腹股沟区，有一个大包块，呈梨形，一直突入阴囊内部，几乎占据了大半个腹腔。初步判断是严重疝气，婴儿已被折磨得痛苦不堪。

"这孩子要手术，送到救助站吧。请你上船。"梅红跟老人家说。在确认他们穿好救生衣后，梅红走向另一位男孩。有过前两次来到此地义诊的经历，大家对这里的疾病情况都有大致的了解。她诊治完眼前的这位男孩，从药箱里取出药品。

"你等等，拍张照。"喜欢摄影的陈楚峰到哪里都喜欢拍几张，刚要拍，想起什么似的，伸手拽来张芮，"你过来。你俩还没在一起拍过吧？"拿起相机对准焦距，恰在此时，婴儿一泡尿滋了出来，直喷张芮的脸，快门已经按下，惹得医疗队员们嬉笑一番。

众人一抬头，才发觉靠近救助船的河岸已经里里外外站了几层的人。"今天怎么这么多人？"张芮不解。一问才知道，在得知前两次的救助信息之后，围绕漠百大湿地方圆几十里的难民都风尘仆仆地赶来了。然而一条船除去医护人员外，一次只能接走重症病人8人。

"你看看船上现在安置了几个人？"张芮看到人群中还有肢体残缺的、骨折的人，样子着实可怜。杨知章正在给一位歪着脖子的人做针灸，他的身后还跟着一排等着他扎针的人，他要诊治的人群最多，也许是因为他拿着银针的样子自信而认真，且对一些类似腿痛、腰痛等疼痛病症见效快吧，当然，也可能是这里的村民没见过这么稀罕的东西———一种来自神奇国度的神奇医术。

梅红从船上拿了水壶穿过人群递给张芮，张芮充满爱意地望着她。

男孩腿上的皮肤，因肿胀而撑开，他的腿大概比正常的粗上3倍。张芮快速地检查并讨论确认了病因：蛇咬。当地没有抗蛇毒血清，男孩也得到了上船的资格。

船上转送人员已经到达极限，要离开了，但还有太多无法面诊、治疗、转运的病人。有些人甚至还在人群之外，没能见上医生一面。

埃博拉前端的热点应对小组组成的救助船必须开往另一处约定的地点。有一位妇女得了危及性命的疟疾,救助站要求应对小组必须把这位病入膏肓的妇女接上。

中午的太阳愈发炙热。船行缓慢。被蛇咬伤的男孩开始出现幻觉。

到达这个约定地点,船行驶了一个多小时,这里再没有别的交通工具可以开往救助站了。出乎大家意料,当船抵达,要接的那位病人却不在那里。

"她会去哪里?"梅红焦急地问道。大家都想到一件事:"她死了。"

"不能再等,我们走。"张芮做出合理判断。

梅红从张芮身边经过,一阵头晕目眩,轻声唤道:"张芮,我可能职业暴露了。"张芮连忙将快要在烈日中晕倒的梅红抱紧:"什么时候的事?"

"应该是上次妇产手术。"她虚弱地望着张芮,"那个产妇是个艾滋病人,在缝合的时候,我刺伤了自己的手指。别紧张,我已经在喝阻断药物。"这眩晕是药物引起的。船一开,她一阵呕吐。

船驶向白尼罗河远方,它载走了8个人,但也许更需要它的人还在遥不可及的更深处。

第八章

2014年9月1日　晴

她叫杰娜。

我记录下她是因为她妈妈生产的时候，婴儿严重缺氧，死了。她妈妈说，这就是孩子的命，我不用觉得自己没有做好。她妈妈进了埃博拉重症病房，3天之后也死了。杰娜的父亲10年前就被炸死了。杰娜这个孩子，没有人知道她去了哪里，她是不是还活着？

这里的人，可能随时死亡，或战争、或疾病、或天灾；这里的家庭，可能随时消散，或战争、或疾病、或天灾……原来有一种家庭的解体，会变得如此悄无声息。他们像羽毛落地时那么轻，像叶子掠过时那么轻，他们不见了也还是那么轻。

梅红

一

不知道是因为长期锻炼身体素质好的缘故，还是因为嬉笑怒骂的心态，那个老拳击手厄老头子的埃博拉检测显示返阴了——他只做了基础治疗。这天夜里10点钟左右，一抹柔和的星光抚慰着被炙烤了一天的老住宅区的房顶。微风默默地吹过黑暗的十字路口。由于地处隔离区不到 100 米，这里已人迹稀少。

张芮和拉非拉通过一段宁静的路程，来到了老人的家里。最近厄老头子老是想起倒霉了半辈子的老伴。老伴早年跟着他到处打拳赚钱，他还老是动不动揍她，老伴咒骂总有一天也要轮到他倒霉，他果然染上了埃博拉，他想这回真要被老伴咒死了，但最后死的是老伴，不是他。在他们面前，老人家搓着双手洋洋得意地说："我本来想跟她一起到天堂再大吵一场……你看，神选错了人，哈哈，他又选错了人。"

笑到最后，厄老头子哭了。他显得比刚出院时疲劳和苍老得多。

"从发现第一例埃博拉病患到现在，尼罗占纳地区统计的死亡人数已达 178 人。这只是开始，这个数字将在后几个月成倍增长。我们需要你的血清。"张芮道，"我们必须深度尝试采用输入埃博拉幸存者的血液进行血液治疗。"

厄老头将椅子扭转，面向大海，说道："以血为药，我们非洲自古就有。如果我的血能救人，你可以把我全身的血抽干。但是，如果一样会死呢？"

张芮："有希望的。通过痊愈病患的血清进行埃博拉抗体实验治疗从 1974 年首次埃博拉暴发起就已经开始。第一次用这种方法治疗埃博拉是在 1976 年，当时有一名刚果的年轻女性感染该病毒后，接受了另一个人的输血。1995 年，刚果 8 名患上埃博拉的患者使用了幸存者的血液，其中 7 人活了下来……"

"No！ No！（不！不！）"厄老头子异常暴怒起来，"1976 年那个女人死了，1995 年，有更多的人输血后也死了！"

张芮："只要有一个人活，就是成功，不是吗？你击拳的时候，也不能保证每一拳都能击中对手的要害吧？但轮番出击之后，只要有一拳命中就是成功，对吗？"

厄老头子伸出了手臂。手臂上有好几处淤黑——那是被大针管大剂量抽血,没有按正规流程做好后期创面处理留下的痕迹。

"你被人抽过血了?"拉非拉知道了厄老头子面色苍白的原因。

厄老头子神情痛苦而悲伤:"他们死了,我的血一个人也没有救活。"屋子里一扇门砰地响了一下,紧接着是一阵餐具碰撞的声音。厄老头子的儿子带进来 3 个人,其中有个瘦高个,肩上背着一个药箱一样的东西。"No!(不!)你们滚出去。盖林斯!你滚出去,你就是个吸血鬼!"厄老头子几乎要将心肺都喊出来,"我的血一个人也没有救活,你是让他们送死。"

"那是他们的事,我们只管一手拿钱一手给血。你出来!谁让你生这么一个儿子。"

拉非拉顿时明白这些人到厄老头子家里的用意,提高嗓门道:"你们要抽他的血去黑市卖钱?你们在贩卖幸存者的血清?"

张芮站在厄老头子前面,死死挡住盖林斯:"血液贩卖是犯罪!私自接受幸存者捐献的血液可能会给他们带来更大的危险!如果捐献者和接受者的血型不匹配,就会引发严重的过敏反应;血液中还可能携带肝炎病毒、艾滋病,注射尚未经过检测的血液会致使患者体质更加虚弱,引发艾滋病等传染病,甚至会导致死亡!幸存者的血液必须接受筛查才能使用,血清、血浆也要在医院的正规操作下用清洁的分离仪器进行分离。"

厄老头子眼神紧逼盖林斯:"你以为你们的黑市血站能比中国建设的救助站和医院更干净?……那里只有苍蝇、黑血窗帘、昏暗的灯和用开水泡过的针管!那里只能滋生瘟疫和死亡。"

一顿呵斥之后,盖林斯悻悻作罢。待他们走后,厄老头子伸出了自己手臂:"来,抽吧,给你们,我放心。"

海中遥远的灯塔上,一丝微光犹如一掠而过的空中微尘,带来了黑暗中的柔软。微风吹来了芳草的气息。四周一片寂静。拉非拉道:"今天是个好天气。"

没多久,利用厄老头子的血液进行埃博拉抗体临床试验之事在国际上大幅报道。根据《华盛顿邮报》的报道,首个用埃博拉幸存者的血液来治疗埃博拉患者的临床试验在尼罗古纳进行,其目的主要是来测试埃博拉幸存者向患者捐献的血浆或血液是否安全、有效,并能够减轻病情,降低死亡率。采取这一疗法的理论依据是:幸存者体内的血液里可能已经存在埃博拉病毒的抗体,能够有效地对抗那些感染了的病毒。

张芮对有关血液黑市的报告详细而及时。面对尼罗古纳不断蔓延的血液黑市,世界卫生组织及时作出临床试验计划:因为只有临床试验才能确定血液治疗的全套流程。如果是这样,埃博拉幸存者恢复期的血清将在尼罗古纳扩大生产。

阿契尔:"芮,没有你的血液的黑市报告,我们的血浆试验计划可能至今还在国际卫生组织官员威立森的桌面上放着。官员的具体工作就是阻止民众因为不平等而爆发的喧哗,而我们医生的工作是让他们有喧哗的权力且赋予他们医学专业的力量。"

"我所考虑的中心点只有一个,就是让更多的人通过有效的渠道获得生命权,而不是通过非法的渠道。"张芮晃动着酒杯,"医生在我眼里分成三种:一是获得利益,他们学医当医生为的是既得利益,漂亮女人和漂亮房子,以及更多的名誉,他们利己、玩弄权术,在权力斗争上耗尽心力;二是获得学术权威,这些人在专业领域将自己弄得人不人,鬼不鬼,但事实上他们从不关心他人,不关心生命本身,什么实验都可以做,哪怕将一个活人变成一具实验的尸体,他们其实是在犯罪,是在杀人;当然,第三种人,就是真正的医生,他们为的是每一个生命本身,为更多的人获得生命权,不在乎政治,不在乎国籍,不在乎富贵或是贫穷,说到底,这种医生为的是医者之仁心。"

"对,这是一条通往心安的路。可惜,我们的患者在一生中能遇到真正的医生很少……至少，在我眼里你是。"阿契尔望向张芮的目光分外柔和。

张芮："阿契尔，我认为你也是。"一阵沉默之后，张芮直起身子，问："你是否知道通往安宁的道路是什么呢？"

阿契尔："我想……"

阿契尔、张芮："是同情心。"

异口同声，干杯，相视而笑。

隔离区外响起了救护车的铃声，有一阵子传来模糊不清的惊呼声，然后是重症隔离区高高围起的挡布内的哭喊声，接着又听到一种像机枪扫射那样的声音。难道又是反政府军的偷袭？

"你太紧张了，只是海浪。"张芮推开窗，一股带盐味儿的阵风从海面上吹来，可以清楚地听到波涛冲击悬崖时所发出的低沉的声音。风势渐渐弱下去之后，便再也听不到任何声音了。

埃博拉并没有给医护人员准备的机会，它以更快、更猛烈的速度侵袭尼罗古纳地区。焚尸炉设在海域和森林的交界处，已架起了三座。不同的是，虽然埃博拉患者与日俱增，但是病人之间以及病人与医生之间似乎都在和谐相处着，包括那些没有患病的人，他们不再像疫情开始时那样沮丧、癫狂甚至恐惧到产生心理疾病。

在夜间焚烧的尸体，经过一夜的烟雾缭绕，每天清晨旭日东升时，森林里总是悬浮着一层薄薄的雾气，呈现波谲云诡的模样。这里居住的是习惯了与土地、森林、野兽、清风和明月共舞的民族，当死神降临时，他们安于被命运安排的宿命。晨起的人们，在这一刻往往会对着那一抹薄雾双手合十……

收集血液的血站也秩序井然。拉非拉负责的队伍总是最长的，估计是因为她肥胖的原因——非洲人偏爱肥胖的女人，而且她有招人喜爱的笑容。"在黑暗之神召唤我之前，我会用我的钱购买土地和粮食。"拉非拉一边抽血，一边说。

"不，拉非拉，你嫁给我好了，我有的是土地和粮食。"采血者暧昧地朝她眨着眼，"40年前，我刚来塔方村的时候，一寸土地也没有，现在我的地位变了，布卢片区的三分之二都是我的。"

"费朗德！你有3个妻子，我到现在还记得你潦倒的模样、你骑过的那头瘦驴和你身上的破衣裙，你碰过的女人有上百个吧？你这个讨厌鬼，你就是卖掉所有土地也别想娶我。快把你的脏手拿开。"拉非拉道。

"女人！"费朗德讪讪地走了。

张芮和琳娜对视了一眼，从她手中抽走一张检测单，走向拉非拉。经常接触埃博拉的医护人员，是防护防疫的第一线，按制度每3天要接受试剂检测。张芮手里的便是拉非拉的检测结果。很不幸，她最近的检测为阳性。

"这不是真的？"拉非拉麻木地望着报告单，怎么也回忆不起自己在工作过程中哪里存在漏洞。拉非拉哭道："我没有任何反应，我没有不舒服。芮，我是健康的。"她靠在张芮的肩上痛哭。张芮扶起拉非拉，安慰道："看着我，拉非拉，我会亲自负责你的治疗。你现在没有症状是好事，说明还在初期，我们用中西医结合的方式来治疗。相信我。"

"你干什么？走开，这里是重症隔离区。"远处士兵的喊声吸引住众人。血站往左，有一片枣椰树，那里建起高高的隔离带，是埃博拉重症隔离区。张芮看到被士兵呵斥的人穿着一袭白衣，竟是他接诊的一位年近90的老者，他只是患了肺气肿。他匆忙跑去，说："拜托，请不要推他。"

"他疯了。"士兵说道。

"我要跟我的儿子在一起，他快死了。"老者缓慢而坚定地走着。非洲的暴雨顷刻袭来，短短几分钟，天变得很快，雨啪嗒啪嗒地开始落下来。众人为了避雨分散开来。老者依然走向隔离区，雨中着一袭白衣的他显得分外苍劲，如一棵雾凇。

"你会死的!"士兵急了。

"死有什么了不起的?生和死只不过是灵魂从有形到无形世界的过渡,我要在他死之前抚摸他颤抖的身体,我要亲吻他,因为我爱他。"

士兵还想制止,被闻声赶来的诺兰卡院长阻止道:"让他去吧。"

"可他没有穿防护服,我马上去给他拿一套。"张芮不解,正想转身,诺兰卡院长拉住了他,说:"芮,让他去吧,这个时候,表达爱比他的生命还重要。穿上防护服,他还能亲吻他即将死去的儿子吗?那是来自灵魂深处的召唤!"几分钟的沉默。

几道闪电划过。

白衣老者走进了重症隔离区。

雨打在他的脸上,顺着皱纹,蜿蜒着,曲折而下。

二

最常见的艾滋病阻断药物是恩曲他滨、替诺福韦和拉替拉韦。但从国内出发的时候,拉替拉韦所带不多,在当地义诊和治疗的过程中,有些药物也会派发给急需的病人。梅红进行艾滋病阻断时,用蛋白酶抑制剂克力芝来代替,连续服用了多日后,一些副作用已经日益明显,比如,皮疹、脱发和严重失眠,半夜经常梦醒。她用枕巾擦掉身上的汗。梦,大多怪异,梦过葬礼现场,咖啡派对,梦过跟张芮走进大溶洞,一群马蜂从头顶盘旋而过,也梦见妈妈给自己挠痒痒。她不清楚,为什么妈妈对她来讲,总有一种陌生之感,似有还无,似是而非,似近似远,哦,妈妈……到了非洲之后,她们之间的沟通越来越少。但她知道,她心底里无比渴望妈妈的电话,只是那份情感僵持着,像冰封的结界——她不主动,她也不主动。

在张芮和杨知章采用中西医结合的方式治疗埃博拉后，拉非拉有了明显好转。实验室的暗室里，张芮一边竭力克制着因此而带来的内心狂喜，一边又陷入对梅红进行艾滋病阻断治疗的深切担忧。他不停地擦着脸。

"你要不干脆去一趟得了。你再搓，你这脸都要被揭下来了。"卢飞宇道。

"我还想等拉非拉最后的检测结果。"

卢飞宇轻轻地往显微镜下滴了一滴培养液，"这一滴下去，要看一小时，然后还要再培养整整一管子，等上3天，也就是72小时，你才知道最终的结果，你等个鬼哟，该干啥事干啥事。"

"72小时？"张芮又急了，"哎呀，你们这……"

"对，我们就这……我们还非这……偏偏要这……"卢飞宇愈发逗他。

"好，服了你。"

"你赶紧去吧，难得今天休息，带上你的妞，玩上一天。职业暴露，我又不是没有过，事实证明，就是病毒的虚晃一招。"

"行行，一拿到结果，就跟我讲。"张芮做出拨电话的手势。

张芮不希望梅红一直处在艾滋病职业暴露的忧郁中。于是，第二天一大清早就兴致勃勃地赶到中国医疗队的驻地，跟梅红说："我带你去找一条公路，兴许我们可以从这条公路的寻找之旅中发挥我们的医术潜能，更了解非洲，更了解非洲生态以及与他们生生不息相伴的病毒。"

梅红不解道："公路？"

"对，那是一条不平常的公路。"

张芮挥手跟勃哥打招呼："今天有葫芦鸡吗？"

"没有，只有葫芦芮。"勃哥笑着答道。

钟点工安吉拉往肩上、手上、脖子上抹椰子油，从客厅处往外望，她刚做完30分钟的祷告，祷告是一个完整的长句，念完足以需要深吸一口气，她不高兴地朝勃哥喊："一大清早，请你们不要做不体面的事，我们只祈求和平与健康……"她嘴里叨叨着,"鸡、鸡、鸡,为什么又是鸡?鸡能下蛋,能下很多很多的蛋,蛋能孵鸡,鸡又能生一窝蛋。哦,咕咕咕,咕咕咕,黄澄澄,毛茸茸,多可爱。咕咕咕,咕咕咕。"

"好的,安吉拉,今天去市场给你带一窝小鸡,精神补偿。"张芮道。

"啊?!真的吗?除了班巴拉山里圣洁的蓝色羚,我就相信中国人,好,快去快回!我爱北京天安门!天安门上太阳升。"安吉拉高兴得手舞足蹈。

张芮驱车带着梅红跑了100多公里,经过无数个小农场、雪松林和无人的沙丘,时而驶上云霄,时而俯冲谷底。成片的金鸡纳树夹道而伴,晃动的黄绿色令人眼花缭乱。

穿过一片荒原,再经过近半小时的崎岖山沟,一条攀向山峦的双车道公路呈现在他们眼前。几只土狼、狒狒和梅花鹿在不远处停留。似乎能看到绵延而来的雨云,它延展而去,让山峦的线条变得分外清晰。

张芮停下了车,指着这条路道:"这条公路又叫艾滋病公路,它将非洲一分为二,艾滋病病毒从非洲雨林内某处向全世界暴发时就是沿着这条公路传播的。这条路曾经是穿过非洲心脏地带的一条烂泥路,几乎不可能一次走完全程。卡车开始沿着它行驶,很快艾滋病病毒就出现在了沿途的村镇里。病毒究竟来自何方依然是个不解之谜……"

"你要带我来的就是这里?"

"不是。20年前我跟梅队长来过这里,这里曾是沼泽、荒原和森林。森林退化严重,现在成了这个样子。"

"这地方20年前的模样,你还能记得,你能确定是这里吗?"梅红很不解。

张芮摘下墨镜,说道:"这副墨镜就是当时你父亲给我的。"

20年前的影像慢慢在记忆中恢复:这里曾有上百棵金鸡纳树,树林小路错综复杂,树林里有梅映川和张芮去的第一家医院——卢图曼医院。这是一所镇级医院，门外的木桩上有几道深深的系绳痕迹，那是送病人过来的人长年累月系马车绳留下的，有时候手术期间还能听到驴子的叫声。医院保安持枪，医生的抽屉里也放着手枪。中国医疗队的两名医生是唯一的外科医生。

这里以传染病居多，疟疾、艾滋、结核，还有麻风病和霍乱，任何一种病感染上都可能危及生命。中国医生住的地方没有树木，中午强烈的阳光炙烤着大地和屋子，炎热难当。房屋周围杂草丛生，一到夜间，成群的蚊子会发出类似机器般的轰鸣，吵得人难以入眠，蚁虫也在夜间更加有了探索的欲望，它们游走在污染的泥土和阴沟里，然后再钻进人们的肉体，留下又痒又痛的红斑。

"没有影像科大夫，只有一个X光技师，一台B超机，操作流程是你父亲教我的。"张芮牵着梅红往林子深处走去，梅红隐隐约约能看到远处有一个类似教堂一样的建筑。"我当时被毒虫咬了，眼睛肿得跟馒头一样，你父亲说，我年轻帅气，在乎形象，就把这副墨镜送给我了。"

那时，整个镇上只有张芮和梅映川是中国人。没有信号、没有报纸、没有网络，与世隔绝一般，最难忍受的，是停电。毫无征兆的频繁停电，跟这片土地炙烤之下突如其来的一场暴雨一样，会让孤独的人更加狂躁和不安。

梅红渐渐能看到远处的景象了，高高的教堂上矗立的东正教标志性的菱形十字架，这里的路错综复杂，似乎一转身就到了魔方的另一角。

"你怎么能找到这里的？"

"你看。"张芮指着地上的一束草，"它们结在一起，指向一个方向，这是古巴医生临走的时候教我们做的，他说在这个鸟不拉屎的地方，只能用这种方式让他不迷路。他们在这里待了不到20天，我和你父亲待了半年，半年后才集中去到尼罗古纳医院，再过半年，就遭遇了1994年埃博拉大暴发。"

悲伤随之而来。

他们眼前出现两棵拥有参天树冠的老树。

教堂前一排排的石块，是凳子。

一家人带着孩子来受洗礼，这样的场面不常遇到。梅红和张芮停下了脚步。那家人发现了他们："哦，中国，北京！哦，西诺瓦。"

"这20年来，中国医疗队在镇上已援助建立了一家大型医院兼医护培训基地，所以当地人对中国人异常热情。"张芮解释道。

"我知道，我们在哪都受欢迎。"梅红自豪地说。

张芮："除了塔方村。"

那家人招呼他俩参加孩子的洗礼。几个牧师拿着十字架、经书、水壶和脸盆来了，于是跟着他们进了屋。屋子有几盏昏暗的灯，抬头能模糊地感觉到屋子里还站着几个人。等眼睛彻底适应之后，才发现长条凳子上坐满了人，已是高朋满座了，而他俩竟被安排在主座位的旁边——那是尊贵客人的象征。

地上撒着当地作物苔麸的秸秆。牧师开始洗礼的仪式。他们先把脸盆放在受洗礼人群的前面，把铝壶里的水倒入一个脸盆中，3个人并排站着面对脸盆和人群，开始念诵经文。孩子被脱光，牧师神情严肃地接过裸体的孩子，另一个牧师在脸盘里拍些水撒抹在孩子身上，嘴里念诵经文：

> 我奉圣父、圣子、圣灵之名为你施洗。

"在这里男孩子出生40天，女孩80天就可以受洗礼。"张芮小声跟梅红讲。

"就为这？你让我来看一场洗礼？"梅红问道。

"不是。"张芮又否定了。

等大家去往下一个环节的时候，张芮带着梅红离开了教堂，依然顺着结草绳的方向走。"记住，以后迷了路，就用这种方式，记下我们来时的路。""你不会告诉我，这是你跟我父亲结的绳吧？"梅红露出一副萌萌的表情，张芮轻轻地刮了一下她的鼻子，道："想什么呢？又不是神仙，20年的草绳到现在早就尘归尘，土归土了。"

走来一位年迈的老妇人，跟张芮像是老相识一般，两人热情地拥抱。张芮将梅红推向老妇人："像吗？"老妇人并没有吱声，将佝偻的身子直了起来，绕到梅红的身后，正要伸手，被梅红下意识地挡了一下。"让我看看你的耳朵。"老妇人面容慈祥，一双手布满老茧，眼睛更是混浊，有一只眼显然有白内障。虽然不知道她要坚持看什么，梅红依然配合着低下了头。

老妇人拨开几缕覆盖在耳朵上的头发，露出欣慰的笑容："是她，是她，梅医生跟我说过，他女儿的耳朵上长了个小耳朵。我一直不知道什么是小耳朵，哈，还真的有一个肉球。"她冲张芮指着梅红左边耳朵的那一小团肉，开心地捂着嘴直乐。

他们三人往半山腰走去。

一座圆形的坟墓。

简陋，干净。

当坟墓在视线中只露出一小部分的时候，梅红似乎就已感应到了什么，眼睛毫无由来地充盈着泪水，待走到坟墓前面时，眼泪顺势而下，悲伤一泻千里，无可抵挡。

这便是当地人为纪念梅映川设立的衣冠冢。墓碑中央竖写着：梅映川医生之墓。除此外，既无生平简历，也无个人评述。立坟时间为：2000年。

张芮："在科特公立医院，只有老师的一张照片，总觉得孤零零的。政府多次想给他授勋章，但当地老有一些反对意见，当年事件发生得太快，还来不及辨清真相……这位是梅老师在卢图曼医院时救助过的病人，也是他后来的好友桑姆，是她修的坟。"

"我就住在附近。"老妇人指着松树丛下边的一处房子道,"20年来,我一直住在这里,那是医院……那是教堂……那是我家。"老妇人说着话,流着泪:"政府要调我去市里,我不愿意去,梅是我的好朋友。我在这里,可以守护他,他是个好人,是我心中的医神。"

张芮紧紧地拉着梅红的手,告诉她:"十几年,她一直守护着好友的这座坟,春夏秋冬。"

张芮手机响起,"什么?……"听了一通之后,他脸色异常兴奋。挂了电话,忍不住抱紧了梅红:"拉非拉!哈哈,我们的拉非拉在埃博拉初期使用中西医结合的方式,第一次检测呈阴性了!"他又转向桑姆,"转阴了!埃博拉检测转阴,中西医结合有效果!可以推广,我们可以大面积推广了。"

张芮不禁热泪纵横。中西医结合的方式,梅老师早在20年前就提出来过,而且他还亲身实验过,甚至使用埃博拉治愈者的血清也实验过——他既是中西医结合的方式治疗埃博拉的首例实验者,也是血清的首例实验者、首例医者。

张芮动情地跪了下去:"异域埋忠骨,山河念忠魂!我发誓,一定要揭开事实真相,在这异域他乡,还梅老师一个清白。梅老师!梅映川大夫,永垂不朽!"他连磕了几个头。

梅红泣不成声。

手机信号不强,时而中断,时而连接。当拉非拉检测报告第一次转阴时,卢飞宇也兴奋无比。他望着跟张芮接通又断了信号的手机沮丧道:"唉,怎么话没讲完,又不在服务区了,难道这就是有女朋友的人的样子吗?"

消息不胫而走。各种电话让卢飞宇应接不暇,他索性都转给了杨知章,"知章,你来应付,总之,一句话,转阴了,该干嘛干嘛。"内向的杨知章哪里肯接来自媒体、国内、国际的各方电话，最后那些纷纷扰扰的电话全都转给了官浩，"官队，整个事情还是由你来综述比较好，一来你是病理学家，有理论基础；二来中西医结合治疗的方案是国内理论和实践相结合，我跟你相结合，情投意合，双向奔赴，最终结成连理的结果，所以，你就当回新郎，哪里需要碰杯找你就行了。"

结果没想到，这一席话，真被官浩用来打发媒体了。一连好几天，新闻媒体都在转述这几句话，官浩要当新郎了。

转眼就是9月了，炙热的阳光没有半点收敛的意思。

身着防护服的杨知章正在对拉非拉进行针灸，他回头一看，诺兰卡院长在门口向他鞠躬表达敬意。杨知章举起拿着银针的手，微笑地做出回应。

由此，中西医结合的治疗方案在整个尼罗古纳地区全面铺开。

三

教堂的钟声响了12下。

厄老头子一个人坐在木制的屋子里。钟声在他听来，不是感恩声，而是哀鸣。他的儿子盖林斯查出感染了埃博拉，这叛逆的孩子让他伤透了心，他甚至无法让孩子安静地接受治疗，盖林斯总是止不住自己的烦躁，只要天一亮，就想要离开医院，好不容易医治了一个疗程，今天医院告诉厄老头子，他又逃跑了。他就像一头只要看见太阳升起就要奔跑的雄狮。厄老头子半生蹉跎，又遭遇埃博拉病毒的侵入，原来健壮的身体已是强弩之末，再没有力气去拴住那头奔跑的"雄狮"了。

火辣辣的太阳撕开了大地的皮，而城里的人却显得阴冷而孤寂，只有几个孩子在嬉笑打闹，成为这里唯一的声音，声音伴随着热流扑面而来，尖锐而刺耳，虽然他们什么也没有做，但足以让人们厌烦。现在，还拥有信念的人们在心里只留下一个简单的希望：就是从自暴自弃中走出来，走向希望，而且坚持到底，活下去。

"你眼睛最近有什么不舒服？"张芮问拉非拉，他异常重视她的眼睛——因为在20前的那一场埃博拉浩劫中，梅映川多次提到过埃博拉患者的眼睛："你要留意他们的眼睛，如果有出血或肿胀现象，说明病情还在反复当中，不可掉以轻心。"

这一天，他发现拉非拉眼睛肿了。拉非拉已两次检测为阴，被转至普通病房继续巩固治疗。"你太紧张了，芮，我只是昨晚做了个长长的梦。"

"只是失眠？"

"嗯，我没有什么不舒服。"拉非拉耸耸肩，她拉开抽屉，一声惊叫，"芮！你看呀，这已经是第二次了，我的中药被人偷了，为什么？"

与拉非拉临床的女子原本将头深深地埋在枕头里，此时却有些坐立不安，被拉非拉看出端倪，对她说道："中药，不是保健品，既然是药，对我有用，也许对你就是毒草，告诉你，我的药里放了相思子……只要一点点，你就会七窍流血，吐出你的肠子来。"

女子被她吓住了，脸色发青，慌恐无比。"可是我发烧了。医院还没有给我喝中药，他们放弃我了，我病入膏肓了，我要死了。我求你，给我喝点中药吧？它能让我不发烧，我还有孩子和母亲。"女子绝望地望着拉非拉，苦苦哀求着，"我就是被黑暗之神拖走，也会祝福好心的你的。"

张芮一阵心痛，这是一个塔方村的女人。他们大多是这十几年来从各处流离失所一路逃难到塔方村，被反政府军收留下来的难民。一次次逃亡，一次次面临死亡的阴霾，骨肉分离，失而不得，与挚爱的人永别，更谈不上财产和积蓄，飘零的身体与灵魂——生活在这样旷日持久的战乱和灾情之下的人们，在持续的恐惧、创伤和失落中度日，不知心归何处，他们的心理健康已经产生巨大问题。

"中药讲究望闻问切，惠及每个患者还需要一个过程……"张芮跟女子解释道。现在中西医结合的治疗方案一般针对的是已确诊的初期患者，这一刻他突然冒出一个大胆的想法：按目前埃博拉暴发的态势，需要将中医的治疗前移，如果等检测结果出来再对症下药，无疑会延误病情。中医在长期的医疗实践中总结出的诊断疾病的方法，其根本就是对疾病症候的辨识，只要确立了诊断，就有了治疗疾病的依据。

另一边，完全康复的官浩在办公室跟杨知章也正在研讨同一个问题：是否有更快更有效的中医解决方案，让病体更快服用到中药。

埃博拉在中医里，便是正气虚弱，不耐暑瘟、湿毒之邪，暑湿邪毒经肌肤表面传入，就是古人俗称的瘟病。"埃博拉病毒规定的生物安全等级为4级，我们要尽快实现没有检验室详细检查结果也能诊断用药。"杨知章道。

"没有卫健委的支持，我们不能轻易做决定，这项计划实施将需要更多的远程诊断设备的投入和中医专家的投入，我们现有的队伍也急需增援。"官浩紧张地搓着手说道。

中国北京，从西伯利亚袭来了第一股冷空气。寒意凝结在城市的上空，天空呈现一种洁净的蓝色。连日来，带来暖意的灿烂阳光沐浴着中国的首都。

时任国家卫健委主任的陆鸣正在认真地翻阅资料。他对面坐着正在汇报工作的某省卫健委领导褚国平：世界卫生组织已发表新闻公报，几内亚、利比里亚、塞拉利昂、尼日利亚四国累计报告的埃博拉病例已达1323例，其中729人死亡。"国际卫生组织和中国医疗队都向我们提出了进一步提供医疗物资和医护支援的请求。你看，这个人叫卢飞宇，他是那边为数极少的能够进行埃博拉检验的医生，他在疫情最困难的时期，整整值班七天七夜，只有来自古巴的一位医生来接替他，他才可以休息；这是梅红，经常是一台剖宫产手术刚完成，又有一位产妇分娩时突发脐带脱垂出现危险，在非洲地区，妇女去医院生产是被耻笑的，为了那些弱势的妇女儿童，她还经常参加义诊，埃博拉的热点应急小分队也有她，她是我们医疗界的英雄梅映川的女儿，是我们的宝贝啊；官浩，一直拖着病体工作，统筹管理组织整个医疗队，已经撑了 3 个月；还有杨知章，曾经有过一天看诊 200 余人的纪录，200，是国内看诊量的三至四倍……"褚国平在陆鸣面前摆出一张张中国医疗队员的照片，他们需要休息，医疗队需要补充新鲜血液，医疗物资也要尽快补上去。

"预算是多少？"

一说到预算，褚国平支支吾吾起来。

"到底多少？"陆鸣摘下眼镜，盯着褚国平。

"算了一下，可能、也许、大概在 20 万美元左右。"褚国平从公文包里抽出一叠的预算表、物资清单和三方报价单。

"你这是有备而来啊。省里掏不出，就向国家伸手要，呵呵……你啊，褚国平，这几个省，就是你最会打国家财政的主意。"陆鸣索性站了起来，说道："你知道吗？梅映川，他那个医疗队启程时，是我给他们授旗的。20 个年头了！我们是同学，他一度对官员有些意见，他说，医者，当心存大爱之情，志于精诚而济世救人，有些官员，只会头顶着乌纱帽，为了自己的位置权衡利弊。"陆鸣不由唏嘘道，"我说，医有医道，官有官道，仁医在心，仁官也在心。"他慢慢踱到褚国平身旁，安慰地拍了拍："不用担心，国家任务早已下达。我们派出的专家团队现在已经在非洲的西北和南部地区指导抗击埃博拉疫情，阻击传染源的传播扩散，其中就包括了公共卫生专家、感染专家和重症医疗的专家。他们很快就会启程赶往尼罗古纳。"

窗外，一只从后海飞来的白鹭从蓝天飞过。陆鸣摘下眼镜，擦了擦，又重新戴上，又道："大道无形而无所不在，大爱无疆而惠及众生。这既是我们中国传统兼爱精神，也是中国的国家情怀。"

褚国平头顶上的愁云顿时舒展开来。

"离国庆节还有10天，可以赶到，让他们过个充满集体力量的国庆。"陆鸣面对南方，握紧了拳头。

与此同时，中国最大规模的援外医疗行动正在快速高效地进行。紧急现汇、粮食和物资援助将以最快速度输送到非洲疫区。一种"马革裹尸在所不辞"救死扶伤的责任感油然而生，陆鸣的表情愈发凝重。

"发往非洲疫区的医疗物资协调好了吗？"陆鸣一步两阶地跨上楼梯，将秘书推到他面前的报告挡了出去，"有话就说。"

"第三批医疗物资已经备齐，筹措了2亿元人民币紧急现汇、粮食和物资援助。"

"推进，再推进！10月份要启动第四批紧急救援！"

抗击埃博拉疫情的中国医疗大军源源不断地开进非洲，在这片炙热之地与狼共舞，争夺生命。

梅红和张芮在值班室里和衣而睡。张芮裤兜里的手机不断地响。

难得睡个好觉。

梅红取出他的手机，特意躲到屋外接听电话。电话那头："喂，我是毕先进，我们的车在大公路翻车了，需要紧急救援。你是？"

"我是梅红。"梅红答应着。又一个多事的夜晚，原本晕乎乎一片茫然的梅红，被这通电话吵醒了。刚刚的一个梦境，试图记起来，却从她的意识中夺路而逃了。梅红在出发时给张芮发了一条留言，等他醒来，看到留言不至于着急。

梅红叫上正当值的李艺伟和当地护士开救护车前往救援。

尼罗古纳依然实施宵禁政策，沿路几乎看不到行人。抗击埃博拉进行到这个时期，大部分的家庭至少有一个人住在隔离病房，没有感染的家庭都待在家里，等待这场灾难的真正离开。家家户户的窗子都是封闭的，似乎只要打开窗帘，就会有病毒透过窗缝挤进来，将活着的人杀死。

有几栋亮着灯的木屋,在星空下显得格外孤单。在阴暗的大公路上,只有一个小小的黑影在轻快地奔跑。是狼。它走向了那辆翻倒的车,但并没有靠近,估计在动物的眼里,此时的人类比庞大的野兽还危险,它只是向空中长嘶了一声,最后消失在黑夜里。

出事的地点离那几栋亮着灯的木屋不远,但没有一个人出来救援。梅红看到木屋门口站着一家人,正朝出事地点张望——也许他们并不是不想伸出援手,而是在这战乱和疫情之中难以抉择。中企车上一行两人,一人重伤倒卧,一人头部流血。

"喂!喂喂!请帮帮忙。"梅红朝他们挥手。

他们还在迟疑。

正准备抢救之时,几个当地人骑着摩托车呼啸而来,他们脸上蒙着手绢。他们似乎没有把注意力放在这场车祸救助上,而是冲着救人的女护士发出了邀约,吹着尖锐的口哨:"我的小心肝儿,今儿过得怎么样?一起玩玩。"声音听起来非常油滑。

女护士压根没理会他们,背对着他们,她在给重伤人员测量血压。

其中一个男子跳下车,粗俗地凑了过来,他声音嘶哑,说道:"卢米拉,怎么了?真的不理人了?"女护士的眼神冷淡而疲惫,依然没回话。

"瞧一瞧,她不就是个新入职的女护士吗?骄傲个什么劲呀,以为失去了她,太阳都不往我身上照一样,成天装得假正经,脸上一股子的嫌弃劲儿,告诉你们,她床上的样子会让你们知道什么是享受……"

他们来的人起码有6人,还不知道后面会不会继续有摩托车驶来,卢米拉护士把怒火生生地咽了下去,深深地埋下了头,心里惊恐无比。那个青年反倒变本加厉起来,根本不顾及当下的救援情况,他使劲地打量着卢米拉,似乎想在这个当口,在满天星辰下将这位让他受了情伤的姑娘再看个清楚。

救护车司机对此番情形早已司空见惯。只是李艺伟大为光火,单等着这个青年有更过分的动作时，及时出手。果然，那青年伸出手去捏卢米拉的脸，他想把卢米拉的脸转过来。卢米拉终于怒了，一甩手连扇几个巴掌。青年要揍卢米拉，李艺伟挡在她前面，两人扭打起来。司机也关上车门，抡起了拳头，剩下那几个都围了上来。

梅红马上冲木屋的人喊道："快来救人啊！请你们来救人！"

木屋终于有人跑了出来。情急之下，梅红赶紧拨打之前救助过的总统府的电话。

虽然只过了不到 10 分钟，但时间在混乱之下，显得十分漫长。非但重伤人员没有得到救治，李艺伟也被打翻在地，鼻子流出的血渗满白色防护服，服装被撕得稀烂。

突然一束光打了过来。一辆装甲车前灯大亮，引擎声响彻天空。看清楚了前方来车是总统的守卫军，卢米拉暗自庆幸：保护我的灵魂，远离邪恶力量！

装甲车的人并没有走下来，但这股震慑力足以让那群摩托车青年连滚带爬地没命奔逃。梅红顺手揭开了其中一个青年的面罩，这张脸似曾相识，还没等她回想起来，机枪向这群青年的身后扫射过去。他们在子弹的追击之下，号叫着发动摩托车引擎，车轮歪歪扭扭地消失在大公路的尽头……

救护车在装甲车的护卫下，回到了中立防疫中心。梅红突然想起了这张脸，不好！她来不及多想，急匆匆找到在急诊室处理伤口的李艺伟，"艺伟，出事了！那群人里面有一个叫盖林斯的小青年，是厄老头子的儿子——他是埃博拉病人，已经治疗了一周，他从隔离区逃走了，就是今天！"

李艺伟身上、胳膊上和腿上都是跟几个青年人扭打的伤口，最重要的是他的防护服被撕开。李艺伟按住静脉注射后有针眼的手，此时已在颤抖。梅红安慰道："盖林斯的血样已拿去检测，明天会有结果，可能事情没有我们想得那么糟糕。"

第二天，盖林斯的检测结果出来了：还没有返阴，呈阳性。

这意味着李艺伟很有可能成为中国医疗队首例感染者。

第九章

2014年10月1日　炙热　如心

国旗下，我们宣誓。

宣誓，意味着生死与共。

我们如此期待。因为我们知道对方的存在对身在异乡的我们有多么重要。我们的敏感、情怀和坚强都超乎了所有人的想象。这里，我们还有很长的路要携手而行。生存和死亡，爱恨和别离，在埃博拉面前，它们随处可见。我们时而需要各自为安，时而需要抱团取暖，我们渴望明天睁眼可以看见不一样的美好，也在夜晚和衣而睡时，想一想心事，例如微小的爱情、友谊，有关不信任和同行间的疏离。

我们如此寻找。这里发生的每一个突发事件，都足以将自己的心碾碎，过去的内疚，未来的不安。身处逆境，我们每一天都在教会彼此要更加细腻、更加柔软、更加悲悯。"家"像一个概念一样浮现于中国驻地之上。他们都给予了我温柔而坚定的力量去触碰更多的风，去听更多的故事，与非洲的阳光紧紧相拥。也许人生难的不是学会追寻，而是学会别离，学会随意，我们总会遇到许多的不确定，就像一场不期而遇的雾，而在雾中守候，获得不断蜕变的力量，才是我们真正要去做的事。

我们如此脆弱。也许一句话就会让自己泪流满面。但，我依然坚定地认为，如果哪一天，我将绝望于死亡的来临，我的恐、惊、忧、思、愁、苦、痛、悲、伤、喜、怒、乐……只要有他们在，就一定能给我开出一服通往光明之路的良药，让死亡时光来得慢一点，让难忍的疼痛轻一点，让病厄变成一场修行，将炙热之地上肆虐的风暴稀释了，卷入一杯清茶，抚平一生的意难平……

向所有驻守在埃博拉第一线的医疗人员致敬！

梅红

一

情况很糟。

结果还没出来，但李艺伟宁愿选择被动接受和麻木应对。他每天特别留意自己吃的药、注射的针剂，敏感得像只备受惊吓的小兔子，尤其是对自己的体温，只要稍稍高于37.5度，便惊恐无比，开出各种药品，叫嚷着要吃。意识也开始变得游离，时而清醒，时而糊涂。他裹着一床毛毯，颤巍巍地站起来，抬头望着窗户外的世界，他不想让人看见他，挤在墙角，躲着光。

直到看见官浩过来。

李艺伟的脸上胡子拉碴，表情极度痛苦。"官队，额听天由命，额必须让自己保持稳定的情绪，看起来就像现在这样。可你知道这有多难吗？它们在额这里、那里，那里、这里，它们到处繁殖，把细胞杀死，额实在受不了啦！"他停止了咆哮，身体在颤抖，双手像疯了似的在胸膛前抓挠。他突然抓起官浩的手，"你摸摸，是不是烫得厉害？"

"我测过你的温度了，没发烧。即使不幸感染，也请相信现在的医学，有很多人也康复了，包括已经七旬的厄老头子、拉非拉，现在转阴的病人也越来越多。"

李艺伟突然挤出一种奇怪的笑,说道:"你们保证会用最好的药?"他将脸贴着冰冷的墙,挤压着,变了形。他脸色苍白,眼神空洞,眼泪止不住地往下流着,偶尔传出他的抽泣声。他身体扭转了一下,将脸朝向阳光处,脸被眼泪弄得肮脏不堪。

痛苦在折磨着他,也在折磨着他的未婚妻方静。他拒绝跟方静联系,电话、短信不回,想跟他视频就更加不可能。官浩拿出方静送过来的一张卡片,上面用漂亮的蝇头小楷写满了温馨的话语。官浩念着:"在一个阳光的日子,他从教室的一侧走过来,英俊的脸上露着小男孩一样顽皮的微笑……"

李艺伟突然激动了:"别念了!不许念!不要念!"他胸部剧烈地起伏着,"额的病情很严重,额已经咳嗽了,昨晚,就在昨晚,额咳了很久……"

方静躲在官浩的旁边,双手拼命捂着嘴不让自己哭出声,脸部在双手按压下极尽扭曲。终究怕她忍不住,官浩将她拖走,有些粗鲁,但也无奈。

除了吃药,李艺伟拒绝吃任何食物,突如其来的埃博拉病毒让他错乱地认为只吃药不吃其他食物会让体内药剂保持更高的浓度,更快地杀死病毒。实验室分离出来的血清已通过输液管静静地输送到他的体内——只有这一刻,他是安静的。

李艺伟的可能性感染牵动了国内。

这也许是这次埃博拉暴发以来我国援助医疗队首次出现医生埃博拉病毒职业暴露,当然结果暂时还没有出来。陆鸣面对大屏幕上从各地召集过来的会诊专家们严肃地说道:"我们的医生,在埃博拉肆虐最为严重的时刻,与所在国家人民一道,风雨同舟,患难与共。他们发扬'不畏艰苦、甘于奉献、救死扶伤、大爱无疆'的援外医疗队精神,筑起了中非友谊之桥,展示大国之担当!他们是新时代最可爱的人!"话语掷地有声,刚毅的他红了眼,"艺伟,我们的英雄,在救援之中,因保护一位被骚扰的护士,意外职业暴露了。他的安危关乎中国医疗这个大集体,关乎你我。我拜托各位,多想想办法,把病情控制住。在援非的路上,我们已经失去46位优秀的医生,我希望不要再失去了,我们不能失去了!"

陆鸣问身边秘书:"其他国家情况怎么样?"

"中立疫区防控中心曾有短期工作的澳大利亚和法国医生,疫情暴发后,他们在8月份就走了,古巴和埃及的医生也随后离开,只有中国医疗队还在坚守!"

"航班情况怎么样?"

"ASKY航空公司暂停所有进出塞拉利昂和利比里亚的航班,法国航空宣布暂时取消巴黎至塞拉利昂的航班;N国波音公司暂停进出尼罗古纳地区航班;此外,还有英国、澳大利亚也都随之……"

陆鸣摆摆手,打断了他的话:"我们抽调了最具权威、最有经验的感染科医生和护士。他们曾经抗击过'非典',参加过国际救援演练。此外,参加救援的所有医护人员都进行了严格培训。从埃博拉病毒的特性、治疗原则和救助措施,到防护服的穿脱流程,也都制定了缜密的预案。"陆鸣神情异常严峻,声音渐渐变得低沉起来,"要相信,在非洲发生的一切再也不会像1994年那样痛苦地开始和惨烈地结束。"

大视频中间的屏幕此时正切换到非洲抗击埃博拉的现场,报道人员在转换摄像头,并做现场解说:"一辆装甲车停在隔离区的外围,身着白色防护服的医护人员在紧张地忙碌着,这边就是中国医疗队建立的诊疗中心……那边是重症隔离区……突然暴发的埃博拉疫情,让这里的每个人都猝不及防,当地人民都担心这场疫情会没完没了,他们的亲人、朋友、爱人都会死去。"

记者对准屏幕亮出一张用西班牙文和英文印制的纸:"大家看,这里有一张宣传单,这是我们中国医疗队紧急制作的抗击埃博拉的防治知识宣传,有'什么是埃博拉病毒''埃博拉病毒感染的途径',这里写着,当人们通过破损皮肤或黏膜与感染者的血液、体液或其他分泌物,如粪便、尿液、唾液和精子,直接接触就可导致感染;当健康的人的破损皮肤或黏膜接触被埃博拉病人的血液和体液污染的环境或物品时,也可能发生感染!这里还提醒大家,如果你有发热、头痛、腹泻、呕吐的症状请不要跟任何人接触,第一时间去最近的救助点或找到热点应急小组人员,进行初步诊断。还有,不要抚摸、亲吻、贴近尸体;不要……诸如此类的防疫内容,这边两名士兵送来一位妇女,她怀里抱着一个婴儿,让我们采访一下……"镜头刚转过去,他却被士兵拒绝了,只好露出一丝尴尬的笑容,"对不起。看!"他兴奋地提起话筒跑了起来,摄影师也随之奔跑起来,"中国医疗队有人从换服区出来了!"是刚刚进入疫区进行面诊的杨知章。

记者:"全国人民都很关心你们深入疫区个人防护的情况。"

杨知章还是用他不紧不慢的声音说道:"进病房一次,我们要穿脱整套防护装备,非常熟练的人员也至少要 40 分钟,有的队员可能要一个小时,因为这个过程中有任何的疏漏,可能都会导致我们自己的感染。从穿到脱的每一个步骤,我们算了一下,有 41 步。"

记者:"这里的天气炙热无比,大家可以看到,我们一路过来,地面干裂并扬起灼热的沙尘风。密不通风的防护服对人体的承受力极具挑战。请问,你们可以在里面待多久?"

杨知章汗流浃背,脸上、额头上是深深的印痕,就如同在水域的世界被束缚已久。他回答道:"每位医护人员进入感染区的时间不能超过两个小时,否则可能超过人体极限,会出现医护人员缺氧甚至休克。"

"看看我们的医护人员,他,可能是我们的父亲、我们的兄长、我们的丈夫、我们的伙伴……"镜头下的记者这一刻激动地流下了眼泪,声音哽咽,"我们的医护人员,他们克服了常人无法想象的困难,承受了巨大的工作强度,以实际行动践行自己对医疗事业的理想与使命,他们是这场看不见硝烟的战役中最可爱可敬的人,我们由衷地希望他们不负众望、凯旋……"

非洲驻地记者采访结束,站到一个凳子上面。他口渴,因为一直工作没能喝上水,嘴唇干裂,喉管粘腻。太阳毫无遮挡地直射下来。他努力维持着平衡。他个子不高,从他所站的地方望出去,一马平川。从一个女人盯到另一个女人,他要找的人应该是有一头乌黑亮丽的长发,美丽如天使般的面孔的姑娘……几个黑人孩子在他身旁,围着他,吹口哨,扮鬼脸,眼巴巴地瞅着他能从背着的大袋子中掏出好吃好玩的东西来。

他只想看到国内医界传说中的援非女神——梅红。

这一刻,隔离区内,戴着护目镜的梅红正接过刚刚由装甲车士兵送来的母婴患者。听说这个婴儿已有一岁,但他看上去皮包骨头,营养不良严重到骇人。在这个富产钻石和珍稀物种的非洲,却有三分之一的人口营养不良。妈妈将婴儿放到她手里后,就再也不想看一眼,仿佛那是她早想丢弃的包袱。孩子的体温已高达 39 摄氏度,梅红心里一阵绞痛,她深知儿童感染埃博拉病毒的死亡率比成年人高很多,可达到 80% 以上。电话里,她吩咐岳小冉:"小冉,你尽快去超市,买奶粉和奶瓶,急用。"

小生命在梅红的怀中,茫然四望,直到看到她的微笑才安静下来。

他呼吸微弱,肺部已有感染,而且进行肌肉注射时,出现了异常渗血的现象,小小的针眼,护士不停地擦,血不断地渗。护士绝望地望着梅红:"我不希望他死,他还那么那么小,小得还没有看全这个世界。"

岳小冉拿着奶粉和奶瓶赶到。梅红将奶粉用温水兑好,抽入自制的 10 毫升注射器,慢慢往孩子嘴里推。小家伙一点点吮了起来,大眼睛开始频繁地眨,似乎看到了一丝生机。然而,吃完奶半小时后,他出现了呼吸急促,嘴唇闭合、发紫——急需吸氧治疗。

埃博拉暴发后,尼罗古纳地区的医护人员已死亡十几人,整个医疗体系和防疫体系几乎崩溃,医疗用氧更属于奢侈品,去哪里找吸氧仪器?梅红突然想到几个月前在塔方村的一个咖啡馆收过一张N国医疗代表的名片,这人卖吸氧仪。电话很快打了出去,希望对方给予人道主义的帮助。她以为在人类遭受如此病毒浩劫之时,人人都该为生命作出贡献和努力,但事与愿违,那边将价格提高了一倍,她不假思索地答应了下来,只有一个要求:"快点,请您以最快的速度送过来。"

医疗代表吹着口哨,跳上车,一路奔向防治中心。

时间过得飞快。

"你到了吗?""请再快点。""能不能快点?这里有个baby(婴儿),他需要吸氧仪。""快点好吗?他的呼吸很微弱,很微弱。""求你了,能不能再快点?""再不来,他会死的。"梅红相信自己催促的声音会像子弹一样击打在医疗代表的耳朵里,但这位仁兄似乎还在晃晃悠悠。也许找这个医疗代表购买仪器的想法从一开始就是个错误。

直到达西姆抱着吸氧仪器出现,冲她喊:"梅,你要的吸氧仪到了!"

梅红这才如释重负。吸氧仪的外包装上沾有少许血迹,或许是那位代表受伤了,或许是仪器原本放置的地方有病人,做好防护就行。她来不及多想,小生命需要它。

"梅,我的时间到了,在外面等你,第18号病床帮我留意一下,她精神状态不好。"张芮嘱咐她。梅红朝他打了个OK的手势。看了一下时钟,还有20分钟。张芮刚要走出隔离区时,一辆救护车送来了一例重病患者。张芮特别问了一声:"是哪一类病人?"

梅红:"外伤,需要缝合。流血过多,昏迷了。"

张芮的口罩充满了气雾,口罩被水浸湿,已有些透不过气。他看了一眼还在疫区的梅红,等下一组人员进来还需要半小时,如果此时等他们脱衣再换衣需要更长时间。按他的手术熟悉度,像这样的外伤,缝合时长不会超过10分钟。10分钟,他心里默默估算了一下,还好,10分钟应该够了。他决定留下。

这位伤者的伤口创面很长、很深。先清创,再进行缝合。他错误地理解了在充满水汽的口罩内坚持10分钟是什么概念。几乎要窒息!窒息感让他的肺部极需要氧气。他只能憋上一会,再把它微微吐出去,最后用嘴将口罩的缝拱开一点点,再吸一点、吐一点——这是极其危险的动作!

但还是无法满足呼吸之需。除去氧气之外,防护服的沉重和闷热让他几乎要晕厥。他用极强的意志力将最后一针缝合完毕,走到换衣区,眼睛开始迷离,摇晃着就要跌坐在地。恰在此时,一根氧气管伸入他的嘴里。一看,竟是梅红。他软软地、轻轻地抱住她,说不出话。梅红道:"N国的两台吸氧仪,我高价买的,想不到还救了你一命,怎么谢我?"

张芮勉强一笑,虚弱得无法说话。梅红的体香包裹着他,他闭上眼。

诺兰卡院长办公室电话响起。诺兰卡抽着雪茄,平静地问:"什么事?"

助手:"今天解决了,就刚刚,这家伙居然一个人开车去防治中心。"

"哦,他去那里干什么?他带了文件袋吗?"诺兰卡眉头紧蹙。

"没有,抱了两台吸氧仪上了车……我们在半路上动的手……一开始这家伙带伤开车,一直开,一直开到防治中心,来了辆联合国的军车……他很坚持,为了赚两台吸氧仪的钱,很奇怪对不对?……不过,他后来肯定死了。"

"你们见到尸体了吗?你们断定他咽气了吗?"诺兰卡低声吼着。

"仪器被拉走了,他死了,我在场……我……我想告个假。"

"去吧,你休息休息。"他放下电话。雪茄烟圈一圈一圈地卷向窗外,很是自由自在。

小生命在医护人员的精心照料下,在疫区待了整整7天。埃博拉的发病进入恢复期应该是12天左右。梅红期待他能再坚持3天。妈妈一直没有来看望他。梅红偶尔会去妈妈的病房跟她描述小生命的情况,她只是点点头。

在这片土地上,一个人的死亡不被关心,因为人们没有条件为死亡伤心和流泪。部落战争和各种灾患、一波又一波死亡病毒的侵害,让人们只剩下薄如纸皮的躯壳在苟延残喘。小生命从出生起,也许就从来没有感受到来自妈妈的爱,没有丰盈的乳汁、没有温暖的怀抱。他的妈妈除了每天在垃圾箱里翻找果腹的食物外,也从没想过未来。

救护车、医用车以及各方车辆都在运送疑似患者和重症病患。城市秩序处在混乱状态,政府的守卫军虽然极力维护正常的市民生活,然而无奈反政府军依然虎视眈眈,他们在政府疲于应付疫情和民众生活的时刻,向国际的支持势力购买了大量枪支弹药,潜伏起来,随时准备发动一场骚乱、攻击,甚至反扑性的战争,疫情不会让他们消停,只会愈发激起争夺政权的欲望。

埃博拉此时也蓄足马力,如狼似虎般扑向尼罗古纳,用大自然制造的最高等级的毒株席卷人类,冲向可能到达的死亡顶峰。只有秉持医者仁心的医生们,始终以拒绝接受威胁的姿态抵制毒株,从死神的嘴里抢走一个个生命,还原他们鲜活的肉体,抚慰他们的灵魂。

梅红也在从死神嘴里抢夺小生命。她小心翼翼地给小生命注射奶粉,增加他的抵抗力,将抗病毒药物匹配成儿童用药量,通过静脉注射一点点地滴到这个孩子的身体里。最不好的状况发生在第9天,当看到小生命放弃跟她一起战斗时,她止不住泪流满面,小生命最终没有敌过毒株,他已经奄奄一息了。她突然意识到,这一刻也许母爱还能让他撑过这段时间,她匆匆跑向孩子妈妈的病房。"在吸氧仪的维持下,他可能只有一小时的呼吸。你抱抱孩子吧!"当梅红把孩子最不好的结果告诉妈妈时,她的声音是哽咽的、颤抖的、带着祈求的。

这位妈妈终于愿意去见孩子。

路上，梅红忍不住问道："请问，你不想孩子吗？"

"一年前，我被几个努桑比村的士兵轮奸了，才有了他。他让我受尽村里人的辱骂和耻笑，要不然，我也不会流浪到岛上来。"妈妈面无表情。

"可他没有错。"

"我也没有错。"

梅红停下了脚步，一时语塞。妈妈所说的，她无可辩驳。这是怎样的一片土地，以及在这片土地上生长的人？仇恨、贫穷、野蛮和信仰、善良、真爱在这片土地上反复交织、揉搓，他们在绝望中桀骜生存，在幸存中充满期待，在死亡的边缘挣扎徘徊。妈妈恢复得也并不好。在不久的将来，这对母子也许会成为在这场疫情中死亡的一个冰冷的数字。

突然妈妈转过身，她双手合在一起放在胸前向梅红祈求道："我想把孩子送回家，我要带他回我们祖先生活的地方……让我回去。"

黝黑的脸、雪白的牙、清澈的眼，两串细长的眼泪。

这是违反疫区防治中心规定的，但梅红答应了。

小生命终于回到了妈妈的怀里，他微弱的呼吸似乎因为妈妈的怀抱有了一些变化，妈妈揭开上衣，露出乳房，上面有一道从脖颈伸至乳房直通到肋下的长长的陈年疤痕，像是被利刃划破后留下的，在黑色皮肤上愈发刺目，一眼难忘。黑褐色的乳头塞进小生命的嘴巴，他吐出了舌头，似乎又有了生机。然而生机转瞬即逝，他连收回舌头的力气都没有了。妈妈再次向梅红祈求。梅红眼角泛着泪花，无奈拔掉小孩的点滴，关掉心电监护仪，取下氧气口罩。小孩的眼睛似睁非睁了一下，像是叹息一般，吐出了最后一口气。

隔离区后院有条路通往焚尸间，两边零星立着几棵金鸡纳树，再过去便是森林和白尼罗河入海口。梅红谨慎地叫来一辆摩托车。她不敢看包裹在妈妈大外衣里的那个小生命。妈妈三下五除二地将瘦小如猫的尸体塞进一个白布袋里，就像塞一团旧衣物。她若无其事地拍拍摩托车手，随着卷起的尘土，母子便隐没在森林的深处。

梅红站在被炙热的太阳晒得干裂的泥路上，一时不知何去何从。回身一看，那个采访记者立在树下，身上背着的帆布袋子比他身体还大，戴着的眼镜，一个镜片上粘着鸟屎，远看像独眼龙。露出的手臂倒是筋骨满满，好不精神，挺棒的一个小伙子。梅红不由得笑了。

记者也笑了，从上衣口袋内侧掏出一封信，说道："梅老师，这是你的家属让我带给你的。"

梅红很诧异："信吗？"

"是。我也想，这年头微信、视频、手机，有事没事拨个语音通话，什么没有，怎么还有人……不过，话要说回来，过去的信很慢很慢，但感情很深很深……"他声情并茂地说道。

梅红走上前。记者比她矮半个头。记者有点尴尬，但望着梅红的那热情的目光一刻也没移开。

梅红拆开信。信是妈妈写的：

红红：

我是妈妈。

现在是晚上。窗台的鸢尾花开得很艳，芳香怡人。天上闪着像你眼睛一样的星星。

你知道妈妈的毛病，什么微信、视频、聊天工具，所有流行的东西，我都有点不适应。我还是喜欢打开一张空白的纸，用钢笔吸上黑墨水，给你们写信的感觉。

我最近老是做梦，梦到你回到家一句话也不说，关上门的样子，还梦到你和映川在一起，谈笑风生，却怎么也不理我。我很着急，这些年，我对你冷战得太久了，妈妈跟你说一声：对不起。

我们是什么时候越走越远的？我几乎都想不起来了。

你说我监视你，控制你，还冷暴力你，我真的想不起来了。

我只有你这么一个孩子，我天天想的都是你过得好不好、穿得暖不暖、高不高兴……难道别的母亲不是这样的吗？我并不认为想接近你的男人全都是坏人，但能被妈妈赶走的一定都是经不起考验的男人。相信我，老眼光看人不见得好，但一定不会错。

我为你做的够多了。为什么你跟你爸一样，我什么都做了，咱们还是处不好，要我怎么样呢？其实，我只要你跟我在一起就好了。好好的吧，别折腾妈妈了，别再赌气了，妈妈老了，左边的牙口已经松动了。妈妈生病了，最近吃药，头发大把地掉，你再见到妈妈时，只怕你也认不出来了。

能回来就回来吧。我只希望你回来。

"天各一方"这个词，对妈妈来说，很悲凉，你懂的。因为你们父女俩，我这一辈子都在承受天各一方。

好吧。妈妈也写累了。红酥手、白了头。总有一天我们还会天各一方，妈妈会沧桑，会疲惫，会孤单，会白头，会死去……下次见面时，抱抱妈妈。

人一生中爱着的其实就那么几个人，知道彼此安好，一切都好了。记住，外面再大的风雨，妈妈的灯永远为你亮着，苦乐在心，冷暖皆知，妈妈这里足以安放你在外的承受的薄凉，期待你的归来。

爱你的妈妈

任何人看到这封信都会感动吧，但梅红神情自若，平静如初。自从梅映川离开人世，无论梅红去到哪里，妈妈都会用一种近乎悲悯的情怀呼唤梅红回到自己的身边。

妈妈是一个消耗型的人，在父亲去世后，妈妈的感情世界濒临崩溃，但在外人的面前妈妈始终保持足够的冷静，把孤独和寒冷关在家门内。妈妈曾经一度以独占她的感情和消耗她的精力为乐趣,以此获取尽可能多的关注。当妈妈工作时,家里必须静谧无声;当妈妈休息时,要以她的娱乐为乐,为她的悲伤而伤;当她为了释放内心抑郁而烂醉如泥时,还要忍受她的咆哮和哭泣。剩下的,便是永无止境的冷暴力、冷控制。梅红习惯了用妈妈的尺寸裁剪自己,让自己的精力被她一点点地消耗殆尽,直至自己足够的力量远离她、远离家。她爱妈妈,但不知道怎么去爱。

妈妈所谓的生病,可能只是希望她回家罢了。她将信原封装了回去。

记者:"我只待一天,你需要我为你带些什么吗?"

梅红摇摇头:"不用,谢谢你。"

记者:"我可以跟你拍个照吗?"

梅红:"可以。"

10月1日。国庆节。

中国医疗队三组专家已全部到位。驻地安保队长林雷护送国旗来到中立疫区防疫中心中国医疗队。国旗杆下,是当地民众自发送来的康乃馨。36名队员整齐列队。

国歌响起。"起来!不愿做奴隶的人们!把我们的血肉筑成我们新的长城!中华民族到了,最危险的时候……"梅红流下了眼泪。

官浩:"我们医生,是这场战役的最美逆行者。我们在国旗下宣誓,'健康所系,生命相托!'"

"健康所系,生命相托!""健康所系,生命相托!""健康所系,生命相托!"集体的口号声盖住了远处零星的枪声和装甲车碾轧干裂泥土的声音。被埃博拉无情摧毁的大地上,洒下了一片炙热之火,它源于心、源于爱。

我爱你,中国!目睹这一切的岳小冉不断按下快门,甚为感动,急促地用英文说着:"Our Africa is not desolate! Our Africa is not barren! Our

Africa is full of life and strength！（我们的非洲不荒凉！我们的非洲不贫瘠！我们的非洲孕育着勃勃生机和力量！）"

李艺伟的检测结果出来了，两次结果均显示埃博拉试剂呈阴性。被疑似病症折磨得人不像人鬼不像鬼的李艺伟看着报告单痛哭流涕。他一直待在房间不愿意见任何人，他躲进自己精神的旮旯角里走不出来。当集体念着"健康所系，生命相托！"时，他忍不住也跟着念，眼泪无法抑制地往下流。"轰轰轰"三声礼炮响起，随之而来的是冲向天空的璀璨烟花。

从来没见过这番景象——似乎要将班巴拉岛上苦难生活的空白用中国式的节日小幸福来填满。烟花的绽放引来了当地居民的欢呼，"China! China! China! （中国！中国！中国！）……"

"渔夫出海前，并不知道鱼在哪里，可是他们还是选择出发，因为他们相信，一定会满载而归。人生很多时候，是选择了才有机会，是相信了才有可能。"方静的声音出现在李艺伟的屋外。

她一直在。耐心等待，从不催促。她要等李艺伟自己走出那个房间。

礼炮打完了。却不想竟多出一发，孤零零的，升到云端，在白云间竟自行绽放了。

便是这一发无厘头的礼炮之后，李艺伟打开了门，方静猛然抱住了他。李艺伟道："想吃你做的面。"

"好。"

"要放你们家乡寄来的那种酱。"

"行。"

"不加葱花。"

"香菜，要不？"

"不要。"

"要。要嘛，要跟你一块吃嘛。"

"行，老婆说了算。"此时的李艺伟心中一片澄明。

二

一轮明月挂在天上。

诺兰卡院长似乎在想月亮的层次和构图,看得异常认真。他摘下眼镜,用布擦拭着,又再次戴上,问道:"那边是什么?"

大大的月亮底下果然有一片淡红色的光,慢慢地向前,以匀速扩展变大变亮,乍一看,像是月亮分出了一部分光区,很快,红光的速度弥漫了月色下的地平线,逐渐泛起在上空,似乎要与月光相接,成为月亮的边缘。红光缭绕着,氤氲着,像跳着舞步的人群。"是人吗?……那是烟,还是人?"诺兰卡惊讶地问着。

"院长大人,是跳战舞的人。"

"是……是什么人?再说一遍。"

"是跳战舞的人,院长大人,他们还拿着火把……哦,他们还拿着长矛。"

击鼓的声音和呐喊声随之而来,偶尔还会有人声嘶力竭地狂吼一声,这一声吼又激发鼓声四起。人群并不急着往前赶,稳步而坚定的移动更有种压倒般的气势。"他们是冲着科特公立医院来的吗?"诺兰卡明明知道这一点,但他依然还是问了一句。

"哦,我的院长大人,不是的!看样子是去隔离区。"

这个时候,张芮钻进了车子,离开中立医院,在大街上漫无目的地开着。也许是因为夜幕制造的视觉错乱,他竟把车开进了一条逼仄的巷子,两边立着高高的土墙,张芮深吸一口气,这回,车要把墙灰都刮上一遍了。如果梅红在车上,一定又怪他瞎转悠,跟个顽童一样。就在巷子的深处,他看见了从土墙里伸展出来的凤尾兰,花期恰好,洁白的花下垂如铃,忍不住下车摘了一束。正要走,唱诗班的声音留住了他。凉风习习,难得的宁静,死亡、疾病、血液、病毒这一刻都归隐了。他闭上了眼,若不是歌声庄严深远,有异域之调,这一刻宛如在归国后的田园一般。

夜色澄明,风清月朗。防治中心的白色隔离区沐浴在月色之中。拿着火把的人群就在这一刻像黑云一般压了过来,鼓点稳定而密集,队伍看似无序却并不散乱。

诺兰卡提前打了电话给阿契尔,他随后驱车匆匆赶到。

荷枪实弹的士兵和人群对峙着。

来的人群起码有100人,站在前列的是几十个身着祖鲁人传统服装的人。他们沉默着,只有火把燃烧毕剥作响的声音。吉达吉姆首先站了出来:"那时,我们的村子富有、殷实,大家很满意,我们生活在简单的工作和歌舞中,然而瘟疫来了,一切都变了模样。那是地狱!是恶魔!"鼓点响起,一声、两声、三声……铿锵有力,一个粗犷的男子举着火把站在最前面。他开始扭动腰部和胯部,龇牙咧嘴,跳起了祖鲁人战舞。然后是两个、三个、四个,所有人……

吉达吉姆夸张的嘴巴、充满怒火的表情:"我们的村庄被隔离,村民被射的射、杀的杀、烧的烧,成百成百的人死去,像小鸡一样地死去,他们是被诅咒了吗?不是……"

分开了一条道。一具棺材被四人抬着从悲恸的人群中缓缓往前行。每个人的脸在火把的映衬下都是悲戚的,每个人的脸上都写着愤怒。

吉达吉姆张开双臂,像要召唤神灵一般:"没有人愿意牺牲自己,我们的盖林斯,不仅用父亲的血,还用自己的血给病人治病,可是就这样一个有着高贵灵魂的人,在9月29日晚上,死了!他死了!"

战舞声、嘶吼声、鼓声和呐喊声……

"是谁杀死了他?"吉达吉姆指向防治中心,大声质问:"是不是你们?盖林斯是我们的英雄,是我们土地神都要敬重的人。大家说,他是怎么死的?"

"被政府军射杀的!"

吉达吉姆道:"是的,他没有死于埃博拉,而是死在政府军的子弹下!我们塔方村,20年前就被政府军无缘无故定为疫区,现在,又被定为疫区,看看这个白色地狱,进去的人将失去灵魂,永远不会被神灵宽恕。我们被一群魔鬼医生控制,他们让我们生,我们就生;让我们死,我们就死!"

人群不顾疫区在前,执意要闯入隔离区。

"不要走近隔离区!将他们拦下!"诺兰卡向守卫士兵喊道。

然而,这一幕来得太快。士兵们没有接到命令不敢向平民开枪。激动的人群已闯入隔离区。许多身着防护服的医护人员都因突如其来的侵入惊恐万分。

"梅红!梅红!梅红……"人们手里挥舞着火把,竟叫嚷起梅红的名字。这个名字激起更大怒火。对这个名字的呼喊也招来了更多的防治中心的人员。岳小冉不顾防护规定,推开换衣封闭间门问:"你认识盖林斯吧?一个在这里治疗埃博拉的患者。政府军把他枪杀了。他们在喊你的名字。"

李少枫:"你赶紧把你的脑袋缩回去,不要命了。"

"知道,不会有问题,我戴了口罩。"岳小冉不理会李少枫,又扭向梅红,"来了很多村民,很吓人,看样子,他们想烧掉中心……如果你不出去的话,或者说,中心不把你交出去的话。"

她的话显然有点多。李少枫道:"行了,我们会处理。把你自己藏好,别给我惹事。""大事件,绝对大爆料。"岳小冉翻了个白眼走了。

梅红正在消毒,双手准备脱去防护服。送走了那对母子后,梅红这几天的脸色一直都很难看。她一直在想父亲日记里写的那句话:要么给他们面包,要么愈合他们的伤口!授之以鱼,不如授之以渔。中国给这片土地源源不断地提供支持和帮助,却一直被一双无形之手撕扯着、分裂着,这无形之手,是政治,是利益。分化的势力被不同的国际政治力量所左右,恶化成战争,在原本贫瘠又无序的政治和经济生活中与自然灾难一起摧毁人们的生存意志和对美好生活的向往，频繁又猛烈，要怎么才可以让他们获得新生的力量？似乎面包和医疗都难以奏效，那么该做些什么？

这些问题还没想清楚，新问题又来了。怎么？盖林斯死了吗？被枪杀的吗？他最后一次检测依然还呈阳性。是他自己认为痊愈了，憋不住，逃走的。

"梅红！梅红！梅红……"

没有什么好说的，她没有做错。梅红在这件事上很笃定。她重新穿上防护服，跟李少枫一起走向人群聚集处。

"你怎么来了，快回去！"诺兰卡院长制止她再往前走。

"我不知道我有什么错，我要去面对他们，只要我有一颗爱他们的仁心，医治他们的仁术，我不认为他们最终会伤害我。他们跟我一样，只是想知道真相。"

火光缥缈，月色脆弱，人心崩离。不是因为失去亲人的痛苦，而是因不明真相引发的彷徨、茫然和无所适从击溃的内心世界，它以一及百、以百及千蔓延开来，才造成这一场村民暴乱。

"政府的军队马上就要来了，你等等！"诺兰卡还是执意不让梅红走出来。

"我要告诉他们真相。不管是当年，还是现在。"梅红说道。

制止不了梅红，诺兰卡院长只好挡在她的前面。

"那人是20年前魔鬼医生的女儿！""把她烧死！给20年前死去的人和现在、将来要死的人祭奠！""只有死可以饶恕她和她父亲的罪！""魔鬼医生梅映川！"有人举起了梅映川的头像，有人点火。

"20年前，我父亲就指出努桑比村是疫区，并不是塔方村，有他的日记为证！请你们相信……"梅红试图解释当年将塔方村定为病源的原因，但村民中人员混杂，只要一听到梅映川的名字就有人起哄发狂，势头愈发难以控制。看到父亲的画像被人嘲弄,梅红万分痛苦,日记!日记!虽然日记里没有,但她无比确定被人撕掉的那一页日记,内容一定就是它,而父亲的死也跟它有关。

原本浸泡在汗水和持续不断地应付病患中的医护人员们此时都走了出来,他们站在了梅红的身边,将她守护着、包围着。

"哇……"有位母亲怀里的婴儿放声大哭。

在无人的深巷,张芮着实睡了一觉。像是被一阵婴儿的啼哭闹醒,他蓦地睁开了眼,往身边一看,吵醒他的,并不是梦中的婴儿哭声,而是手机振动的声音,"什么?现在吗?……我马上去接你。"

一座荒芜很久的粮仓。劳里斯慢慢支起身。也许是因为刚刚从埃博拉的威胁中逃离,他身上有种强烈的困乏感,置身任何一个空间之内,都有摆脱不了的压抑感和幽闭恐惧感。他特意摸了摸地面,是坚实的,空气中也没有异味。不过这里闷热异常,抬头只能看到头顶正方的四角窗户,除此外,时空几乎凝滞。劳里斯收到张芮的回复:"我马上去接你。"听到这句话,劳里斯如释重负。

没多久,旧粮仓外面响起了车辆到达后关闭引擎的声音。没等张芮走近粮仓,劳里斯一瘸一拐地推开了沉重的仓门。"吱……吱……"难听又刺耳的开门声逼入耳膜。一股阴风直灌而出,原本年轻力壮的劳里斯,如今瘦削如幽灵般,顺势被风吹了出来。

"村民到中心闹事了,怎么会这样?"张芮迫不及待地问,赶紧上车。

"亚丹斯,他终于要露出吃人的牙了!"劳里斯道。

张芮盯着他的腿关切地问:"怎么样?"

"谢谢你。我的腿保住了。"

劳里斯数月前从树上掉下来,左腿严重骨折,并刺破了皮肤,细菌更有入侵骨骼的迹象。另外,他还遭受了枪伤。作为医生的他在自行治疗10

天后,发现伤口已经出现了小毛虫。他果断选择打电话给在这一刻他内心里最值得信任和敬重的医生——张芮。

那天,张芮将他拉到救助站。帮他清去所有坏死或肮脏的组织以控制感染,尽量恢复肢体的功能,然后固定骨折,修补肌腱、肌肉和神经,进行肌瓣手术为他覆盖外露的脚骨,以皮肤移植方式覆盖最后的伤口。

"你需要好好休息。"张芮正准备离开。"我是劳里斯。"劳里斯用一种奇怪的眼神望着张芮。张芮原本只是简单地回复了一声:"嗯。"像平时他医治的任何一个普通病患一样。突然,张芮像醍醐灌顶一般,猛地转向劳里斯:"啊!劳里斯。"记忆在时间的转轴里快速旋转起来。张芮回忆起那天第一次见到劳里斯的情形:

反政府军军医劳里斯逃出,他成了埃博拉致命传染链上的关键携带者。而劳里斯并没有死亡,他被隔离在尼罗古纳北郊无国界加克医院。看下一步的病情发展,需要进一步做"濒死活检"。这是张芮当时的打算,他还跟当时活着的韩籍医生朴相宇说过这件事。

然后,张芮跟朴相宇去义诊,回来路上救了一家人——正是传染了劳里斯埃博拉的那一家三口,朴相宇也被传染……也许是因为所有的注意力都集中在朴相宇感染这件事上,他竟然完全忘记了劳里斯这个人,忘记了做"濒死活检"这件事。之后,他再想起,医院便告诉他劳里斯逃亡了,他的直观想象是:这个人暴毙在不为人知的某处,随风干化。像劳里斯这种逃走的病人在医院经常有,因为在尼罗古纳地区,很多人把医院当成会死人的地方,他们不怕死亡和尸体,却怕医生、怕医院,宁愿相信自生自灭回归自然。

当他得知面前的这位瘦削的年轻人是劳里斯,而且劳里斯是自己从埃博拉死亡之神里自救出来时,他连退几步,大为诧异:"你的埃博拉,难道是自愈的吗?"

劳里斯眼光直逼张芮,嘴角露出一丝不经意的笑:"当你解答了生命的一切奥秘,你就渴望死亡,因为它不过是生命的另一个奥秘。我的祖母跟我说,如果你觉得自己要死了,就找一个宁静的地方,孤单又沉静地去死。我问她想去哪里死,她告诉我,去离地心最近的地方。"劳里斯终于大笑起来,"我去了火山口,喝的是火山水,睡的是火山岩,吃的是火山果,每一次发烧,我就走近喷火的熔岩,全身发汗……"

"就这样吗?"张芮将信将疑、似信非信的模样让劳里斯严肃起来,他知道对待一位严谨的医学专家,他这么天马行空地瞎说,简直就是对对方的不尊重,是羞辱。

劳里斯将真相和盘托出:在非洲这个地方,即使在20世纪八九十年代,庞大的医药黑市产业链也还是个不可知的地带,这个市场的操纵者具有把世界先进医学技术纳入囊中的非常法力——前提是,患者要有足够多的钱。劳里斯自知拖着病体要返回努桑比村,对于视埃博拉为死神之手的反政府军亚丹斯来说,无疑是自寻死路。他最后选择将亚丹斯毒品制造基地所在地的准确位置作为交换条件向黑市老大进行医药、仪器交换。

"那些人……他们给了我 NPC1 阻碍剂和法匹拉韦,9月20号之后,开始有了幸存者的血清。除此之外,我一直在吃黑市上高价购买的中药,也许是它救了我。"与死神来回几度搏斗,历尽生死轮回的劳里斯提起这事,心中依然波澜起伏。

张芮:"你为什么不选择留在医院治疗?"

劳里斯:"因为我清楚地知道反政府军是如何处理占领区病患的所有事实,亚丹斯不会允许我在政府面前开口说话,如果有摄像机或者媒体记者对准了我的脸,对我来说,就是一个字:死。即使你们治好了我,我依然必须死。"

张芮:"如果是这种情况,那你现在……"

劳里斯:"亚丹斯已经知道我还没死。昨晚有人跟踪我,想把我一枪射杀。我必须找到一个安全的藏身之处,能接受治疗,还能自我保护。"劳里斯把期待的目光投向张芮。

张芮很诧异："为什么选择我？"

劳里斯："因为你精通外科手术，因为当地人都充分信任你，因为你正直、善良，因为……你一定会想知道20年前关于梅映川的真相。"

张芮一把扭过劳里斯的头，坚毅的目光死死地盯着他："梅映川？你怎么知道我在追查这件事？"

劳里斯："你这么多年，一直在黑市里购买线索，我都知道。你想找的，当年在反政府军任军医的麦克密考医生……"他故意顿了顿。

张芮："说！快点说！"

"……他是我父亲。"

张芮紧紧拽住他的胳膊肘说："快告诉我，他在哪？当年的血清是不是被更换了？血清被更换，梅映川医生可以看出来，除非，是另一种同色血清，在当时尼罗古纳地区这种医疗状况下，只有反政府军可以提炼血清。是你父亲！对不对！血清的提炼在当时很大程度上还是神秘而鲜为人知的。"张芮对此事一直耿耿于怀，却苦于无法查证。

劳里斯："他死了。我父亲，死了。"

"死了？"张芮顿时面色苍白，戳在那里。

劳里斯："我有梅映川日记中被撕下的那一页。"

"是……是……是是……"张芮几乎失语，"是……是那一页,对不对？"

劳里斯："是。那一页记下的是注射'埃博拉'血清第二针与第一针前后不同的生理和病理反应。只要后来的医生认真研究，就可以对比出这里面的严重问题……这一切，等于是一位医生，他给自己的死，亲自写下了医学病理报告。"

"也是被人谋杀的充分证据。"张芮沉痛地说道。

"梅映川是一位值得全世界医疗界敬重的医生。"劳里斯说，"是他在敲打这些终日被人性炙烤的人，他用他的死向医疗界发出警告：作为一名医生,请忠于职业,忠于生命——我父亲这样评价梅映川医生。我父亲伤害了太多无辜者的生命,他最后选择了自杀。"

需要充分治疗和休养的劳里斯最后被张芮安顿在一个荒芜的粮仓。

沉重的仓库门。吱……吱……难听又刺耳的关门声,门关上了。月色朦胧。街道出奇地安静。隐隐有鼓声传来,愈发缥缈。车沿着坡度很大的街道往上行驶,两旁是泥土房屋赭石色的墙头,几栋或几十栋。

"你什么时候知道消息的?"张芮握着方向盘的手有些粘腻,兴许是渗汗的缘故,也可能是因为太紧张。

"我可不是一个人。"劳里斯些许得意地说道,"对亚丹斯的魔鬼诅咒早在20年前就定下了。亚丹斯对埃博拉、马尔堡、鼠疫等一切会造成死亡的病毒都惊恐万分,他会把那些疑似病人全部杀死、烧死,哪怕没有确诊……他从来不会为死去的人祈祷,他在将死的人面前咒骂,他对生命从不敬畏,即使这些人是为他冲锋陷阵的勇士,在他眼里,真正的士兵就应该保持身体的强壮和健康,那些病人都是被黑暗之神诅咒的人,就应该死。这些年,他还大片地砍伐森林,种植罂粟,许多物种已濒临灭绝……亚丹斯!费力·亚丹斯——他才是尼罗古纳地区真正的埃博拉!"

"这些年他过得并不好,国际禁毒组织在找他的麻烦,包括联合国军也在给他制造麻烦,那些只谋求利益的国际支持势力,也在遭受国际舆论的谴责。"张芮道。

车辆经过一排漆黑的树篱,月光啃噬着黑夜。

"你打电话给联合国军了吧?"劳里斯问道。

"不需要。事实上,反政府军军事行动的动态早已通过卫星云图进行识别了,我相信这个时候,政府军和联合国军已派军力进行联合防控了。"

劳里斯双手交叉合在胸前,连连打了几个喷嚏:"亚丹斯在骂我了。"

张芮笑了:"中国人一打喷嚏,就会这么说,你也学会了?"他打了个手势,认真说道,"需要你说话的时候,请你用人格保证揭露你所知的真相。"

"除了人格,我把我的职业生涯也全部押上!还有我的学术……"劳里斯举高双手,"还有我灵活的做手术的双手……哦哦,我喜欢中国,中国北京,我爱北京天安门,天安门上太阳升……"

车里升腾起快乐的气氛。

他们沉入黑暗中,完全离开了被月光映照的那片树篱。

病毒隔离区。灯光、火把和密集的人群。宛如另一个世界。

跳下车的张芮第一眼就看到了站在医护人员队伍中的梅红——即使她穿着防护服,在人群中也是如此亭亭玉立。他正想喊,因眼前一幕停住了。

婴儿依旧啼哭不止。突然梅红冲向人群,不顾病毒随时入侵,脱去了防护服,露出了脸,她跟婴儿的母亲说了几句话,目光柔和而坚定,有种感染力很强的自信。她抱起婴儿,轻轻地拍打婴儿的背部,怀抱中的婴儿望着她笑了——那正是她刚到科特公立医院救助过的第一名病患。那位母亲也认出了她,捂着嘴,大惊:"你……你……是中国妈妈?你是梅红?"

"她救过我……我的孩子是在她手中出生的……我认识她,是她,她救了我的爱瑞和我们的孩子……"

……

这时李少枫也情绪激动地要脱掉防护服,被及时赶到的张芮制止。

"请大家一起转身!"张芮让全体人员转过身去,防护服背后写着每个人的名字。

"拉非拉!""张芮!""琳娜!""图库诺""弗朗西斯""杨!这是杨!""还有枫!那是李医生……"一个个医生被村民们认出,激动而兴奋地喊了出来。

喧嚣慢慢停了下来。星空密布,月亮高挂。

"你们为什么要这么做?"秋田玲美走进现场。她身材娇小而羸弱,却有着坚定、不屈的姿态,对四周散发着一种柔软的亲和力。"快来。危险。"岳小冉要将她拉到队伍之中,被她拒绝。秋田玲美缓缓说道:"请你们不要用眼睛去看好不好,要用心去听,他们哪一位不是跟你们身上的病魔作战的朋友?用你的心去听听他们的心。听听你们唱诗班唱的:

> 如果明天是生命的最后通牒
> 如果零点成为生命冰冷的枷锁
> 那么就让生命在今夜迸发最后的火光
> 点燃天边的云霞
> 那时我将对着大地传诵……

"再看看他们,这些都是为救助你们的生命用尽全力拼过生死的医生!"

击鼓声骤然停止。人们停止了挥舞长矛。

吉达吉姆张开双臂,伸向黑夜,声音婉转高亢:

> ……火热的生命/是的,我热爱它奔涌的容颜/它们流动着/在黑暗里明媚的拥抱/谁也无法将它们夺走/似海浪般汹涌/让我们的灵魂永不沉重

这时政府军在总统府的指挥下也荷枪实弹对村民呈包围之势,而反政府军也在不远处随时准备反击。一场大战在即。

三

亚丹斯的思维很混乱。当一个人决定要以傲立群雄的姿态站在这个世界的时候,他会因贪欲抛弃情感——亲情、爱情、友情,会从心底里与亲

近他的人、支持过他的人保持距离，甚至抛弃双亲和挚爱。总之，贪欲如狼似虎地榨干了他的理智和人性，为了出人头地、名扬四海，他会伤害、毒害身边的所有人，不惜任何代价。他在这条路上肆意而任性地走了几十年，从风华正茂走到嗜血如狂，他和卷土重来的埃博拉病毒一样，窥视着这片土地上的黎民百姓，刮起吃人的病毒风暴。

他用红外电脑屏可以看到几个基地劳作的场面，还可以控制毒品制作现场。他像个一切尽在掌控、指挥千军万马的将军一样，站在排列有序的屏幕面前。年近60岁的他，身体依然健硕、目光如炬，呈猛虎下山之势。前几天，他还跟女人干了一场。

他喜欢有战斗力的女人，她们扭动的肩膀和胸脯让他愈发狂热。那天晚上，跟他上床的是个结实有力的姑娘。他抱住她的腰部，将她摔倒，撕掉衣裙，露出雪白的胸脯，尤其是乳房上的那一道陈年的疤痕刺激着他的感官，她的碰撞和散发的香气令他有种不能抵制的冲动。一切都显得那么迫不及待。

他从房间出来，看到副官埃森冷冷的眼神。如今，埃森就站在离他一米远的地方，依然丢过来一个冷冷的眼神，让他异常懊恼，无名怒火在心中积聚。埃森，是他从死人堆里捞回来的——跟另一个国际大毒枭争夺地盘时，炮弹击中了埃森的家，一家六口人只剩了他一人。埃森睁着滚圆的眼睛，眼泪无声地流出，流露着委屈、迷惘、恐惧，全身是炸弹爆炸时掀起的灰尘，家即使简陋，也是容身之处，此刻已经灰飞烟灭了。当亚丹斯发现他时，他全身赤裸、骨瘦如柴，蹲伏在墙边哭泣着，一旁的稻草垫上是他妈妈血肉模糊的尸体。亚丹斯没有孩子，将他当亲生儿子一般，直到成年后，成了贴心的左膀右臂。

埃森一头小鬈发，穿着一套迷彩装，高大壮实。

亚丹斯每每看到埃森在其左右，就有种踏实感。这一刻，却满腹疑虑。似乎能一眼瞥见许多双冷冷的眼睛在周围不时看着他，这些目光让他着实不安，心想，这是怎么回事？难道真的有人有预谋？预谋的是什么呢？他年纪大了，几十年的野战和毒枭生涯，即使没有灵敏的动作，也依然有敏锐的洞察力。他明明看到刚才埃森的眼里闪过一丝挑衅。是的，这是挑衅。还有10米开外的巴米拉，他的小动作明显在联络什么事情。

"怎么啦！把炮弹装进去。架起你们的机枪！沃巴和图拉杰，抬起你们的屁股，让它们干净点，我要把他们踢脏，埃森，你待在这里干吗？快去你自己的队伍，这不是一场意外或突发事件，是战争！是打给腐败的总统先生的战争！让他知道——我，是，亚丹斯！"

"亚丹斯！亚丹斯！亚丹斯！亚丹斯！亚丹斯！"全军跟随着他狂热地呼喊着。

亚丹斯依然看到埃森的冷眼，在黝黑的皮肤映衬下，眼白愈发鲜明，愈发令他闹心，像一道白光刺中他的心。

"埃森！动起来！"他瞪大了眼珠，如一头气急败坏的瞪羚。

"射程内还有村民和医生。"埃森道。口吻淡淡的，眼睛里依然透着一种冷。

这几天研究作战方案的时候，就计划好了利用塔方村的盖林斯被枪杀的群体事件制造混乱，以此为借口，实施战争打击，反政府军将向国际申明为此事负责。埃森参加了整个打击计划，这时候提出问题扰乱军心。亚丹斯异常不解，怒火中烧："为什么？为什么？！"

"有村民，有医生！"埃森又重复了一遍，丝毫不退怯。亚丹斯察觉有十几名荷枪实弹的人悄无声息地在往里挤。他突然意识到，这些都是年轻才俊，而且都是新近提拔起来的军官——他们无疑是埃森的人。

"快打！快攻击！你们都等什么？！"气急败坏的亚丹斯涨红了脸，扯着脖子嘶吼着。

"昨晚跟波波拉干了一场，还有力气喊。"有人丝毫不忌惮，用轻蔑的口吻说道，颇具挑衅意味。

"波波拉的力气还是太小了,要让厨房的婆娘上!"有人起哄。"前不久她儿子死了。""她说这儿子是亚丹斯的。""这叫冤有头债有主。"

亚丹斯露出惊讶的表情。他猛然想起女人乳房上那道陈年的疤痕,是她?这在他记忆里是一件渺小的事:无非某一个晚上,四个士兵拖走了一位流浪的漂亮女人,他们将她送给了他,因为反抗,被他一刀挥了下去,丰满的乳房和淋漓的鲜血刺激着他兽欲大发。他记得这女人被丢到了河里,怎么没死?还生下了孩子?

"难道是我的吗?我亚丹斯的儿子?我会有自己的儿子?不可能!你们这些废物!你们想扰乱我的心智。"他近乎绝望地想。脑袋几乎要炸裂,双手悬在空中。一个"啊"字卡在嗓子里,无法疾呼……

隔离区有身着白色防护服、雷卡防护服的人员从里向外进行喷杀。现场冒出了白烟。"大家不要惊慌,这是到了隔离区正常消杀时间。"诺兰卡院长从助理手中接过喇叭筒。

梅红抱着孩子慢慢走过来,身后一个男人支起火把为她照路。10分钟前她刚完成一场摘去子宫的手术。她费力地对着喇叭筒说:"盖林斯的死,卢米拉最有发言权,但她今天不当班,没在这里,所以我来说。盖林斯,他逃出中心的时候,埃博拉病毒并没有痊愈,我们有他的病理检测报告为证;9月28日晚上,我们接到急诊电话,救护车派到大公路,有附近的邻居可以作证,当时,盖林斯他们5个人调戏卢米拉,跟我们的李艺伟医生和司机打了起来,在紧急情况下,我打电话给总统府的保姆拉几姆,是她报告总统派了守卫军过来……"

闻讯赶来的总统府保姆拉几姆正在人群的外围,挥臂大喊:"我是拉几姆,我作证!我是拉几姆,我作证!"

火把映照在拉几姆激动流泪的脸上,十分真切。毕竟是总统府的人,她的发声,引来充满敬畏和信赖的回应,还有人向她行鞠躬礼。人们给她让出一条道。

"拉几姆！拉几姆！"突然更加激动的声音从人群里像石头一样一声又一声高频率地朝她投掷过来。

"拉几姆，看看我，看我……我是安多拉斯，安多拉斯，姐姐，我是安多拉斯，快看看我。"安多拉斯带着哭腔，上下地打量失踪多年的姐姐，"安多拉斯？安多拉斯！……是你吗？"为了确认身份，拉几姆伸手摸向安多拉斯的后脑勺，果然有块橡皮擦大小的黑痣。她的大胸脯随着情绪不断起伏，喃喃道："哦，火把驱走了恶魔，太阳升起来了！哦，阳光、海水和我的安多拉斯！"她像个小女孩一样被已经长成参天大树一般的弟弟安多拉斯紧紧抱住，在弟弟的怀中号啕大哭。尽情，且放松。

"我是司机，可以作证！""我就是在场的邻居，我作证！""我作证！""我作证！"

卢米拉从拥挤的人群中挤出来，流着泪道："我就是卢米拉，我感谢李医生在危急关头救了我，是中国医生不畏强暴挺身而出的，他们是真正的好医生。"

"中国医生！中国医生！"声音随摇动的火把一阵又一阵响起。

不知什么时候吉达吉姆走到了梅映川画像的下面，伸出火把，尖声道："不要忘记了20年前！20年前，我们塔方村有多少人死在这个歹毒的魔鬼医生无知的论断之下！是他造成了20年前塔方村的浩劫。"

人群的集体意志又动摇了。

此时，出现一阵骚动，由人群里波及外围。"啊！到底是谁？""这是……""他，是那个人！是那个死了的人！""是军医！""他从地狱里来的吗？"

劳里斯瘦削的身材渐渐露出，他慢慢挪动半瘫的腿。人们在交头接耳。有人拿起火把接近他的脸，吓得连连后退。"是劳里斯，那个军医。""他不是死了吗？他从哪里来？""他是从死神那里来的吗？你看他的脸。"

苍白的、幽灵般的、空洞的眼神，以及皮包骨的脸颊。

他被人为地与人群和医护人员隔开一段距离。他伸出手，像个举手发言的特别陈述者："是。我就是你们眼里的超级病毒携带者劳里斯，亚丹斯的军医劳里斯，我父亲麦克密考是20年前亚丹斯的军医。我来作证，他在生前接受亚丹斯的命令，给一只实验猴提炼血清，替换了身患埃博拉的梅映川教授的抗病毒血清，前后血清的病理反应全部记录在梅先生的日记里，为了销毁证据，当时这一页日记被人撕了下来，这是重要的病理体验记录，我父亲特意留了下来，在我这里。我将它拍了下来，永久保存。"劳里斯拿出手机。

"你有什么证据可以证明你看过梅映川日记？"

人群里再次响起各种杂声，从小声变成鼎沸。

"凡大医治病，必当安神定志，无欲无求，心生恻隐。不得瞻前顾后，自虑吉凶。无论昼夜、寒暑，一心赴救。如此可为苍生大医。"劳里斯背诵道，"这是梅映川日记上的第一段文字，它影响了我的整个人生，至今铭记在心。"

那是属于中国特有的语言，没有人再质疑他。

"这次就是亚丹斯的人说盖林斯是被政府军无故枪杀的。"有人透露。

张芮抢过喇叭筒，声音嘶哑："亚丹斯为什么要这么做——是因为，梅映川教授用疫情风控系统及各项检测数据对1994年疫区所在地得出的最后结论是努桑比村，而不是塔方村。亚丹斯为了不让政府军将努桑比村作为疫区隔离起来，与戴维密谋杀害了梅教授。他在临终前，用手指沾自己的血在墙上写了'努桑比'。我亲眼所见，可以作证。只是当时的我，还太年轻，对此事不知该如何深究。"

几近虚脱的梅红无法抑制自己的情绪，突发眩晕，在倒地前的那刻被张芮紧紧抱住。他疯狂地喊："快让开！快让开！救救她。"他抱着梅红冲进治疗室，对她迅速实施救治和病毒阻断治疗。

"我求你，求你了，求你再坚持一下。"他不知道脱下防护服的梅红会感染多少种病毒，身体能不能扛得住，在各种阻断药物面前，他泪流满面。

突然十几道橘色的光在天空亮起，竟是密集的炮弹从天而降。亚丹斯居然下达了炮轰现场，杀死现场所有医护人员和村民的命令。

震耳欲聋的空袭随之而来。

但很快没了动静。随之而来的爆炸声全部投掷在海岸线，海水被炸开巨大的水浪。

"你们为什么还不动！埃森，埃森！"埃森不见了，不在亚丹斯的视线范围之内。他走进指挥部，一股硝烟味让他直犯恶心，顿时脸色苍白，浑身颤抖，亚丹斯极力想在众军官面前掩饰，但这股反胃的力量太强大，他竟然当着一屋子人的面呕吐起来。兴许是身体的日益老迈和虚弱让他羞愧，他开始大吼大叫，"埃森，水杯！埃森！埃……"话音刚落，他回头一看，屋子里已站满神色冷峻的军官，且目光凌厉，带着强烈的胁迫感。"你们干什么？要兵变吗？埃森？"

"亚丹斯！"埃森带头冲了出来，一声呼喊，亚丹斯被四五个高大的军官死死压住。即使这样，亚丹斯拼尽全力，仍像一头被集体排挤、恼羞成怒的非洲狮，用以一抵十的力量从指挥室冲了出来。气急败坏的亚丹斯推开机枪手，对准现场开始疯狂地扫射，"这是我们最后的机会！你们这些废物。"子弹扫向的是医护人员和村民们，被击中的人胸、腹、头，还有四肢涌出鲜血。

指挥部的埃森和众军官脱掉政府军的衣服，埃森将衣服踢向墙角："在群体事件中制造恐怖袭击，诬陷政府军队，再发动所谓的正义战争——我受够了！"

"他杀了我的弟弟，只因为他得了疟疾。""他们还没死，他就烧了他们。""他就是个杀人机器。""他枪杀了善良的伊巴叔叔，可怜的伊巴叔叔，我还喝过他酿的椰子酒。"军官们义愤填膺，他们换装，将子弹上膛。

以埃森为首的起义军，按计划将袖口扎上了红布条。离开时，埃森不忘记提醒众人："波波拉得了埃博拉。亚丹斯，应该染上了。"

"对，让他尝尝病毒的滋味。""让他向自己开枪！""我真想看看他七窍流血而死。""最好在他死之前将他扔进火堆。"

众人都举起了枪，这一刻都在等埃森的一声令下。埃森冷静地道了一声："出发。"

这些年因亚丹斯的暴政和贪欲，他的嫡系已所剩无几，实力大不如前。没过多久，一些顽抗的军官和士兵的尸体就被起义军堆积在一起，更多的是被抓的人，嚣张叫嚷的、惊恐万分的、瑟瑟发抖的人。被抓的及死伤人员中没有最重要的人物亚丹斯。

埃森："没有亚丹斯！你们没有盯紧他，他就像海里的蛇。请尽快通知政府方面。"

埃森气喘吁吁，满头是汗，这场有预谋的行动，从与政府方面的策划到内部的调整和协作，已经耗掉他大半心力，接下来，他还要应付军队整编、毒品链的大换血和新一轮的招兵买马——这是20多年来，从未有过的事。

等一切似乎告一段落时，已是黎明。反政府军迎来新首领——埃森。

从另一个山包处拐进来一支小分队的军人，原军医劳里斯也在其中。有人害怕，拿起了枪。埃森伸手制止，低声跟身旁人说："那是政府军的人，尼罗古纳的和平这才真正开始。我们要开启合作双赢的赚钱时代，远离战争和瘟疫。"

"欢迎你回家。"埃森跟劳里斯紧紧拥抱在一起，由衷地说道，"尼罗古纳的春天因为你而到来。"

劳里斯："因为亚丹斯这个大病毒走了。"

众人由衷地笑了起来。

这时候，邻近的树林里竟传来公鸡的高声啼鸣，视力好的人可以看到，那是一只红色的大公鸡，在它的歌声下，海平面升起了一道橘色的光芒。众人双手合放胸前："天亮了，又是一个早晨。我们都还活着。"

"快看啊！蓝色羚！"有人惊呼。

非洲传说中的最美精灵——蓝色羚在黎明奔跑着，如同从海岸线抛出的一枚美丽的蓝色弧线，后面是一望无边的大森林。它跑向远处的山脊，越来越远，越来越小，若隐若现，缓缓移动，直到消失在山峰。

众人如临神明般，朝着蓝色羚消失的方向合手跪拜。

窗帘徐徐拉起，阳光洒在梅红姣好的脸上。梅红睁开眼，张芮便抓住了她的手。

梅红道："芮。如果我感染病毒了，就跟那些死去的医生和我父亲一样，烧了，跟我父亲葬在一起，留在这片土地上。"

张芮拿起报告单，指着报告的结果处说道："你看看，阴性。"再拿出一张阴性，又一张，还是阴性……阴性，都是阴性。他抽出梅红的手，慢慢按摩着。

门被推开，拉非拉像一阵风一样飘了进来。她脸色很好，伸展着身体，故意在张芮面前打了个哈欠，伸出手："哦，芮，我也很累，我也需要按摩。"

拉非拉靠近张芮："看着我的眼睛……谢谢你，芮，要不是你关注我的眼睛，没人会以为我还有埃博拉病毒的残留。"

官浩、阿契尔、诺兰卡、杨知章，还有其他的队员捧着鲜花走进了病房。

房间的空气都充满着香味和喜气。

拉非拉拉住官浩："也谢谢你，官队长，谢谢中国医生，我的埃博拉病毒是中西医结合将我治好的。"

"是梅映川梅教授，他是最早提出，也是最早运用中西医结合临床试验的医生。我们是在梅映川生前在病理学上发布的研究学说的基础上进行研究和实践的,他将自己的病理过程详尽述写了出来,梅映川的日记是他的医学和医术精神的结晶。"官浩举起梅红床头的梅映川日记。

"我的老师,他一生没有多少财产,他有的是敢于赴死的勇气、对工作的热忱和一颗怜悯苍生的心。"

张芮扶起梅红,此时的她已泪流满面。

"想吃点什么吗?"

梅红点点头。

张芮打开盒子。

梅红一闻,是来自家乡腊肉的香味。

顿喜。

第十章

2014 年 12 月 1 日　阳光充足

　　遇上埃博拉，我这算是运气好还是不好呢，父亲。命运之绳把我们跟埃博拉都串在了一起。在病毒面前，我们从来不是客人，但它邀请我们来了。把你走过的历程再走一遍，让我越来越明白医生的哲学。

　　你的学生张芮，他能说一口流利的西班牙语。这里的医生说，只要见到张芮就会倒霉，所以开车车爆胎，电脑能死机，逛街遇急症，然后遇上埃博拉，所有倒霉的事，我都碰上了。

　　但我……还是无可救药地爱上了他。父亲，是你把他带到我的生活中的。

　　我不是没有交往过其他的男性朋友，但总是不自觉地跟他做比较。我来非洲的初衷并不是为他而来，为什么会一下子从好感发展成日思夜想，我也找不出原因。他像个磁石一样吸引着我。我不得不承认，我是那种容易抓住某种记忆死死不放的人，你们以及与你们有关的一切对我来说都是一个极具代表性的符号，友谊的、爱情的、真诚的和执着的，这里面所包含的价值是绝对而纯粹的，是举世无双而熠熠生辉的。其实，远离你们的故事对我来说何尝不是一大挑战，就像要将自己剥茧而出，化身为蝶，整个过程痛苦而漫长。

所以，我选择从医，选择以你们的方式呼吸，自此，才觉得人生何其痛快。

梅红

急促的脚步声从粮仓外响起。消失了。

亚丹斯蜷缩在一角，纹丝不动，他通宵都在冥思苦想。一次意料中的、布局周密的战斗，意外反转成了一个人的战斗。

如丧家之犬。

逃窜时留下的伤口还在流血，心中波涛翻滚却不能发泄，仿佛在地狱的门口看见了死神般的惊恐和压抑。夜色袭来，窗外的星光依然熠熠生辉，世界却不再属于他了。那一刻，他终于爆发出了一阵猛烈的痛哭，愤怒而痛苦，像个孩子似的抽噎。从胸口爆发的痉挛将他发烧过后的身体折磨了几分钟才停歇，胃也跟着折腾，一阵呕吐之后，他才觉得比较舒畅了。

不知道从什么时候开始，他脑子里不断地想起枪杀的那些身患重病的病人，他们的病症似乎全部一一在他身上复现。有那么一段时间，他甚至觉得自己从头到脚都爬满各种各样的病毒。

20多年来，因为对疫情的恐慌，他杀死了许许多多的人。然而，病毒就像跟他捉迷藏一样的，如影随形，无处不在。他甚至不能做梦。因为一个个血淋淋的人会向他走来。他想让自己时刻保持清醒。就那么一刻打了个盹，就感到胸前的伤口在流血，热乎乎的，湿漉漉的。他一看，什么也没有，口袋里有一张他跟埃森的照片。埃森，埃森！这是他心中不可触碰的痛。他又咳嗽了，这两天，不断地咳嗽。他不愿意承认，他的体力竟然虚弱得像一个女人，这使他心中的愤怒像烈火一样燃烧起来。

鬼使神差地，他躲避的地方正是劳里斯待过很长时间的粮仓。有吃剩的水果、干面包片、药丸、注射器、酒精、烧水的炉子……甚至还有擦屁股的手纸。他确定这地方有人经常来住，这几天不来，总有一天要来。

舒适的地方就必须离开。可他不想走了，太累了，无时无刻地累。他这才感觉到自己不再是叱咤风云的反政府军首领了。

只是一个风烛残年的老人，一个被病痛折磨的病人。

当远处的脚步声再次响起的时候，又过了两天。他挣扎着，跟跄地要离开粮仓。他的伤口已化脓。眼前开始出现一片云雾，他不知道这是他流下的老泪——对，他昨夜梦里流泪了，也许想到了家人，也许想到了埃森，也许想到了那个可能是他的却已经死掉的孩子，也许想到了死亡。

先走出去，一切都无所谓。几天不见阳光的他，当阳光洒下来时，他似乎承受不起阳光的重量，顺势便倒下去了。朦胧中，有人喊他，是穿军装的人，熟悉的，又变得陌生的迷彩服。无所谓了，孩子，那个女人的孩子，我的孩子……报应啊。他闭上了眼睛。

一串眼泪从眼眶中滚落，像蹒跚的老人。艰难的、酸楚的。

亚丹斯被推进了手术室。张芮回头看了梅红一眼，走了进去。手术灯下，张芮想起20年前巴马问他的一句话："如果有一天，有这样一位病人需要你为他治疗，你会怎么办？他不仅贪婪，他还暴虐，甚至卑劣！"亚丹斯就在手术台上。

巴马声音："你会选择救他吗？会吗？"

张芮的目光如炬，像把匕首穿透了亚丹斯的心脏。

但，他依然伸出了右手——一把手术刀由助手递了过来。

……

窗帘徐徐拉起。

亚丹斯睁开了眼。似乎有鸟叫的声音，细听之下又不是。屋子里有人开着电视。至少，他知道自己还活着。目光所及之处全是白色。只要活着，一切都会成为过去；只要活着，就有从头再来的机会。

"这就是亚丹斯。""什么病？""埃博拉，已确诊。""你们也救他吗？""这里没有政治，只有要拯救的病人。""No，他如果不死在埃博拉的手上，也会死在政府的枪下，他会被判刑。""那是法律要解决的问题。我是医生，不是法官。"

对话一直在继续……

亚丹斯没有看清楚是哪两个人，他又沉沉睡去。

一个女人站在他面前，将一只戴着手套的手伸出来，贴在他的额前，是梅红，她淡淡地说道："体温 37.6，控制住了。"那双望着亚丹斯的眼睛，居高临下，冷静而无畏。

她拉起窗帘。医院里的园丁旁若无人地悉心打理栽满了整座医院的玫瑰，笑容溢满画面。他的心全在花上。在非洲，常常见到这样的人——世界是你们的，也是我的，粗陋也好，精致也好，我只用灵魂跟这个世界对话。像是心灵相通，园丁露出一口大白牙，向她微笑，纯纯的，与世无争的。

"Hello（你好）。"

"Hello（你好）。"

园丁剪下一支玫瑰，伸向她。那是送给她的意思。园丁示意她往更远处看。顺着玫瑰伸展的地方，她看到在一片绿色的花园里，摆放着偌大的用玫瑰花瓣组成的图案：红心，和大大的字：CHINA（中国）。

张芮站在红心的中央冲着她挥手。

这算是求爱吗？

此时，再抬头，湛蓝的天空中，云卷云舒。虽然知道有些人迟早会离开，也会永远想念，但依然愿意等待，愿意守候，这就是爱。

风吹过，带走了云，阳光开始重现，昨天的寒冷疑似一种错觉。

顺着风，清明的坟冢在炊烟袅袅的早晨沾染了些许人间烟火。晚上睡太晚，早晨起太早，身体疲乏又滞重，官浩蹲坐在母亲的坟前，用酒精把虚弱的意识一点点唤起。

简单的祭奠仪式一过，亲人、朋友叮嘱几句都走了，留下了官浩和妻儿打扫残物。酒杯里还有酒，沾了土，他喝了，一种难言的伤感像藤蔓一样蔓延，这是参加过清明祭悼的人们共有的情愫。

分明听见了前一拨人群的声音，却越来越远，本来看似平常的路，居然也让他们迷路了，他谈论在母亲身边绕膝的童年。母亲安葬在当地公墓，是她在世时就选好的地方，对面种着一棵苍劲的百年老槐。

这座古城，到五月槐花开的时候，满城都是花香。家家户户都会做槐花麦饭，找个清晨阳光微启、轻风穿过发际的时候，人们在自家院子钩些槐花，巧妇们以花入饭，是这个季节特有的美食。

途经一个茶馆，老头吆喝着他们喝茶，馆里的小毛孩要老头给他摘槐花，官浩弯腰捡了一朵给他。抬起头时，毛孩已经上树了，他们都笑了。官浩想，换了是他，母亲一定会很紧张。在老城区，他们住的是自建楼房，前面有 20 平方大的院子，不仅种过槐树，还种过葡萄、金桔，那是不善言辞的母亲在每一个植树节指挥着他和兄弟几个种下的。放下手中的书，跟随母亲到很远的地方挑来肥沃的泥土，挑水、搬砖，一个小花园就建成了。五年级的一天，他终于可以坐在葡萄藤架上看满天的星星，他的梦想便从那一刻开始，他想到遥远的地方看星空浩瀚。

后来，他常在雷电中惊醒，想起小时候因为雷电躲藏在母亲身后的那个小男生。他也常常想起母亲的笑容，想起母亲带给他的温暖与踏实。后来，他出国留学，他结婚生子，虽然在同一座城市，却经常大半年才见母亲一次。再后来，相继传来葡萄树、金桔树死掉的消息，只剩下槐花树。现在，他从非洲回来，母亲去世了，槐花树也死了。

母亲的一个朋友跟他说，母亲这几年常念起他。

小毛孩满身是汗，光光的背脊上贴着片片花瓣，官浩走近他，走近百年老槐树，享受槐花树下的清香，花悠然绽放着，枝叶间洒落着斑驳的阳光，他看到孩童果敢而执着的目光，似曾相识。那孩子突然问官浩："叔叔，对面那个坟里埋的是你什么人？"

　　"我的妈妈，孩子！"他抚摸着孩子稚嫩的脸颊。

　　当！当！当！十点了！远处钟楼的钟声重重地滑入官浩的耳郭。

　　"看前面，黑洞洞，待我赶上前去，杀他个干干净啊净……"一声京腔将他唤醒。官浩往大路一看，几辆车停在那里，梅红、李少枫、贺涛、卢飞宇、杨知章、勃哥……一行人全在，笑盈盈地望着他。

　　走进古城墙，叫卖不断、人声鼎沸，似乎穿梭着唱赞美诗的女人、披上蓝色面纱的少女、抱着吉他的男人，还有几个用头顶着大袋米的妇人。隐约中闻到一股炊烟、刺槐和蓝桉木燃烧的气味，蓝色的海洋就在眼前，椰林在摇摆。

　　一时不知是此城还是彼城？

　　这时，古城中一声巨鼓响起，将他从迷离的伤感中惊醒。

　　人群中，一声"西诺瓦"，官浩蓦然回头。

　　当下，心中澄明。

后　续

2015年2月12日，尼罗古纳总统图巴拉库签发总统令，决定追授中国第12批援尼罗占纳医疗队队长梅映川国家独立勋章，这是尼罗古纳国家最高荣誉；并在科特公立医院门口树立梅映川雕像，修建梅映川纪念馆。

2016年1月18日，中国第29批援尼罗古纳地区医疗队一行15人，在中国重聚。历经19个月、近600天，中国医疗队队员发扬不畏艰苦、甘于奉献、救死扶伤、大爱无疆的伟大精神，为尼罗古纳地区人民的生命安全和身体健康不懈努力，赢得了该国社会的广泛赞誉。在归国前，尼罗古纳总统图巴拉库签发总统令，决定授予中国第29批援尼罗古纳地区医疗队国家独立勋章。

2015年12月29日，岳小冉拍摄的《非洲基地》获国际纪录片协会最佳纪录长片奖。

2016年1月26日，梅红的母亲楚瑜因乳腺癌晚期被推入手术室进行割除手术，手术医生是张芮。梅红亲吻着胸前的玉坠子为母亲祈祷，那是母亲在术前给她戴上的。